D. C. ODESZA

KEIN LIEBESROMAN

SEHNSÜCHTIG
Verfallen

-LE PREMIER VOLUME-

EROTISCHER ROMAN

E-MAIL
d.c.odesza@gmail.com

FACEBOOK
www.facebook.com/d.c.odesza

1. Auflage, Juli 2014

Copyright © D. C. Odesza
Umschlaggestaltung © My Bookcovers
Foto © conrado / ifong – fotolia.com
SW Korrekturen e. U. – swkorrekturen.eu

ISBN-13: 978-1500588496
ISBN-10: 1500588490

Alle Rechte vorbehalten.
Unbefugte Nutzung, etwa wie Vervielfältigung, Verbreitung, Übertragung oder Nachdruck, auch auszugsweise, nur mit schriftlicher Genehmigung der Autorin. Personen und Handlungen sind frei erfunden, etwaige Ähnlichkeiten mit real existierenden Menschen sind rein zufällig und nicht beabsichtigt.

Für diejenigen, die glauben.
Für diejenigen, die hoffen.
Für diejenigen, die kämpfen

&

diejenigen, die nicht aufgeben.
...

PROLOG

Stöhnend stütze ich die Ellenbogen auf und verziehe mein Gesicht, das verrät, wie sich in meinem Kopf vermehrt Fragezeichen bilden. Ich kaue auf meinem Bleistift und starre auf das Whiteboard, um im Ansatz die Gleichung, die angezeigt wird, zu begreifen. Schon nach dem zweiten Rechnungsweg driftet mein Verstand in völlig andere Sphären ab.

Aber ich will es verstehen, begreifen, weil ich ungern etwas dem Zufall überlasse. Ich brauche immer die Kontrolle. Und wieder bringt mich eine einzelne Aufgabe völlig aus dem Konzept, sodass ein Knirschen zu hören ist und der Bleistift unter meinen Zähnen nachgibt.

Ich lasse von dem Stift ab, beiße auf die Unterlippe und stupse meine Sonnenbrille an, während der Dozent in einer geraden Haltung, die Hände hinter dem Rücken verschränkt wie ein Gockel vor der Projektion auf und ab läuft. Durch die Hörsaalreihen sind ebenfalls ein leises Aufstöhnen und flüsternde Gespräche zu hören.

Ich blicke mich um. Zu meinem Glück bin ich nicht die Einzige, die ratlos den Zahlen und mathematischen Zeichen eine Antwort entlocken will. Eine Studentin lackiert sich in einer sehr unbequemen Haltung ihre Fußnägel, während ihre Freundin eifrig auf ihrem Smartphone herumtippt. Sie setzten bereits eine Runde früher als ich aus und sitzen vermutlich die letzten quälenden zwanzig Minuten im Hörsaal ab, um im Anschluss die Mensa zu stürmen. Ein Typ schräg vor mir schläft mit verschränkten Armen auf dem Tisch und schnarcht leise. Trotzdem! *Ich will es begreifen, wie die Gleichung gelöst wird.*

Der Dozent bleibt am Pult stehen, um fortzufahren. Das voller Arroganz und Überlegenheit verzogene Gesicht lässt mich erahnen, dass Prof Martens seine strenge Art nur an uns Studenten auslässt, während seine Frau zuhause das Sagen hat. So wie es sein soll.

Ein Lächeln huscht über meine Lippen. Der Gockel hat ansonsten einen Stock im Arsch. Allein seine Haltung, seine Stimme und die Ausstrahlung verraten, dass er weder einen Gentleman noch einen guten Liebhaber abgibt. Seine Handgriffe sind grob, seine Hände ungepflegt, seine Haltung überaus anmaßend und tropft fast vor Selbstüberschätzung. Er ist jung, jünger als viele unserer Dozenten – vielleicht etwas über Mitte vierzig – deswegen interessiert es mich auch, länger in seinem Verhalten zu forschen.

Aber was kümmert mich schon das gewöhnliche Sexualleben unseres Dozenten. Nur wenn ich daran denke und mir vorstelle, wie er krampfhaft versucht, seine Frau von prickelnden Ideen zu überzeugen, um ihr Sexleben aufzufrischen, kann ich mein amüsiertes Lächeln kaum verbergen. Denn es ist unverkennbar, dass er vor Kurzem seine Frau davon überzeugt hatte, ihm Schläge auf seinen Allerwertesten zu verpassen. Bestimmt, um die Hitze zwischen ihnen wieder neu zu entfachen. Was wohl gründlich daneben ging.

An seiner kerzengeraden Haltung, die er immer besitzt, ist heute zu erkennen, wie er bei jedem Schritt leicht zusammenzuckt. Kein einziges Mal nimmt er auf seinem Stuhl Platz oder lehnt sich mit dem Rücken gegen das Pult oder an die Wand. Sehr verräterisch. Er will die Fassung wahren, sich nichts anmerken lassen. Trotzdem kann ich erkennen, wie heftig seine Frau die falschen Zonen getroffen haben musste. Das tut selbst mir bei dem Anblick weh. Armer Trottel.

Verflucht! Ich sollte mich auf die Formel konzentrieren, um kein zweites Mal durch die Prüfung zu fallen. Hoffentlich kann ich mit Luis' Unterstützung rechnen, der mir öfter hilft, dieses mathematische Chaos in meinem Kopf zu ordnen, denn gerade vibriert es unauffällig in meiner Jeanstasche. Als ich mein Handy aus der Tasche angele und mit der engen Röhre meine liebe Not habe, blinkt mir das Foto von Julie entgegen. *Nicht jetzt!*

Ich presse die Lippen aufeinander, schaue zum Whiteboard, dann auf mein Handy. Na gut. Es muss sein. Mir raucht sowieso der Kopf.

Schnell schiebe ich meinen Block und den Stift in meine Umhängetasche, erhebe mich und will den Saal verlassen. Mehrere Studenten muss ich von ihren Plätzen aufscheuchen. Aber mit einem zarten Lächeln und einem leicht geneigten Kopf schenken sie mir sogar ein Lächeln zurück und erheben sich eilig, als seien sie es mir schuldig. Durch einstudierte Gesten und Mimiken können bestimmte Menschen ihrem Gegenüber – ohne dass sie es bewusst wahrnehmen – verfallen.

Ich liebe es.

Als die schwere Hörsaaltür hinter mir zuknallt, nehme ich den Anruf an.

»Ja, Noir.«

»Maron, du weißt, dass ich dich ungern um die Zeit anrufe ...«, versucht sich Julie mit ihrer etwas schrillen Stimme zu erklären, bevor ich ihr ins Wort falle.

»Richtig, weil ich meine Prüfungen schaffen möchte. Also, was ist so dringend?«

Ich bemerke erst, nachdem ich den Satz beendet habe, wie streng mein Ton für sie klingen muss. Sie ist ein liebenswürdiges, naives Mädchen, also sollte ich nicht so grob mit ihr umgehen.

»Ein neuer Kunde hat dich für heute Abend gebucht!«

»Ich hoffe, du hast den Termin nicht bestätigt. Heute Abend ...«

»Ja, ich weiß, Monsieur Jerôme steht in deinem Kalender, aber ...« Ich schultere mir meine Tasche auf, laufe durch den Eingang des Hörsaalzentrums und suche den Kaffeeautomaten auf, während Julie weitererzählt. »Es ist wichtig. Wir haben mit Monsieur Jerôme gesprochen und ein zeitliches Limit gesetzt. Ab 23 Uhr wirst du den neuen Kunden empfangen.«

Ich verdrehe meine Augen, angele eine Münze aus meinem Portemonnaie und werfe sie in den Automaten, als ich davor stehen bleibe. *Latte oder Cappuccino?*

»Name?«, frage ich beiläufig.

»Gideon Chevalier«, höre ich Julie antworten. Papier raschelt und das Klimpern von der Tastatur eines Computers ist zu hören.

Irgendwo taucht der Name in meinem Gedächtnis auf, aber ich kann ihn nicht zuordnen. Zumindest steht er nicht auf der Liste meiner Stammkunden.

»Du weißt, dass ich nicht zwei Kunden am Abend annehme. Frag Sarah oder Helene. Sie können den Termin übernehmen.«

»Ja, ich weiß, aber ...«

»Kein Aber!«, setze ich an und werde lauter, sodass mir zwei Typen neugierige Blicke entgegenwerfen. Der Kaffeeautomat gibt seltsame Geräusche von sich, bis er verstummt und mein Latte auf mich wartet. Mit einem sanftmütigen Lächeln und dem Herunterbeugen zum Kaffeeautomaten kann ich erkennen, wie sie meinen Arsch anstarren und die Augenbrauen hochziehen. Ich liebe diese Momente, aber verkneife mir ein Schmunzeln.

Plötzlich raschelt es am Telefon und ich höre Julie unverständliche Worte sprechen, bis mir Leon ins Ohr brüllt, sodass ich mein Handy vom Ohr halten muss, damit mein Trommelfell nicht platzt, und mir dabei fast der heiße Becher aus den Fingern rutscht.

»Maron!«, dröhnt mir die tiefe Stimme entgegen. Wenn er wüsste, wie seine Stimme dem Brummen eines Bären gleicht, wenn er sauer ist und ich nicht nach seiner Pfeife tanze. Irgendwie liebenswürdig. »Der Termin wurde bestätigt. Du wirst heute Abend beide Termine wahrnehmen. Es war der ausdrückliche Wunsch des Kunden, dich heute Abend zu sehen.«

Ich erhebe mich aus meiner frivolen Haltung, als die

Studenten mir lange genug auf den Arsch geglotzt haben. Dann räuspere ich mich. Leon hasst hinausgezögerte Pausen. Ich liebe sie. Ein Knurren ist zu hören.

Er weiß, wenn ich den Termin nicht wahrnehmen will, kann er mich nicht zwingen. Außerdem sollte ich zuvor gefragt werden, ob ich mit dem Termin einverstanden bin – oder nicht? Also ist es nicht mein Problem, wenn ich ihm absage.

»Ich lasse dir folgende Wahl: Entweder teilt ihr Jerôme mit, dass ich heute unpässlich bin – was äußerst unseriös herüberkommen wird, weil ich den Termin angenommen habe, und er mich kennt. Oder ...« Ich hole tief Luft und schenke den niedlichen Jungs mir gegenüber ein Lächeln. »Ihr verschiebt den Termin mit Chevalier. Ich kann und will mich nicht zerteilen. Weiter lasse ich nicht mit mir reden.«

Genüsslich schlürfe ich an meinem Kaffee, der meine Geschmacksknospen augenblicklich zusammenziehen lässt. Ich würge trotzdem den ersten Schluck herunter. *Verflucht, schmeckt der scheiße!* Bevor ich mir einen weiteren Schluck antue, schütte ich den Inhalt in den Papierkorb neben dem Automaten und werfe den Becher hinterher.

»Du hast mir keine Entscheidungen zu überlassen, Maron. Entweder schwingst du deinen Hintern zu beiden Terminen oder ...«

»Ja, ich bin ganz Ohr?«, raune ich ins Telefon. Ich weiß, dass es kein *Oder* gibt. Wenn mich dieser Kunde will, dann muss er sich gedulden, so sehen es die Regeln unseres Services vor. Und Leon kann mich wohl kaum zwingen. Er weiß zu gut, dass ich die nächsten drei Wochen ausgebucht bin.

Wie ich erwartet habe, dringt nur ein zähneknirschendes »Gut, ich werde den Kunden auf einen anderen Termin verlegen. Sollte er deinetwegen eine andere Agentur aufsuchen, werde ich es dir vom Lohn abziehen« an mein Ohr.

Das ist nicht fair und geht unter die Gürtellinie. Leon weiß, dass ich sehr viel verdiene, aber das Geld brauche, um mein Studium zu finanzieren und meiner Schwester ihre Behandlungen bezahlen zu können.

»Das wagst du nicht!«, fauche ich finster in mein Smartphone, trete auf den Automaten ein und drehe mich in einer schnellen Wendung um. Die zwei männlichen Studenten starren mich immer noch blöde an. Ich funkele ihnen finster entgegen, schon werfen sie sich eilige Blicke zu, heben ihre Taschen vom Boden auf und verlassen meinen Toleranzraum.

»Wie gesagt, ich werde es tun, sobald es Auswirkungen auf unser Geschäft hat.«

Schon ist ein Tuten zu hören. Leon hat das Gespräch beendet.

Klasse!

Verärgert fahre ich durch mein Haar, dann verlasse ich in schnellen Schritten das Gebäude und laufe auf den Parkplatz der Uni. Dort wartet bereits mein schwarzer Audi R8 in der Sonne. Missmutig blicke ich dem Wagen entgegen, weil ich weiß, dass er mein teuerster Besitz ist. Eigentlich ein Firmenwagen, der mir gesponsert wurde, um auch Kunden außerhalb von Marseille antreffen zu können, weil mein Gebiet seit einem Jahr erweitert wurde und Eduard, unser Fahrer, mehrere Stunden am Abend unterwegs ist und mich nicht so weit fahren kann, um den Terminplan einzuhalten.

Wenn ich es Leon heimzahlen will, könnte ich den Wagen pfänden lassen, ohne dass er davon etwas erfährt. Schon manchmal tüftelte ich an dem Gedanken, aber verwarf ihn immer. Damit würde ich mir nur ins eigene Fleisch schneiden.

1. KAPITEL

In meinem Appartement angekommen, nehme ich ein ausgiebiges Bad, versuche von der Uni abzuschalten und lese »Der Graf von Monte Christo«. Die Bücher von Dumas holen mich immer wieder von dem anstrengenden Studentenleben und dem Job in der Nacht herunter. Auch wenn ich das Buch schon gefühlte zehn Mal gelesen habe.

Plötzlich klingelt mein Handy, das noch in meinem Wohnzimmer liegt. Ich lasse mein Buch sinken. *Rangehen oder es ignorieren?* Ich hebe mein Buch wieder, um darin weiterzulesen. Das Klingeln verstummt. Mit einem zufriedenen Lächeln vertiefe ich mich wieder in die Seiten.

Dann klingelt mein Festnetztelefon. Nicht mal ein Bad kann ich in Ruhe nehmen, ohne belästigt zu werden. Meine Stimmung ist auf dem Tiefpunkt. Mit einem Stöhnen blicke ich zur Decke auf. Schon springt, nach mehrmaligem Versuchen mich zu erreichen, der Anrufbeantworter an.

»Hallo, Maron, ich habe noch einmal mit dem Kunden gesprochen. Er lehnt eine Terminänderung ab. Ich konnte ihn von keiner anderen Dame überzeugen. Also tu dir selber den Gefallen und nimm beide Termine wahr.«

Leons Stimme klingt weder gereizt noch verärgert. Anscheinend bleibt ihm nur übrig, es auf die freundliche Art bei mir zu versuchen. Und das – das weiß Leon – kann ich selten ausschlagen.

Ich lege das Buch auf den Wannenrand und erhebe mich aus dem Schaumbad, das ohnehin ruiniert ist. Dann greife ich mein Handtuch, schlinge es um meinen Körper und höre weiter Leons Erklärungen, wie wichtig der Termin sei.

»Hey«, erlöse ich ihn von seinem Flehen, was mir ein köstliches Gefühl, die Oberhand zu haben, verleiht. »Wenn es eine Ausnahme bleibt, werde ich beide Termine wahrnehmen«, antworte ich und kann ein leises Aufatmen hören. »Unter der Bedingung, dass ich den zweiten Kunden erst ab Mitternacht antreffen kann.«

»Er kann den Termin nicht verschieben.«

»Und wie soll ich es in der Zwischenzeit schaffen, eine Dusche zu nehmen und mich umzuziehen?«

Okay gut, vielleicht ist es auch nicht nötig. Schließlich bucht mich Jerôme für einen Opernbesuch und einen anschließenden Ausflug ins Restaurant. Er bucht mich immer nur an den Wochenenden, wenn ich über Nacht bleiben soll. In der Woche will er mich, bis auf ein paar Ausnahmen, zu rein geschäftlichen Terminen. Ob es an seiner Familie liegt, von der er mir erzählt hat, weiß ich nicht.

»Belasse es bei dem Termin. Ich werde es einrichten. Schick mir am besten gleich die Informationen über den neuen Kunden. Falls ich mich umziehen muss, werde ich es in meinem Auto erledigen.«

»Braves Mädchen«, höre ich und kann mir ein Fauchen nicht verkneifen.

»Aber es bleibt eine Ausnahme!«

»Versprochen.«

Langsam kriecht die Kälte meine Waden hoch. Gänsehaut breitet sich auf meinen Unterarmen aus, sodass ich zittere.

»Gut, ich friere mir gleich den Arsch ab. À plus tard!«

Schon lege ich auf.

Mein Blick huscht zur Badewanne, dann zu meinem Schlafzimmer. Das Bad kann ich wohl vergessen. Mit einem Seufzen laufe ich in mein Schlafzimmer, um mich für den ersten Termin herzurichten.

2. KAPITEL

Ich werfe einen letzten kontrollierenden Blick in den Spiegel, um mein Ergebnis zu betrachten. Jerôme liebt es, wenn ich mein hellblondes Haar offen trage und es zu leichten Wellen eingedreht ist. Meine eisblauen Augen sind passend für den Anlass von einem rauchigen Kajal umgeben, um meine blauen Augen mehr zur Geltung zu bringen. Obwohl mir immer nachgesagt wird, dass ich große unschuldige Augen mit unverschämt langen Wimpern habe. Meine Lippen habe ich in einem zarten Rosé geschminkt. Ich bevorzuge es mehr, wenn mein Gegenüber zuerst in meine Augen blickt, bevor der Blick weiter zu meinen Lippen wandert. Obwohl ich volle Lippen habe und Gott dafür danke, kein Opfer von chirurgischen Eingriffen zu sein.

Trotzdem stehen Augen für mich im Vordergrund, sie geben Einblick in die Seele eines Menschen. Ich weiß es nicht nur, ich wurde darin unterrichtet, sie zu lesen. Und es verschafft mir einen Vorteil, Menschen nach wenigen Blicken bereits nackt ausgezogen zu haben. Schließlich will ich nicht Gefahr laufen, irgendwann Opfer eines Perversen zu werden. Aber darauf achtet meine Agentur, die eine der wenigen seriösen in Marseille ist. Wir haben anspruchsvolle Kunden, die aber zumeist nur auf eine Abendbegleitung zu Events, Bällen oder Galas bestehen.

Es ist meistens unsere freie Entscheidung, mit ihnen ins Bett zu gehen. Natürlich verschafft man sich dadurch einen festen Kundenstamm, wenn der Kunde davon ausgeht, mit einem Sexspielchen ausleben zu können, die ihre Frauen nicht akzeptierten. Aber wie gesagt, das entscheide ich selber.

Ich erhebe mich von meinem Hocker, werfe einen letzten Blick auf meine Wanduhr, die mir anzeigt, dass jeden Moment der Fahrer eintreffen wird. Schnell schließe ich den Verschluss des breiten, von kleinen Diamanten besetzten Diorarmbands und zupfe ein letztes Mal an meinem trägerlosen schwarzen Kleid, das bis zur Mitte eng anliegt. Danach fällt es in zartem weißem Tüll weit über die Oberschenkel hinab bis zu meinen Knien.

Ich erinnere mich jetzt noch, als ich das Kleid bei Cloé gekauft habe. Als ich die letzten Minuten nutze, um erneut die Informationen des neuen Kunden zu studieren, klingelt es.

Ich mache mein Smartphone aus, schnappe mir meine schwarze Clutch und laufe zur Tür.

»Ja?«, frage ich.

»Ich warte unten auf Sie«, höre ich die tiefe Stimme des Fahrers. Eduard ist seit vielen Jahren der Fahrer meiner Agentur und ich mag seine grummelige Stimme, weil sie mich beruhigt.

»Bin gleich da.«

»Gut.« Zügig schlüpfe ich in meine Pradaschuhe, obwohl mir meine Sneakers freundlich entgegen schielen. Dann verlasse ich mein Appartement.

In der Oper sitze ich neben Monsieur Jerôme in Carmen und lausche mit einer geraden Haltung und verschränkten Beinen dem Orchester. Ich mag keine Opern, dafür das Orchester, das mir eine Gänsehaut verschafft, wenn gewisse Töne meinen Ohrnerv treffen. Manchmal bin ich den Tränen nah, obwohl es nicht meine Art ist.

Neben mir macht es sich Jerôme gemütlich. Er ist Mitte vierzig, Gründer eines Immobilienunternehmens und ein langjähriger Kunde meiner Agentur. Ich mag seine Anwesenheit, trotzdem langweilt sie mich in den letzten Monaten.

»Wie gefällt es dir, Maron?«, fragt er, streift meine Fingerknöchel und blickt in mein Gesicht. Ich hebe eine Augenbraue, blicke kurz zum Orchester und lächele.

»Sehr. Obwohl mich das Orchester mehr berührt als die Sänger.«

Jerômes Mundwinkel zucken, während er meine Hand drückt.

»Mir geht es genauso. Die Darbietung in der letzten Saison war um einiges interessanter.«

Er blickt wieder zu der Bühne, während ich flüchtig sein Profil mustere. Sein dunkles Haar, das an den Schläfen leicht ergraut ist, ist leicht nach hinten gekämmt, dafür bleibt mein Blick länger auf seiner etwas größeren Nase hängen und seinen kahlrasierten Wangen. Wenn er lacht, sehe ich immer sein Grübchen an der rechten Wange. Alles an ihm kenne ich, weiß, was er am liebsten isst, welche Musik er hört, welchen Sport er mag und kenne sogar etwas aus seinem Privatleben. Und so denke ich, schätzt er diesen Vorzug sehr, eine gute Zuhörerin zu haben, die an ihrem Gegenüber interessiert ist. Zumindest kann ich es in seinen Augen ablesen oder höre es an seinen unterschwelligen Komplimenten.

Als die Oper nach fast zweieinhalb Stunden zu Ende ist, fühlt sich mein Hintern taub an. Innerlich bereite ich mich vor, gleich wieder im Restaurant zu sitzen, bis mein Hintern komplett streiken wird.

Mit interessanten Themen über die Wirtschaft und Politik versucht er mich zu beeindrucken. Ich sehe ihm an, dass er gerne über etwas spricht, für das ich wenig Begeisterung aufbringen kann.

Als der Nachtisch in dem schicken Edelrestaurant abgetragen wird, greift er nach meiner Hand. Flüchtig sehe ich auf die Uhr, die direkt neben einem künstlichen Springbrunnen hängt. Mir bleiben noch 45 Minuten bis 23 Uhr.

»Warum schaust du ständig zur Uhr?«, will er wissen und schaut mir lange mit seinen grauen Augen entgegen. Ich seufze leise.

»Es ist eingeschulter Reflex und keine Absicht. Ich hoffe sehr, ich konnte dir den Abend angenehm gestalten.« Ein warmes Lächeln bildet sich auf seinen Lippen, als er sich mir weiter entgegenbeugt.

»Wie jedes Mal. Aber ...« Er macht eine Pause und ich sehe, dass etwas Forderndes in seinem Blick steht. »Würde es dir etwas ausmachen, mir den Abend noch angenehmer zu gestalten?«, fragt er, während sein Daumen über meine Fingerknöchel streicht.

Ich ahne bereits, dass er mehr geplant hat, als ich angenommen habe. Aber Julie hätte ihm zu verstehen geben sollen, heute nur bis halb elf für ihn da zu sein. Ich verziehe meine Miene nicht, sondern warte auf seine Anfrage.

»Oh, diesen strengen Blick kenne ich. Ich weiß, meine Liebe, dass du heute Abend nur bis halb elf für mich zur Verfügung stehst. Aber aus beruflichen Gründen werde ich für vierzehn Tage in London gebraucht, wo es mir sehr gelegen käme, diesen Abend mit einem befriedigenden Abschluss zu beenden.«

Sein verlangender Blick und die Berührung seiner Hand auf meinem Knie lassen mich erahnen, was er will. Ich spüre die Geldnote auf meinem Bein. Am liebsten würde ich ihn abweisen.

Stattdessen hebe ich eine Augenbraue, fahre über seine Hand und schenke ihm ein Lächeln als Zusage. Ich will es ihm nicht verwehren. Nicht wegen des Geldes, sondern weil ich ihn als Kunden schätze. Es mag dämlich erscheinen, aber ich kenne seine familiäre Situation. Seine Kinder sind ausgezogen, feiern Partys auf Kosten von Daddy und die Frau verbringt mehr Abende mit Zumbastunden und ihren Freundinnen, als sie ihrem Mann widmet.

Rasch erhebt er sich, richtet seinen Anzug und zieht mir den Stuhl zurück. Wie immer schiebt er meinen Arm unter seinen und wir verlassen das Restaurant. Da wir dieses Restaurant öfter besuchen, weiß ich bereits, wohin mich Jerôme entführen wird. Vor dem Lift biegt er mit mir rechts ab und nickt dem Oberkellner zu, der sein Nicken erwidert.

Kurz darauf finde ich mich in einem Gang wieder, von dem mehrere Türen abgehen. Die unmissverständliche Geste seiner Hand auf meinem Po verrät mir, wie eilig er es hat.

»Ich kann es kaum erwarten, von dir angeleitet zu werden, Maron.«

»Noir«, korrigiere ich ihn in einem strengen Ton. Jerôme lacht leise.

»Wie Sie wünschen, Mademoiselle Noir. Wie ich es in London vermissen werde, Sie zu sehen. Können Sie mich nicht nach London begleiten?«, fragt er, als er eine Tür öffnet. Ich schüttele innerlich den Kopf, während meine Finger über seine Wange streichen.

»Das würde ich liebend gern. Allerdings bin ich bis auf die nächsten drei Wochen ausgebucht. So leid es mir tut«, säusle ich ihm ins Ohr.

»Es tut Ihnen nicht leid, Sie freches Ding.« *Ertappt.*

»Doch.« Ich blicke mich in der Lounge um, von der aus man halb Marseille sehen kann, während man gevögelt wird. »Sie sind einer meiner Lieblingskunden.«

Irgendwie stimmt das auch. Ich wende mich ihm zu, bis er mich küsst und an die nächste Wand drängt. Die Wand drückt sich gegen meinen Rücken, als ich seine Hände überall auf meinem Körper spüre. Seine Küsse sind gierig, weder sinnlich noch leidenschaftlich. Trotzdem erwidere ich den Kuss, fahre mit den Händen unter sein Jackett, um es ihm auszuziehen.

»Auf die Couch!«, befehle ich mit einem scharfen Blick, während ich meine Lippen von seinen löse. Innerlich tickt die Uhr. Ich muss mich wirklich beeilen, aber versuche gelassen und kühl zu wirken. Sofort sitzt Jerôme auf der Couch und ich auf ihm, während ich ihn von seinem Hemd und seiner Hose befreie.

»Spezielle Wünsche?«, frage ich und hebe eine Augenbraue.

»Blas mir einen, danach will ich dich von hinten ficken.« Ich weiß, dass er nicht vorhat, mich zu entkleiden. Das würde mein Zeitplan um einiges ruinieren. Vor ihm falle ich auf die Knie, öffne seine Hose und ziehe sie bis zu den Knien herunter. Unter mir macht es sich Jerôme bequem.

Sofort sehe ich seinen halb erigierten Schwanz, umfasse ihn und massiere ihn in meinen Händen.

»Während ich ihn in meinen Mund nehme und daran lutsche ...« Ich fahre mit meiner Zunge über meine Lippen, schließe leicht die Augen und seufze vor Genuss. »... möchte ich hören, wie sehr ich Ihnen in London fehlen werde.«

»Du kleines verdorbenes Ding«, antwortet er mit einem breiten Grinsen, grapscht nach meinen Brüsten und zieht mich näher an sich.

»War das ein JA?«, frage ich ihn lauter.

»Ja, Mademoiselle Noir.«

»Sehr gut.« Also dann, bringen wir es hinter uns. Ich beuge mich zu ihm herab, lecke über seine Eichel, während meine Hand seinen festen Schwanz weiter massiert. Ich höre keine Stimme. Sicherlich schaut er zu.

»Ich höre nichts!«, fahre ich ihn an und versenke meine

Fingerspitzen etwas in seine Beininnenseiten nah an seinem Geschlecht. Sofort ächzt er und beginnt zu erzählen, wie sehr ich ihm fehlen werde. Herrlich.

Ich widme mich weiter seinem Schwanz, bis ich an seinem lauter werdenden Stöhnen und dem leichten Zusammenziehen seiner Hoden erkenne, dass er kurz davor ist, zu kommen. Ich erhebe mich schnell, streife meinen Slip von den Beinen und hole ein Kondom aus meiner Tasche. Vorsichtig packe ich es aus, nehme es – ohne es zu zerreißen – zwischen die Zähne und Lippen und streife es ihm gekonnt über. Durch das laute Atmen von ihm weiß ich, dass er nicht lange brauchen wird.

Mit gespreizten Beinen steige ich über ihn, gehe etwas in die Knie, damit er alles sehen kann. Seine Hose streift er komplett ab, dann greift er nach meiner Mitte, drückt mich auf die Couch runter und dringt im nächsten Moment in mich ein. Ein leichtes Ziehen breitet sich in meinem Becken aus, bis ich mich an seinen Schwanz anpasse und ihm die Führung überlasse. Sein fester Druck auf meiner Mitte wandert zu meinen Hüften, als er immer schneller in mich stößt und ich flüchtig zu meiner Handtasche sehe.

Am liebsten würde ich wissen, wie spät es ist. Leon bringt mich ansonsten um, wenn ich zu spät komme. Was macht das schon für einen Eindruck?

Das lauter werdende Stöhnen ist von Jerôme zu hören.

»Ah, ich komme gleich, Noir.« Er rammt seinen Schwanz wieder in mich, während ich keuche und stöhne, als stände ich kurz vor dem Höhepunkt. Sein Schwanz pulsiert in mir und er dringt ein letztes Mal tief in mich ein, bevor er mir über die Schultern tätschelt, als wäre ich ein Chihuahua.

»Jetzt hast du mir einen zufriedenstellenden Abend verschafft, meine Liebe.« Er gibt mir einen Klaps auf den Po, als er seinen Schwanz aus mir zieht.

»Das hoffe ich doch.« Er hilft mir auf und ich hebe meinen Slip vom Boden auf. Hoffentlich rieche ich nicht zu sehr nach dem Gummi. War es einer mit Geschmack? Selbst wenn nicht, man kann es riechen.

Nicht lange und ich verabschiede mich von Jerôme und suche eilig die Toiletten auf. Ich habe noch fünfzehn Minuten. Verflixt kurz. Ich könnte Leon dafür verprügeln, mir den Abend dermaßen eng zu planen.

Mit Hygienetüchern reinige ich meine intime Zone, hoffentlich hilft es etwas. Mit neu aufgelegtem Puder und geputzten Zähnen verlasse ich die Toilette. Eine Zahnbürste nehme ich immer mit, um mir nach einem Blowjob die Zähne zu putzen und den Geschmack von dem Schwanz eines Mannes loszuwerden. Männer können das meilenweit gegen den Wind riechen, wenn eine Frau vor kurzem gevögelt wurde. Keine Ahnung warum, aber bisher gelang es mir, das zu verbergen. Vielleicht stimmt die Umfrage in dem Artikel, in dem ich es gelesen habe, auch nicht.

Am Hochhauseingang wartet bereits Eduard an der schwarzen verspiegelten Limousine auf mich, der auf die Uhr schaut und beide Augenbrauen in die Stirn zieht.

»Ja, ja, ich weiß«, murmle ich, bevor er mir die Tür der Limousine aufhält und ich hineinspringe.

Auf den hellen Ledersitzen hole ich tief Luft und lehne mich mit geschlossenen Augen zurück. Wir fahren nicht weit und schon nach zehn Minuten stoppt der Wagen. Ich nippe ein letztes Mal an meiner Cola, die Eduard meistens für mich bereithält, dann nimmt er sie mir ab. Er ist immer so fürsorglich.

Aus den verdunkelten Fensterscheiben kann ich einen Club mit der neonblauen verschnörkelten Aufschrift »*Boosté*« – »Beflügelt« lesen. Von außen wirkt der Club sehr teuer und macht einen guten Eindruck, allerdings habe ich zuvor noch nie etwas von dem Club gehört.

»Kennst du den Club?«, frage ich Eduard, der eigentlich jeden Winkel Marseilles kennt.

»Ja. Er wurde vor drei Monaten eröffnet. Dabei handelt es sich um einen Privatclub, den nur besondere Mitglieder besuchen können.«

»Was für Mitglieder?«, will ich wissen, doch Eduard zuckt nur die Schultern. *Klasse!* Um danach zu googeln, fehlt mir die Zeit. Hätte ich bloß vorher den Treffpunkt recherchiert. Verflucht, ich habe nur noch zwei Minuten.

Eduard muss meinen Blick im Rückspiegel gesehen haben, denn schon hält er mir die Tür auf.

»Ich warte auf Sie.«

»Danke. Aber wenn Sie einen Kaffee brauchen oder Hunger haben, können Sie den Club verlassen. Ich bin für drei Stunden gebucht«, erkläre ich ihm. Aber anscheinend weiß er selber bereits Bescheid. Seine Miene wird ernst.

»Ich warte dennoch vor der Tür. Falls es zu Notfällen kommt.«

Er macht sich Sorgen wie bei jedem neuen Kunden. Dafür bin ich ihm dankbar, aber ich habe auch meine Tricks, mich im Notfall zur Wehr zu setzen.

»Also dann, bis in drei Stunden.«

»Oui, Mademoiselle.« Er verbeugt sich, als wäre ich eine echte Lady.

Ich lächele, dann schreite ich auf dem dunklen Teppich, der zwischen den großen Buchsbaumkübeln ausgelegt ist, auf den Eingang des Clubs zu. Eine Schiebetür öffnet sich vor mir und ich betrete die Eingangshalle, die recht schwach ausgeleuchtet ist. Was, wenn es ein SM-Club ist?

Ich schmunzele, denn diese Erfahrungen hatte ich bereits gemacht. Es gibt fast nichts, was mich noch beeindrucken könnte. Aber man sieht es den SM- oder BDSM-Clubs meistens nie an.

Etwas verloren blicke ich mich in der Halle um, in der ein Lift und mehrere Türen zu sehen sind. Innerlich lasse ich alle Informationen über Gideon Chevalier Revue passieren. Erbe eines erfolgreichen Bankunternehmers – der sicher die Leute über den Tisch zieht – gut aussehend, vierunddreißig, zwei Brüder, der eine älter, der andere jünger, ständig mit wechselnden Frauen auf Bildern bei Google zu finden und soweit ich herausfinden konnte, hat seine Familie einen Nebenwohnsitz in Cornwall.

Im Prinzip passt er zu den üblichen Kunden, bis auf die Tatsache, dass er locker Frauen kennenlernen kann, ohne auf eine Agentur angewiesen zu sein. Aber kann mir das nicht egal sein? Drei Stunden, dann fünf Stunden Schlaf, bis ich aufstehen muss, um zur Uni zu eilen. Bei dem Gedanken dreht sich mir der Magen um, aber ...

»Schön, dass Sie bis auf die Minute pünktlich sind«, höre ich hinter mir eine angenehme Männerstimme und muss mich zwingen, mich nicht neugierig umzudrehen. Ich hole tief Luft.

»Das ist meine Aufgabe«, antworte ich und spüre plötzlich eine Hand auf meinem Rücken, bevor ich mich umwende. Mir gegenüber steht Gideon Chevalier persönlich, womit ich nicht gerechnet habe. Meistens werde ich von Portiers oder Empfangsdamen zu den entsprechenden Herren gewiesen. Aber es ist ein Club, wo alles vermutlich anders läuft.

»Dann sollten wir die Zeit nutzen.« Ich schaue zu ihm auf, weil er fast einen halben Kopf größer ist als ich, obwohl ich zehn Zentimeter hohe, schwarze Peeptoes trage. Seine Augen schauen mir amüsiert entgegen. Sie sind wunderschön grün. Sein braunes Haar ist – wie auf den Bildern, die ich von ihm gesehen habe – leicht schräg aus der Stirn gestrichen. An seinem Gesicht gibt es nichts auszusetzen. Er trägt einen gepflegten Dreitagebart mit einem leichten Grübchen am Kinn, hat eine schier perfekt gerade Nase und von der Statur her kann ich wenig beurteilen, weil er einen dunklen Anzug trägt, mit einem ebenso dunklen Hemd. Zumindest sieht er sportlich aus.

Könnte interessant werden ...

Ich senke meinen Blick, wie ich es öfter tue, um meine Zustimmung mitzuteilen, und schaue dann mit einem Lächeln begleitet zu ihm auf.

»Folgen Sie mir«, spricht er und läuft an mir vorbei. Das

Sie soll er sich schnellstens abgewöhnen. Recht schnell wollen viele Kunden nicht mit *Sie* angesprochen werden, um die Distanz zu überwinden.

»Gerne.« Und schon folge ich dem gut aussehenden Mann zum Fahrstuhl. Er holt eine schwarze Karte aus der Anzugtasche und zieht sie neben dem Fahrstuhl durch ein Scangerät.

Ich bleibe neben ihm stehen und bin wirklich gespannt, was mich erwartet. Geplant war eine Begleitung für den Abend ohne weitere Vorgaben. Von einem Essen gehe ich nicht aus. Außerdem würde ich nichts mehr herunterbekommen, nachdem mich Jerôme mit seinem Vier-Gänge-Menü fast mästen wollte.

»Sind Sie bei mir?«, fragt er mich und betritt den Fahrstuhl, während ich kurz nicke. Verflucht, wie konnte ich nur in meinen Gedanken fixiert sein?

»Natürlich.« Wir fahren mehrere Etagen in die Tiefe. Exakt drei Etagen.

Eigentlich erwarte ich immer, dass mir mitgeteilt wird, was der Kunde wünscht, aber er mustert mich nur eingehend, aber sagt nichts. Ich halte seinen Blicken stand, bis die Fahrstuhltür vor uns aufgeht und ich aufgrund des Basses, der unter meinen Schuhen vibriert, wirklich von einem gewöhnlichen Club ausgehe. Vor einer robusten Stahltür bleibt er stehen und sieht zu mir herab. Ein Grinsen huscht über seine Lippen.

»Ich muss ehrlich gestehen, dass es mich sehr freut, Sie heute Abend anzutreffen, da es ziemlich schwer ist, Sie zu buchen.« Ein spöttischer Blick legt sich unter seine Augen.

Ich neige meinen Kopf und zucke unschuldig mit den Schultern.

»Dann sollten Sie die drei Stunden umso mehr genießen.«

»Oh, das werde ich«, antwortet er auf solch selbstsichere Weise, dass ich kurz zweifle, was er wirklich plant. Kurz bevor er auch diese Tür mit seiner Karte öffnet, senkt er seinen Kopf zu mir herab. Seine Lippen streifen meine Wange.

»Hoffentlich gefällt Ihnen der Abend ebenfalls«, raunt er mir entgegen. »Denn wer weiß, vielleicht trifft der Ruf, der Ihnen nachgesagt wird, nicht zu.«

Unauffällig kneife ich die Augen zusammen. Ich kenne meinen Ruf. Und ich weiß, was die meisten Männer von mir erwarten. Sie wollen sich gerne den Frauen unterwerfen, einmal die Dominanz abgeben und es genießen, wenn eine Frau die Kontrolle übernimmt.

»Was wird mir denn nachgesagt?«, will ich von ihm wissen und hebe interessiert meine Augenbraue. Dabei streife ich mit meinen Fingern seine Wange so knapp wie einen leichten Windhauch.

»Dass Sie sehr engagiert mit Ihren Kunden umgehen, ihnen ihre speziellen Wünsche erfüllen und auch etwas dominanter werden können, wenn man es wünscht.«

Ich verziehe das Gesicht nicht, sondern blicke kurz mit einem Lächeln zur Seite. Ja, der Ruf eilt mir voraus.

»Was«, ich trete näher auf ihn zu, »wünschen Sie sich denn für diesen Abend?«

»Das werden Sie früh genug herausfinden. Wo bleibt

ansonsten der Spaß?« Er hebt eine Augenbraue, zieht die Karte neben dem Türrahmen durch und schon öffnet sich die Tür summend vor uns. Ich ahne bereits, was vor sich geht – zumindest glaube ich es.

Er liegt in der Annahme, dass er den Spieß umdrehen kann und mich mit seinen Geheimnissen neugierig macht. Und ... Oh, wider Erwarten kommt die Musik aus dem Raum. Er schiebt einen Vorhang zur Seite und ich bleibe stehen.

Wir befinden uns direkt im Club, der von Schwarzlicht und roten stilvollen Lampen an den Decken beleuchtet ist. Die Stimmung ist etwas bizarr, als ich links und rechts von mir die Tabledance-Girls in ihren knappen Höschen tanzen sehe, die sich auf einem u-förmigen Tresen, in Käfigen oder an Stangen winden wie Schlangen. Ich konnte ihnen noch nie etwas abgewinnen.

Ich weiß, dass Chevalier mich im Blick behält, während ich lächele und die zehn Frauen mustere, die von Clubmitgliedern begafft werden. Es sind um die zwanzig Männer zwischen Anfang zwanzig und Ende dreißig. Alle tragen sie dunkle Anzüge, grölen oder sind lautstark in ein Gespräch vertieft.

»Ein Stripclub? Ehrlich?«, frage ich, nicht gerade begeistert. Denn das bin ich wirklich nicht.

»Mehr als das.« Tja, manche besitzen einen absonderlichen Geschmack. Vermutlich gibt es hintere Räume, wo die Männer sich mit den Frauen begnügen.

»Warum werde ich bestellt, wenn es in diesem Club nicht an Frauen mangelt?«

Ich schaue zu ihm auf, bevor mein Blick von einer Frau abgelenkt wird, die von drei Männern aus dem Käfig gezogen wird. Mit einem aufgesetzten Quieken will sie sich aus ihren Händen befreien, aber die Männer machen sich weiter an ihr zu schaffen, versuchen ihren Tanga herunterzuschieben, fassen zwischen ihre Beine und saugen an ihren Brustwarzen.

»Weil ich etwas Ablenkung gebrauchen könnte. Ist das nicht offensichtlich? Und du gefällst mir.« *Du?* Ging aber flott, schon greift er nach meiner Hand und zieht mich zwischen den gaffenden Clubmitgliedern zur Bar. »Allerdings siehst du aus, als könntest du einen Drink vertragen.«

»Sehe ich tatsächlich so aus? Ich trinke nichts, danke.«

»Wieso nicht?«, will er wissen und kneift die Augen zusammen.

»Das trübt die Sinne.« Ich presse die Lippen aufeinander und schaue unauffällig zu der Frau. Irgendwie interessiert es mich, was sie mit ihr vorhaben, als mir plötzlich jemand an den Arsch geht und ich wild herumfahre. Augenblicklich greife ich nach dem Handgelenk desjenigen und verdrehe es ihm schmerzhaft in der Luft. Nach Atem japsend und mit schmerzverzerrtem Gesicht blickt mir ein junger Mann mit schwarzen Haaren und glasigen Augen entgegen. Er wirkt jünger als ich. »Probier das noch einmal und du wirst mit gebrochenem Handgelenk den Notarzt anrufen müssen«, warne ich ihn. Aber der Mann antwortet nicht. Ich drehe das Handgelenk fester. »Hast du mich verstanden!«, fauche ich.

Ein hektisches Nicken ist zu sehen, als ihm sein Scotchglas aus der Hand rutscht und neben mir auf dem Steinboden zerschellt. Oh weh, der Junge hat einen ordentlich über den Durst getrunken. Schnell lasse ich ihn los, bevor er eine falsche Bewegung macht und sich selber das Gelenk bricht.

»Genau deswegen trinke ich keinen Alkohol.« Ich wende mich wieder Gideon zu, der ... verschwunden ist. Irritiert schaue ich zur Bar, wo ein halbnackter Mann mir entgegen grinst. Plötzlich sehe ich einen Schatten, ein schwarzes Tuch und mir werden die Augen verbunden. Als ich reflexartig danach fassen will, höre ich Gideon: »Jetzt brauchst du deine Krallen noch nicht auszufahren. Dafür haben wir später Zeit«, sagen, bevor er meine Handgelenke festhält. Dann spüre ich etwas gegen meine Lippen gepresst. Was soll das?

»Ich habe doch gesagt, dass ich keinen ...« Fehler! So dämlicher Fehler! In dem Moment, als ich spreche, wird mir ein scharfer Alkohol zwischen die Lippen geschüttet. Spinnt der total?! *Du hast jetzt die Wahl: schlucken oder ausspucken?*

Unter Alkoholeinfluss braucht er keine Dominanzspiele von mir zu erwarten. Oder ist es gerade das, was er will?

Ich pruste den Alkohol aus und will ihm mit dem Ellenbogen einen Haken verpassen, als ich keinen Widerstand spüre.

»Ich lasse dir die Wahl, entweder du trinkst freiwillig aus oder ich flöße dir den Vodka Stück für Stück ein. Ich kenne eure Regeln, kein Alkohol, um nicht die Kontrolle zu verlieren, aber ...«, raunt er dicht an meinem Ohr. Zärtlich knabbert er an meinem Ohr, dann küsst er meinen

Hals, bis ich seinen Schwanz auf meinem Po spüre. »Du kannst ruhig diesen Abend die Kontrolle abgeben.«

In dem Moment, als ich fragen will, wieso, schüttet er wieder den hochprozentigen Alkohol zwischen meine Lippen. Ich verschlucke mich fast.

Dieses Mal zögere ich nicht und verpasse ihm einen üblen Tritt in die Kniescheibe. Ein dunkles Knurren ist zu hören. Dabei habe ich versucht, ihn nur mit der Sohle meiner mörderischen Schuhe zu treffen und nicht mit dem Absatz. Aber der Schmerz kann ihn ruhig erinnern, zu weit gegangen zu sein. Wirklich ein Narr, wenn er glaubt, mir etwas aufdringen zu können!

Mit einem Schritt nach vorne entferne ich die Binde und funkele ihm finster entgegen. Gerade als ich nach meinem Handy greifen will, um Eduard zu informieren, bekommt mich Chevalier am Handgelenk zu fassen. Ich weiche ihm aus und schreite auf die Tür zum Ausgang zu. Das ist etwas, was ich nicht auf mir sitzen lassen werde. Es gelten Regeln. Und die hat er gebrochen.

»Hey, warte«, will er mich aufhalten. Die anderen Clubmitglieder werfen uns amüsierte Blicke entgegen. Doch in jedem einzelnen Gesicht kann ich ablesen, wie angetrunken sie sind.

»Nein«, antworte ich kühl. »Ihr habt eine Regel überschritten. Ich bin keine Prostituierte, die ihr für einen Abend benutzen könnt. Und gerade habe ich weder Lust auf diesen Club noch auf Sie.«

Ich will die Tür öffnen, aber sie ist verschlossen. »Öffnen!«, befehle ich scharf und deute auf die Tür. Aus den

Augenwinkeln sehe ich ihn neben mir stehen. Er schüttelt tatsächlich den Kopf. Ist der irre oder einfach nur bescheuert? Oder auf einem Trip? Aber seine Augen zeigen mir, dass er keine Drogen eingeworfen hat. »Sofort!«, fauche ich und setze eine wütende Miene auf.

Dann greife ich, ohne zu fragen, in seine Hosentasche, um die Karte zu herauszuholen. Ich lasse mich bestimmt nicht von dem im Club festhalten. Aber die Karte ist nicht mehr in seiner Hosentasche, stattdessen spüre ich etwas anderes. Ich ziehe meine Hand langsam mit einem Schmunzeln zurück, dann zücke ich mein Handy. Verflucht! In welchen Mist hat mich Leon da reingeritten? Wenn ich ihn sehe, werde ich ihn vierteilen oder auspeitschen, bis er um Vergebung winselt.

»Nein.«

»Ich dulde kein *nein*!«

»Ich weiß«, raunt er mir zu und umgreift das Gelenk meiner Hand, welches das Handy hält. Ich funkele ihm finster entgegen, als ich mit der anderen in seinen Schritt fasse, sodass er nach Luft schnappt. Ich kann seine Geilheit in meinen Fingern spüren, aber das wird mich nicht aufhalten, ihn auszubremsen.

»Solltest du einen weiteren Fehler machen, werde ich dafür sorgen, dass jede Frau schreiend vor deinem Schwanz wegrennt«, spreche ich deutlich und in einem gefassten Ton. Dabei höre ich sein Keuchen, was besser als das Stöhnen vor einem Orgasmus ist. Aber ich will nicht zu weit gehen. Nur so weit, dass er nicht auf die Idee kommt, mich ein weiteres Mal aufzuhalten. Sofort lässt er von meinem

Handgelenk ab und ich stoße ihn heftig an die Wand. »Verstanden?«

»Mein Codewort ist im übrigen ›*Noir*‹!«, sagt er und kann tatsächlich sein verkrampftes Gesicht zu einem Grinsen verziehen. Gut, der Mann hat wirklich Humor.

Ich löse meine Hand, um sie in der nächsten Sekunde mit meinem Knie zu ersetzen und ihm eine heftige Ohrfeige zu verpassen.

Klatsch!

Sein Gesicht fliegt zur Seite, während meine Hand herrlich kribbelt. Ich schnappe mir seine Handgelenke und presse sie neben ihm an die Betonwand. Mein Gesicht nähert sich gefährlich seinem.

»Ich lege die Codewörter fest, nicht du!« Mit jedem langsam ausgesprochenen Wort spüre ich, wie mein Atem seine Wange beschlägt.

»Und das wäre?« Ich schiebe mein Knie höher, während ich eine Augenbraue hebe. Mir hat der Clubname gefallen – er ist originell und sagt viel über diesen Strip-Schuppen aus.

»*Boosté*!« Er nickt und ich glaube, er wird jetzt endlich die Finger von mir lassen oder das Wort brüllen, als ich meinen Griff um seine Handgelenke verstärke. Meine Fingernägel drücken sich wie Krallen in seine Haut. Die wird er morgen als Andenken an mich bestaunen können.

»Aber bevor ich ›*Boosté*‹ rufen werde …« Er nickt und in seinen grünen Augen erkenne ich sofort, dass etwas nicht stimmt. »… habe ich etwas anderes mit dir vor.«

Plötzlich spüre ich einen Griff um meine Mitte. Ich

werde von jemandem zurückgezerrt. Böse funkele ich ihm entgegen, drehe mich auf dem Absatz um, um dem Jemand meine bloße Hand ins Gesicht zu schlagen. *Volltreffer!*

Wütend reibt sich ein Mann mit dunkelblondem Haar und einem fast so hübschen Gesicht wie Gideon seinen Kiefer. Doch er schaut weder interessiert noch amüsiert, sondern zornig.

Ehe ich im Ansatz begreife, dass die ungeteilte Aufmerksamkeit auf uns ruht, die Tabledance-Damen mit offenen Mündern zu uns blicken und die Männer dämlich grinsen, hebt mich der fremde Mann hoch und wirft mich über die Schulter. Schreien werde ich sicher nicht.

»Das wird unser letztes Treffen sein, Chevalier!«, warne ich Gideon, der uns folgt. Geschmeidig fährt er mit der Hand durch sein Haar und grinst verboten.

»Das denke ich nicht. Wir werden eine Weile unseren Spaß haben.«

Ich mache ein angewidertes Gesicht. »Ja, indem ich dir deinen Arsch aufreiße.« Schnell greift er nach meinem Kinn, während ich weiter von dem anderen Mann – keine Ahnung wohin – getragen werde.

»Ich kann mir vorstellen, wie gut du das kannst, Maron. Aber nicht heute.« *Maron?* Ich ziehe die Augenbrauen zusammen. »Heute werde ich dir deinen süßen Hintern aufreißen. Das Codewort haben wir bereits geklärt.« Gideon schaut an mir vorbei. »Bring sie ins Billardzimmer.« *Was?*

Die Tabledance-Girls hüpfen weiter an ihren Stangen und werfen mir amüsierte Blicke zu. Wie verdammt scheiße es sich anfühlt, von einem Mann davongeschleppt zu werden, obwohl ich sonst die Männer das machen lasse, was ich will, brauche ich kaum zu sagen. Als ich mich umsehe, merke ich, dass keiner der hier Anwesenden mir zur Stelle eilen wird. Dann muss ich wohl oder übel nachgeben, bis die passende Gelegenheit kommt. Und die wird kommen!

3. KAPITEL

»Fangen wir einfach von vorn an. Darf ich mich vorstellen, ich heiße Gideon Chevalier.« *Ein eingebildeter Arsch, der glaubt, mit Geld alles kaufen zu können* – ergänze ich in Gedanken.

Wahrscheinlich kann er es auf meinem Gesicht lesen, zumindest lacht er und ich zerre an den Handschellen, die die beiden Männer mir angelegt haben, als sie mich auf den Stuhl gesetzt haben. Aber je mehr ich ihm zeige, wie wütend ich bin, desto mehr gefällt es ihm. Also gebe ich nach und schaue ihm intensiv, aber fast gelangweilt entgegen.

»Die Hand geben, kann ich dir ja nicht«, ziehe ich ihn auf. Wir befinden uns in einem Billardzimmer, das natürlich abgeschlossen wurde. Um die Hälfte des Raumes befinden sich Couchen an den Wänden, darüber sind hinter Glas gedimmte Lichter angebracht, die ihre Farben ändern, von einem tiefen Rot in ein glühendes Ultraviolett, dann in ein strahlendes Grün. Inmitten des Raumes befinden sich tatsächlich Billardtische, ansonsten eine kleine Bar, hinter der ebenfalls eine Tür zu sehen ist. *Gut, zwei Ausgänge.*

»Du überlegst, wie du mir entkommen kannst.« Meine Blicke waren flüchtig, trotzdem hat er es bemerkt. *Er ist gut.* In seinen Augen lese ich die Vorfreude, mit mir etwas zu machen, was mir gefallen wird und was meine Kontrolle über die Situation abgeben soll.

»Man sollte sich jeden Fluchtweg offen halten. Es laufen zu viele Perverse und unausgelastete Lüstlinge durch die Gegend, die glauben, bloß weil sie für eine Nacht bezahlen, die Frau als ihren Besitz ansehen zu dürfen«, spreche ich ruhig.

»Die gibt es wirklich. Leider, denn sie zerstören unseren Ruf.« *Welchen Ruf?* »Du willst wissen, was ich meine?«

Ha! – ich ahne es bereits. Der Club ist eine Mischung aus reichen, blasierten Männern, auf der Suche nach abenteuerlichem Sex, während die Frauen zuhause sitzen und Babyzimmer einrichten und neugierigen Typen, denen in ihren Appartements die Decke auf den Kopf fällt.

»Dann sollest du ...« Er schnippt einmal mit den Fingern, schon eilt ein halbnackter Mann in einem schwarzen Lendenschurz bekleidet mit einem Tablett auf uns zu. Auf dem steht ein Martini, wenn ich es dem Glas nach richtig beurteile. »... endlich etwas trinken. Ich lade dich gerne ein, Kleines.«

Warum will er mich die ganze Zeit betrunken machen? Außerdem müsste die Hälfte der Zeit bereits um sein. Ich presse die Lippen mit einem Schmunzeln zusammen.

»Nein«, antworte ich und schaue zum Boden, als ob der interessanter wäre als der Mann vor mir. Plötzlich greift mir jemand in den Nacken – nicht zu grob – und reißt mit der anderen Hand meinen Kopf nach hinten. *Was für ein verfluchter Mist ist das?*

Denn nun sehe ich zwei Männer hinter mir. Der eine, der mich getragen hat, der andere sieht mich mit einem spöttischen Lächeln an und hat dunkelbraunes, fast tiefschwarzes Haar und ähnelt in meinen Augen einem Pianisten.

Ich hole Luft und will unter keinen Umständen panisch wirken, als ich das Glas an meinen Lippen spüre. Im nächsten Moment schmecke ich den Gin. Ich brauche die Kontrolle, also schlucke ich, bevor ich mich verschlucke und das brennende Zeug meine Luftröhre runterjagt.

»Braves Mädchen«, höre ich, als Gideon meinen Oberschenkel streichelt. Dann ist das Glas leer und ich krümme meine Hände zu leichten Fäusten. Normalerweise bin nicht ich diejenige, die an Stühlen festgebunden ist, sondern Männer wie dieser Arsch.

»Was meinst du, Lawrence, einer geht bestimmt noch, oder?«

»Sicher. Sie wirkt noch zu verkrampft.«

»Verkrampft?« Ich verpasse ihm gleich ein *verkrampft*! Doch ich ziehe scharf die Luft ein. Wollen sie mich mit dem harten Alkohol bewusstlos machen und dann über mich herfallen? Ich senke meinen Blick, als dieser Lawrence meinen Kopf kurz freigibt, und lächele dem Boden entgegen.

»Du solltest sie nicht beleidigen, ansonsten wird sie es nicht mehr aushalten können, dich übers Knie zu legen.«

Da hat er allerdings recht.

Gideons Hand wandert weiter meinen Oberschenkel entlang und stößt auf meinen Slip, schiebt ihn zur Seite, während ich meinen Blick hebe und ihm eindringlich entgegenblicke. Nicht finster, aber so, dass er vielleicht meinem Blick ausweichen wird. Doch er schaut mit einem

Schimmer in seinen Augen in mein Gesicht, während er meine Schamlippen streichelt. Seine Finger tasten sich weiter vor, fahren über meinen Kitzler, bis zwei Finger langsam in meine Pussy eindringen, ich aber nicht eine Miene verziehe. Die Genugtuung, mich stöhnend vor ihm zu krümmen, gebe ich ihm nicht. Obwohl er weiß, wie er mich anfassen muss, denn feucht genug bin ich, während meine Nippel steif sind.

Hinter mir höre ich ein leises Flüstern, dann beugt sich Gideon zu mir herab, um mich zu küssen. Seine Finger sind immer noch in mir, bewegen sich rhythmisch auf und ab, dann kreisend. Gleichzeitig massiert er meine Perle, umkreist sie mit seinem Daumen. Ich hole unauffällig Luft, bis er mich fordernd küsst und mir fast die Luft zum Atmen nimmt. Er schmeckt gut, leicht nach etwas Fruchtigem. Sein Duft ist herb – wie Wildleder und ein Hauch Amber. Der Duft ist wirklich magisch anziehend, aber ich werde es ihm mit Sicherheit nicht sagen oder zeigen.

Mit meiner Zunge umkreise ich seine, beiße in seine Unterlippe – fester, sodass ich leicht Blut schmecke. Ein Raunen ist zu hören. Aber er lässt nicht von mir ab, schiebt seine Finger tiefer in mich und entfacht einen rasenden Puls in mir. Dann erst lässt er von mir ab.

»Jetzt, denke ich, hat sie ihren zweiten Drink verdient.« Er winkt den Barkeeper näher zu sich, der schon um uns steht. Ich habe ihn nicht bemerkt. Obwohl ich zu gern weiter von Chevalier geküsst werden will, weil er gut küssen kann, schaue ich dem Scotchglas entgegen.

»Oh, es wird abwechslungsreich«, bemerke ich mit einem bitteren Lächeln.

»Mit uns immer, meine Schöne.«

»Aber wenn ihr mich von diesen Fesseln löst, dann zeige ich euch, wie abwechslungsreich der Abend wirklich werden kann.« Mit der Zunge lecke ich über meine Lippen, während ich einen lasziven Blick aufsetze.

Hoffentlich springen sie darauf an. Gideon und die Männer hinter mir tauschen Blicke aus, dann zieht sich Gideon von mir zurück, bevor er mir aus dem Stuhl hilft und mich zu einer Couch an der Wand trägt. Aber die Fessel nicht von meinen Handgelenken löst. Das war also ein *Nein*.

»Was soll das werden?«

Doch ehe ich die Lage deuten kann, steht ein Mann mit heruntergelassener Hose breitbeinig vor meinem Gesicht und ich starre auf einen großen Phallus, der unweigerlich gleich in meinem Mund landen soll. Ich schaue an dem Prachtexemplar vorbei zu Gideon, der hinter ihm steht, sein Hemd aufknöpft und es nachlässig zur Seite wirft. Der andere bleibt an der Tür stehen und sieht uns nur mit einem höhnischen Gesichtsausdruck zu.

Dieser Lawrence greift nach meinem Kinn, um meine Aufmerksamkeit auf sich zu ziehen. Ich schaue devot zu ihm hoch mit einem Hauch an Arroganz.

Nicht lange und er greift nach meinem Kopf, schiebt ihn in meinen Nacken, greift nach dem Glas und versenkt seine Finger in dem Alkohol. Dann reibt er seinen Schwanz mit dem Scotch – wenn ich raten dürfte – ein und umkreist mit seiner Penisspitze meinen Mund. Er fährt meine Lippen mit ihnen nach, bis er sie auseinanderdrängt. Ich lasse es zu, denn gespannt, was sie vorhaben, bin ich schon.

Bis meine Beine auseinandergeschoben werden, ich etwas Feuchtes und zugleich Kühles zwischen meinen Beinen spüre. Weil ich nicht sehen kann, was es ist, will ich mich zur Seite neigen.

»Schön bei mir bleiben.« Lawrence blickt mir lange entgegen und hält weiter meinen Kopf. »Schau mir in die Augen und sieh zu, was ich mache, während du meinen Schwanz lutschst.«

Er greift mit der freien Hand zu dem Scotchglas, während die andere meinen Kopf weiter festhält. Dann versenkt er seinen Schwanz in dem Glas. *Es muss auf jeden Fall kein eisgekühlter Scotch sein* – feixe ich innerlich. Zwischen meinen Beinen dringt etwas in mich ein, sodass ich keuche. Zugleich spüre ich eine ziemlich geschickte Zunge. *Das ist wirklich gut.* Aber ich würde zu gern wissen, was Gideon macht.

»Oh, ihre harte Schale zerbricht langsam«, höre ich Gideon sprechen, als er mit seiner Zunge im nächsten Moment hart über meinen Kitzler streift und ich schneller atme.

»Mal sehen, wie ihr das gefällt«, antwortet Lawrence und schiebt seinen Schwanz überzogen von dem Alkohol in meinen Mund. Es ist ein bizarres Gefühl. Aber gar nicht mal so übel. Sie verstehen es, Frauen um den Finger zu wickeln.

»Lass dich einfach fallen, Hübsche. Es wird dir

gefallen ...«, höre ich Gideon. Am liebsten hätte ich etwas erwidert, was schwer ging mit dem Schwanz im Mund. »Obwohl sie unartig war. Sie hatte bereits ihren Spaß.«

»Was?« Lawrence dreht sich zu ihm um und stoppt seine Bewegung.

»Ich kann es riechen.« Verflucht, der Artikel mit dem Gummi stimmt wirklich.

»Dafür sollte sie bestraft werden.«

»Finde ich auch.« Ich ziehe die Augenbrauen zusammen, als Lawrence' Härte tiefer in meinen Mund dringt. Dann lässt er den Scotch langsam seinen Schwanz entlanglaufen, direkt in meinen Mund. Ich presse die Lippen zusammen, um nichts mehr trinken zu müssen, aber es gelingt mir nicht. Dann bewege ich meinen Kopf auf und ab. Nur so lange, bis er das Glas wieder auf das Tablett stellt. Trotzdem fühle ich die schleichende Wärme, während ich seinen Schwanz lutsche.

Gut, sollen sie sehen, dass ich mich von ihnen nicht fertigmachen lasse. Nur mit den Lippen umschließe ich seinen Schwanz und nehme ihn langsam auf, dann schneller und starre ihm finster entgegen. Er stöhnt über mir. »Mann die schafft es fast, ihn ganz aufzunehmen«, keucht er und schiebt mir seine Härte tiefer in den Rachen. Innerlich muss ich lachen. Was dachte der? Ich hatte den besten Lehrer.

Sinnlich lutsche ich ihn langsamer, sauge intensiver, aber löse den Blickkontakt zu seinen grauen Augen nicht. Erst jetzt sehe ich, dass er sein Hemd ausgezogen hat und sich eine durchtrainierte Brust abzeichnet. Er sieht sehr muskulös und zugleich verwegen aus mit seinem dunkelblonden, zusammengebundenen Haar. Sein rechter Arm ist tätowiert. Die Tattoos ziehen sich über seine linke Brust, was mir gefällt. Irgendwie habe ich schon immer ein Faible für tätowierte Männer gehabt. Ob dieser Gideon ebenfalls Tattoos trägt? Der Mann über mir erinnert mich an einen Fußballer, dem er ziemlich ähnlich sieht. Wenn er es sogar ist?

»Dann hat sie sich eine Belohnung verdient«, erkenne ich Gideons Stimme, als etwas Großes in mich eindringt, das nicht glatt ist, und er zugleich weiterhin meine Pussy leckt, sodass es mir schwerfällt, ruhig zu atmen. Ich spüre die ansteigende Hitze und das quälende Zittern.

Noch ehe ich mich weiter auf den Schwanz in meinem Mund konzentriere, schiebt Gideon einen Finger in meinen Anus und ich zucke kurz zusammen. Ich liebe Oralsex gepaart mit Analsex, aber meistens nur mit langjährigen Kunden. Als wüsste er, dass ich darauf anspringe, zittert mein Körper und ich höre ein zufriedenes: »Auf die Revanche bin ich schon jetzt gespannt.« *Darauf kannst du deinen Arsch verwetten!*

Ich lutsche weiter den Penis von Lawrence, werde immer schneller und intensiver in meinen Bewegungen, bis ich spüre, dass er gleich kommt. Einer weniger. Sein Schwanz pulsiert, bis er ein letztes Mal tief in mich eindringt und sich in meinem Mund ergießt. Mein Gesicht bleibt reglos und ich schlucke.

»Sie ist wirklich etwas Besonderes«, höre ich Lawrence, der über meinen Kopf streicht, als wäre ich sein Schoßhündchen. *Du glaubst gar nicht, wie besonders ich sein kann –* denke ich.

Sein Schwanz zieht sich aus meinem Mund zurück und ich atme durch, bis mich die Lust in meinem Becken zerreißt. Lawrence steigt von mir, greift nach einem Tequilaglas und bewegt es in meine Richtung.

»Fein den Mund aufmachen.« Ob sie wissen, wie allergisch ich auf Alkohol reagiere? Trotzdem mache ich es, um den Geschmack von ihm aus dem Mund zu spülen, und schlucke den doppelten Tequila hinunter, der angenehmer auf der Zunge schmeckt als der Scotch. Gleichzeitig spüre ich Gideons Zunge und seinen Finger in meinem Anus auf und ab bewegen. Lange halte ich es nicht aus.

Gideons Augen strahlen mir spöttisch entgegen, als er weiter meine Pussy leckt, mit dem Kinn kurz über meinen Kitzler reibt und ich kurz davor stehe zu kommen. Das Verlangen, endlich zu kommen, bringt mich fast um, sodass ich meine Finger in das weiche Leder der Couch kralle und ihm mein Becken entgegenschiebe.

»Ich würde es wirklich gerne zu Ende bringen, Maron, aber«, er löst sich von mir, erhebt sich und zieht seine Hose aus, »du hast heute einen anderen Mann gevögelt und jetzt will ich dich nur noch ficken.« Meine Augen verfinstern sich.

Schon steht er splitternackt vor mir und zieht einen Dildo aus meiner Pussy. Mit einem Griff dreht er mich ohne Probleme um. Bäuchlings liege ich auf der sehr breiten Couch, die für solche Spielchen anscheinend gemacht wurde. Er greift nach meiner Taille und dringt, ohne mich vorzuwarnen, tief in mich ein.

Ich kralle meine Finger in die Handschellen und würde ihm am liebsten zehn Schläge verpassen. Er nimmt mich immer tiefer, härter. Ich keuche, strecke ihm mein Becken weiter entgegen. Was er macht, ist wirklich gut. Gänsehaut überzieht meinen Körper. Der andere Typ mit dem dunklen Haar setzt sich neben mich auf die Couch und massiert meine Brüste, ohne mein Kleid auszuziehen. Es macht mich ziemlich an, von Gideon, der als Einziger nackt ist, hart gefickt zu werden.

»Aber weil wir dich weiter sehen wollen, werde ich dir den Abend trotzdem versüßen.«

Gideons Hand wandert zu meinem angeschwollenen Kitzler, der mit jedem Stoß von ihm immer heißer pocht. *Gott, tu es endlich!* – denke ich. Er stößt tiefer zu, ich keuche auf, zwei feuchte Finger massieren meine Perle. Ein heißer Schauer überflutet meinen Körper. Das Zusammenspiel von seinen Fingern und seinem Schwanz lässt mich augenblicklich kommen. Ich stöhne, will mich aus den Fesseln befreien und drücke meinen Rücken durch.

»So schön«, sagt Lawrence, als er mein Gesicht hält und meinen Körper beobachtet. Er sitzt auf der anderen Seite. Am liebsten würde ich mein Gesicht aus seinen Händen befreien, aber es törnt mich an, ihm, während mich ein Orgasmus überrollt, in die grauen Augen zu blicken. Sein Blick ist weich und scharf zugleich.

Meine Scheidenmuskel zucken und im gleichen Moment spüre ich Gideons Schwanz, wie er ein letztes Mal tief zustößt, ich aufschreie und er stöhnend zum Höhepunkt kommt. Mein Puls rast und meine Knie werden weich. Trotzdem hole ich gleichmäßig Luft, um die Kontrolle zu bewahren. Aber der verdammte Alkohol in meinen Blutbahnen macht mir einen Strich durch die Rechnung. Das berauschende Gefühl zwischen meinen Beinen hält länger an.

Es dauert einen Moment, bis ich von dem Zittern befreit werde und Gideon seinen Schwanz aus mir zieht. Lawrence, der wieder bekleidet ist, hilft mir auf und löst die Fesseln. Irgendwie bin ich ihm dankbar dafür, aber andererseits würde ich seine Visage gern mit meiner Faust bearbeiten.

Das überwältigende Rauschen hält mich davon zurück, es nicht doch zu tun. Sie wissen, dass ich unter Alkoholeinfluss nicht zuschlagen werde, weil es unprofessionell und gefährlich sein kann.

Ich reibe meine Handgelenke, rücke mein Kleid zurecht und setze mich auf die Couch, um die Fassung zu wahren. Lawrence beugt sich zu mir herab, um mich auf den Mund zu küssen.

»Du bist bezaubernd.«

»Warte ab, bis ich dir zeige, wie bezaubernd ich wirklich sein kann.« Er streichelt über meine Wange und verpasst mir einen leichten Klaps.

»Das will ich doch hoffen. Bis bald.« Er dreht sich um und verlässt mit dem anderen Mann den Raum. Ich werfe ihnen mit einem genervten Stöhnen ein Lächeln hinterher.

Gideon nimmt neben mir Platz, als er sein Hemd anzieht und ich kurz ein Tattoo auf der Unterseite seines Unterarms erhaschen kann.

»Wie spät ist es?«, frage ich, denn mir kommt es vor, als sei die Zeit rasend schnell vergangen.

»Kurz nach drei.« Eine Stunde länger, dafür weniger Schlaf und heißen Sex.

»Ich sollte gehen. Eduard wird vermutlich versucht haben, mich zu erreichen.«

Gideon greift nach meiner Hand und umfährt mit seinen Fingern spielerisch meine Handgelenke. »Ich habe ihn weggeschickt.«

»Das soll wohl ein Scherz sein? Soll ich angetrunken mit der Bahn nachhause fahren?«

Ich erhebe mich, will meine Clutch schnappen, als mich zwei Hände zurückziehen und ich auf dem Schoß von Gideon lande. Er streift mit einer Hand mein Haar zurück, um mein Gesicht zu sehen.

»Wir würden niemals eine Dame angetrunken nach Hause schicken. Ich werde dich fahren und dich selbstverständlich für die Extrastunde, die sich gelohnt hat, bezahlen«, haucht er nah an meinem Ohr und streift mit seinen Lippen meinen Hals. Ein eiskalter Schauer jagt meinen Rücken runter. Die Lösung klingt akzeptabel.

»Gut«, willige ich ein.

Gideon grinst an meinem Hals, das spüre ich. »Die erste Zustimmung an diesem Abend. Wir haben anscheinend gute Arbeit geleistet.«

Der Spott ist kaum zu überhören, bis er mein Gesicht umfasst und mich verlangend küsst. Seine Zunge fordert meine auf, führt einen Kampf und lässt sich auf sein Spiel ein. Sein Bart kratzt auf meiner Haut, wie ich es mag, und er zieht mich näher an sich. »Wir sollten aufbrechen«, höre ich ihn dicht vor meinen Lippen sprechen.

4. KAPITEL

Erst in seinem Maserati fällt mir auf, ihm mit der Angabe meiner Adresse zu verraten, wo ich wohne. Was ich nicht vorhabe.

Ich habe ihm die Adresse von Luis gegeben, der nicht weit von mir entfernt wohnt. Die wenigen Schritte werde ich schon schaffen. Erschöpft lehne ich mich in dem breiten Ledersitz zurück und schließe für einen Moment die Augen. Chevalier wirkt auf mich nicht oder kaum alkoholisiert, deswegen lasse ich mich von ihm fahren, obwohl es leichtsinnig ist, einem Fremden zu vertrauen. Ein Taxi wäre besser gewesen. Aber jetzt ist es zu spät und es ist mir ehrlich gesagt egal. Leon hätte seine Kontaktdaten, falls ein Suchtrupp nach mir ausgesandt werden müsste.

Vor meinen Augen dreht sich alles – wie auf einem wilden Karussell, das mich keine Runde aussteigen lässt, um eine Pause einzulegen.

Soweit mir meine Sinne nichts vortäuschen, fährt Chevalier zwar schnell, aber hält die Verkehrsregeln ein. Im Gegensatz zu meinen Verkehrsregeln, die ich an dem Abend gebrochen habe – aber es keineswegs bereue. Ich schmunzele über meinen eigenen Gedanken und entspanne meine Muskeln. Ich bin in wenigen Stunden sowas von geliefert.

Seine Hand legt sich auf mein Knie, nachdem er geschaltet hat. Ich ignoriere sie. Irgendwann hält der Wagen und ein Kuss auf meiner Wange verrät mir, angekommen zu sein. Ich sehe zu Luis' Wohnung auf, der in einem schicken modernen Wohnblock mit sieben weiteren Mietern wohnt. Seine Fenster sind verdunkelt, aber ungewöhnlich doppelt zu sehen. Ich blinzele, um die verdammte Kontrolle über meinen Körper zurückzuerlangen. Und kurzzeitig funktioniert es auch.

»Es war mir eine Ehre, dich kennen lernen zu dürfen.« Ich kneife die Augen zusammen, um ihn zu verärgern.

»Du warst nicht übel. Danke ebenfalls.« *Nicht übel?* Ich schüttele den Kopf, aber antworte nicht, weil ich weiß, ihm in dem Zustand nichts entgegensetzen zu können.

Ich öffne die Tür und erhebe mich langsam, als sich alles vor meinen Augen dreht. *Holla* – wie ich es hasse. Um mir nichts anmerken zu lassen und nicht in die Knie zu gehen, umfasse ich fest den Türrahmen des Luxusschlittens, schenke ihm ein gekünsteltes Lächeln und steige auf den Fußgängerweg. *Oh Gott, meine Füße machen mich fertig.*

In Erwartung er würde losfahren, streife ich die Schuhe aus und laufe lieber barfuß, als die vierhundert Meter bis zu meiner Wohnung angetrunken auf den Stelzen zu überwinden. Die Scheinwerfer des Maseratis blenden mich kurz, als er seinen Wagen wendet und ich nur noch die Rücklichter wie roten Nebel erkennen kann.

Ich schaue mich kurz um, dann laufe ich schnell los, um endlich meine Wohnung zu erreichen. Keine Menschenseele ist zu sehen, die Wohnhäuser liegen im Dunklen, während mir die Laternen zwischen den alten Bäumen an der Straße Licht spenden. In meinem Kopf dreht sich nach wie vor alles.

Trotzdem laufe ich schwankend einfach weiter, weil ich den Weg, auch ohne hinsehen zu müssen, kenne. Die Müdigkeit und der Rausch machen mir wirklich zu schaffen und ich wünsche mir nichts sehnlicher als mein Bett. Was würde ich gerade dafür tun, mich rücklings einfach auf eine weiche Matratze fallen lassen zu dürfen. Doch die wenigen Meter schaffe ich – ich muss. Und wenn ich mich hier hinlege? Auf den Fußgängerweg? Gott, meine Zurechnungsfähigkeit dreht völlig durch.

Auf wackeligen Beinen biege ich um die Ecke, als ich einen Schatten an ein Auto angelehnt stehen sehe und die Augen zusammenkneife. Täusche ich mich oder ist das schwarze Auto genau das gleiche, aus dem ich vor wenigen Minuten ausgestiegen bin?

»Warum belügst du mich, Maron?«, will Gideon wissen.

»Weil ich keine Stalker, Perversen und Spanner brauche«, nuschele ich und verflixt – meine Beine sind echt nicht mehr zu gebrauchen. »Verschwinde. Ich finde allein nachhause.«

Der Schatten wendet sich zu mir. »War wohl doch etwas viel.« Ich winke nur ab und streiche über die Stirn, während ich erneut die Augen zusammenkneife.

Wenn der wüsste, wie selten ich Alkohol trinke. Wenn, nur mit meiner Familie oder wenn ich frei habe. Mal ein Weinglas schadet nie, aber die harten Drinks schießen sämtliche Vögel ab.

Gideon kommt auf mich zu. »Verschwinde, habe ich gesagt«, fahre ich ihn an. Wenn Leon davon erfährt, muss ich mir wieder eine seiner Reden anhören. Aber sie haben mich betrunken gemacht, mich gegen meinen Willen in dem Club festgehalten und mich dann gevögelt. Das muss als Argument gelten.

»Ich lasse dir folgende Möglichkeit. Entweder du verrätst mir deine richtige Adresse oder du schläfst deinen Rausch bei mir aus.«

»Bei dir?« Ich schaue zu ihm auf. »Gott, nein.«

»Bin ich denn so schrecklich zu dir?« Ich hebe eine Augenbraue und weiß, der Effekt ist halb so wirkungsvoll, als wenn ich nüchtern wäre. »Du bist wirklich süß.«

»Schrecklich nicht ... aber ...«, mir liegt das Wort auf der Zunge, »verboten«, bringe ich hervor. Denn das trifft es. »Aber ich kann nicht. Eigentlich müsste ich ... längst schlafen ... Muss morgen ... halb sieben aufstehen.« Mit jedem Wort wird meine Zunge verkrampfter, meine Augenlider schwerer.

Gideon mustert mich, legt eine Hand um meine Hüften und öffnet seine Wagentür.

»Ich habe *nein* gesagt.« Ich kann nicht zu ihm, verflucht. Das ist gegen die Regeln, wenn er es nicht so gebucht hatte. Obwohl der ganze Abend bisher gegen die Regeln war.

»Ich werde dich nicht vergewaltigen, versprochen, Kleines.«

Ich schnaube abfällig, was wohl wie ein Glucksen klingt. »Das traue ich dir auch nicht zu.« Fast muss ich lachen, weil mir sein finsterer Blick verrät, dass ich ihn mit dem Kommentar gekränkt habe.

Er beugt sich zu mir herab und küsst mich sinnlich, ganz anders als im Club, und lässt mich auf den Ledersitz rutschen, dann löst er seine Hände und schließt die Tür.

Nein, was ist mit mir los? Ich will die Tür öffnen, aber es geht nicht, sie ist versperrt. Solch ein Arsch!

»Also? Zu mir oder zu dir?«, fragt er, als er neben mir sitzt. Ich hole tief Luft, während mir die Augen in immer kürzeren Abständen zufallen.

»Einfach nur ein Bett zum Schlafen. Mehr nicht.«

Er grinst und streichelt über meine Wange, bis ich das Summen des Motors höre und wegdämmere.

5. KAPITEL

Von dem zuerst leisen Klingeln meines Smartphones werde ich geweckt. Ich stöhne, weil ich weiterschlafen möchte. Aber der Klingelton wird immer lauter. Mit der Hand taste ich wie üblich über meinen Nachttisch, aber finde mein Handy nicht sofort, sondern nur meine Clutch. Die muss ich wohl gestern einfach neben meinem Bett abgelegt haben. Ich krame mein Handy aus ihr hervor, ohne die Augen großartig zu öffnen, und ziehe mein nerviges Smartphone ans Ohr.

»Ja!«, bringe ich gequält hervor.

»Mensch Maron, wo steckst du? Ich habe jetzt tausendmal an deiner Tür geklingelt! Und du machst nicht auf!« Ich erkenne die aufgebrachte Stimme.

»Luis?« Mein Kopf ist nicht fähig, weitere Verknüpfungen zu stricken.

»JA!«, brüllt er zurück.

»Gott, geht das etwas leiser. Mein Kopf.«

»Hast du eine Migräne oder einen Kater?«

»Kater, so wie es sich anfühlt.«

»Jetzt mach auf! Ich komme zu dir hoch.«

»Okay, bin gleich an der Tür.« Ich erhebe mich aus dem Bett. Das Zimmer ist halb verdunkelt. Mein Schlafzimmer ist selten verdunkelt, damit ich nicht den halben Tag verschlafe. Plötzlich greift eine Hand um meine Mitte und zieht mich zurück ins Bett. *Heilige Scheiße.* Ich blicke über die Schulter und sehe Gideon im Bett, der blinzelnd die Augen öffnet.

»Wo bleibst du?«, fragt Luis genervt. »Mensch, das Seminar beginnt in einer halben Stunde!«

»Das Seminar. Scheiße! Ähm ... geh schon mal vor, ich komme ... gleich nach. Ich muss mir erstmal was anziehen.«

»Ich hab dich schon nackt gesehen.«

»Haha, das mehr als einmal. Aber ich brauche keine Zuschauer. Also geh! Ich komm dann nach.«

»Gut«, knurrt er und legt auf.

Ich lege das Smartphone auf den Nachttisch und streiche mit beiden Händen mein Haar aus der Stirn. Als ich an mir herabsehe, stockt mir der Atem. Ich bin nackt.

»Dein Freund?«, fragt Gideon und stützt sich auf den Ellenbogen ab. Sein Haar steht in allen Richtungen ab, nachdem er mit der Hand durchgefahren ist und es verdammt sexy aussieht. Aber das weiß er bestimmt. Er ist, soweit ich es erkenne, ebenfalls nackt. *Haben wir ... ?*

»Luis?«, frage ich, als hätte ich ihn nicht verstanden. Muss er die Wahrheit erfahren? »Nicht so richtig«, bringe ich hervor. Er soll ruhig wissen, dass die Nacht wie die letzte nicht so schnell wieder passieren wird. Außerdem, hoffe ich, wird er so die Finger von mir lassen. Obwohl ... will ich das wirklich?

»Ich sollte dann auch gehen.« Ich will mich erheben, doch er hält mich zurück.

»So schnell lasse ich dich nicht gehen.«

»Ob du es glaubst oder nicht, aber ich habe auch einen Alltag und lebe mich nicht nur in der Nacht aus. Ich muss ...«

Sein Griff verstärkt sich.

»Ich bezahle dich dafür.« Ich schüttele den Kopf.

»Wirklich nicht. Ich muss los.«

Sein Griff lockert sich, bis ich mich erhebe und seine Blicke auf meinem Rücken und meinem Hintern spüre. Wo hat er meine Kleidung hingelegt? Ich kann sie nirgendwo entdecken. Bitte, keine Spielchen, während mein Kater so richtig in Fahrt kommt und die Krallen in meinem Kopf ausfährt.

»Wo ist mein Kleid?« Ich drehe mich zu ihm um, auch wenn seine Blicke über meinen schlanken Körper wandern, die mich etwas stören. Lange bleiben seine Augen auf meinen Beinen, dann auf meinen Brüsten hängen, bis er zu mir aufsieht.

»Verloren gegangen.«

»Sicher ...«, bringe ich genervt hervor.

Der will mich wirklich auf die Palme bringen. Dumm nur, dass ich das nicht mit mir machen lasse. Wo auch immer ich mich gerade in Marseille befinde, ich muss zur Uni.

Ich gehe mit einem geübten Hüftschwung zu einem seiner Schränke, um mir ein Hemd oder T-Shirt anzuziehen. Irgendwas wird er schon haben. Und wenn ich bloß in einem Shirt bekleidet im Taxi nach Hause fahren muss, das stört mich nicht.

Ich öffne eine Schiebetür und finde Anzüge vor. Sehr

viele in allen möglichen Farben von weiß, grau bis schwarz.
Gut, falsche Abteilung.

»Was wird das?«

»Wonach sieht es denn aus? Denkst du, du hältst mich davon ab, nach Hause zu fahren, bloß weil du mein Kleid versteckst?«

»Wundert es dich nicht, dass du nackt bist?«

»Sollte es das?«

Er lacht leise. »Du kannst dich nicht mehr erinnern, nicht wahr?« Ich drehe mich so schnell auf den Fußballen um, dass ich fast die Balance verliere. Der Restalkohol macht mir wirklich zu schaffen, wie auch dieser Typ.

»Na, vergewaltigt fühle ich mich nicht an«, scherze ich. »Dann sollte alles andere, woran ich mich nicht mehr erinnern kann, nicht so schlimm sein.« Ich verziehe mein Gesicht. »Bis auf den Kater, der meinen Schädel malträtiert.«

Er richtet sich in den dunklen Laken auf und schaut mir lange entgegen. Seine grünen Augen graben sich fast in meine. Sie sind wirklich schön und intensiv, aber ich habe keine Zeit, mich mit ihm abzugeben. Ich suche weiter nach einem passenden Kleidungsstück in seinem Schrank.

»Was, wenn ich dich hier als meine Sexsklavin gefangen halte? Was, wenn die Türen verschlossen sind und ich dich nicht mehr gehen lasse?«

»Sei nicht albern. Dann hätte ich mein Handy nicht mehr.«

Als ich die nächste Tür öffne, finde ich zusammengelegte Shirts und Hemden vor. Ich greife nach einem schwarzen Hemd, das auf einem perfekt sortierten Stapel liegt, und streife es mir über. *Gleich viel besser.*

Als ich mich zu ihm umdrehe, steht er vor mir mit einem Aspirin und einem Glas Wasser in der Hand. »Nimm das.«

Ungläubig blicke ich auf die Tablette. Was, wenn es kein Aspirin ist? Er verfolgt meinen Blick und schüttelt den Kopf.

»Du bist ziemlich misstrauisch. Das solltest du dir abgewöhnen.«

»Bei euch muss ich das nach dem Abend auch sein.«

Unerwartet beugt er sich zu mir herab und streift mit seinen Lippen meine. Seine Zunge drängt meine Lippen auseinander und ich erwidere den Kuss. Einen Wimpernschlag später sind seine Lippen verschwunden und die Tablette liegt bitter auf meiner Zunge. Schnell greife ich zum Glas und schlucke sie hinunter.

»Na, geht doch.« Dann küsst er mich wieder und treibt mich zu seinem Bett. »Jetzt warten wir, bis dein Kater verschwunden ist, und dann erwarte ich ein Dankeschön für gestern Nacht.« Vor dem Bett stoppe ich und neige meinen Kopf.

»Etwa dafür, dass ihr mich betrunken gemacht habt?«

»Es hat dir doch gefallen.« Sanft schiebt sich seine Hand unter das Hemd, das ich von ihm trage und himmlisch nach einem frischen Weichspüler riecht. Gänsehaut überzieht meinen Körper, als er mich in sein Bett stößt. Ich kann mir ein Lächeln nicht verkneifen. Denn es hat mir wirklich gefallen. Aber sosehr ich auch weiter mit ihm hemmungslose Sexspielchen ausleben möchte, muss ich jetzt los.

Seine Hand zeichnet zarte Muster auf meinen Bauch, wandert weiter zu meinem Venushügel. Ich schüttele den Kopf. Gerade fühle ich mich nicht in der Lage, dagegen anzukämpfen. Das unwiderstehliche Kitzeln seiner Hand nur auf meinem Bauch und meinen Beininnenseiten lässt mich feucht werden, ohne meine Schamlippen berührt zu haben. Er schiebt mich weiter auf das Bett. Mit einem amüsierten Grinsen umfasst er meine Fußknöchel, schiebt sie auseinander und tastet sich mit seiner Zunge langsam zu meiner Pussy vor. Das heiße Gefühl, gleich genommen zu werden, schießt in mein Becken, während ich gleichzeitig daran denke, sein Schlafzimmer zu verlassen.

Ich will meine Füße anheben. Es geht nicht, er hält sie fest umfasst. »Genieße es, Maron.« Seine Zunge umkreist meinen Kitzler so geschickt, um mich zu erregen, aber nicht um mich kommen zu lassen. Ich biege meinen Rücken durch, schiebe ihm mein Becken entgegen. Sein heißer Atem dringt in mich ein, gefolgt von seiner Zunge. Eines muss ich ihm lassen, er beherrscht die Zungenfertigkeit hervorragend. Ich kralle eine Hand in sein Haar, während er weiter mit seiner Zunge meine pochende Perle umkreist und ich innerlich darum flehe, mich endlich zu erlösen. Ich habe eine bessere Idee.

Mit dem Oberkörper erhebe ich mich, halte meine Hand weiter in seinem Haar und hebe seinen Kopf, damit er in meine Augen sieht. Der verruchte Blick gefällt mir.

»Du wirst mich jetzt ficken. Schnell, hart und ohne eine Pause einzulegen, so lange, bis ich etwas anderes vorhabe«, befehle ich ihm und sehe das Glitzern in seinen Augen. Er drängt mich ein Stück weiter zurück, schiebt mir ein Kissen unter den Po und spreizt meine Beine fast schmerzhaft.

Ein letztes Mal fährt er mit den Fingern zwischen meine Schamlippen, zwingt sie weiter auseinander, bis ich seinen Schwanz sehe. Gestern hatte ich nur den von Lawrence im Gesicht, aber Gideons ist wirklich groß und bereit für meine Pussy.

»Du wirst sehr schnell feucht. Das gefällt mir«, sagt er, als er vor mir kniet. Schon stößt er zu und ich werde ein Stück zurückgedrängt. Eine Hand legt er um meine Hüfte, um den Widerstand zu halten, bis er wieder hart zustößt und ich stöhne. Mit seiner Zunge befeuchtet er seine andere Hand und massiert weiter meinen Kitzler. Wieder dringt er tief in mich ein. Gehorsam ist er wirklich.

Ich stemme mich seinen harten Bewegungen entgegen, bis er seinen Schwanz weiter herauszieht und wieder hart zustößt. Er wird immer schneller, hungriger und ich ziehe ihn im Nacken zu mir herunter. Ich will, während er mich vögelt, ihn küssen – willenlos und feucht. Unser Kuss gleicht fast dem Sex, er ist schnell und gierig.

»Stopp!« Er ist kurz davor zu kommen, während ich ebenfalls kurz davor stehe, nicht mehr abbrechen zu können. »Ich will deinen Schwanz sauber lecken«, befehle ich ihm und bitte ihn nicht. Ein gequälter Gesichtsausdruck folgt, dass ich fast lachen muss. Dann zieht er sich aus mir zurück, hilft mir auf und drückt mich vor dem Bett auf die Knie.

»Nicht anfassen!« Mit einem mörderischen Blick sehe

ich zu ihm auf, bevor ich seine Eichel mit meiner Zunge umspiele. Er zuckt bei jeder Bewegung meiner Zunge, während ich drohe, gleich auszulaufen. Ich umschließe mit meinen Lippen seinen großen Schwanz und sauge daran, erst sanft, dann intensiv. Mit den rhythmischen Bewegungen nehme ich ihn tiefer in den Mund, versuche mich seiner Größe anzupassen, ohne ihn meine Zähne spüren zu lassen. Fast bis zum Ansatz kann ich ihn aufnehmen.

»Oh Maron, du machst mich fertig«, höre ich ihn über mir. Ich blicke mit einem begierigen Blick, der gleichzeitig unschuldig und doch voller Verlangen ist, zu ihm auf. Männer lieben den Augenkontakt, während man ihren Schwanz lutscht. Sie glauben, damit die Dominanz, die Kontrolle zu haben. Aus den Augenwinkeln sehe ich, wie er mit den Händen am liebsten meinen Kopf halten will, um selber den Rhythmus anzugeben.

Ich warte geradezu darauf, sauge fester und bewege schneller meinen Mund um seine Härte. Eine Hand gräbt sich in mein Haar und ich stoppe meine Bewegung. Kurz lasse ich ihn meine Zähne spüren, aber so, dass ich ihn nicht völlig verschrecke. Der wütende Blick, der von ihm folgt, bringt mich zum Lächeln.

»Mach weiter! Los!«

»Nein!« Ich schaue zu ihm auf, während ich mit der Hand seinen Schwanz umfasse und meine Lippen mit ihm nachzeichne. Mit einem starken Pochen im Unterleib, der förmlich danach schreit, diesen Schwanz in sich zu haben, lecke ich langsam über ihn. »Du hast dir eine Bestrafung verdient.«

Seine Augenbrauen ziehen sich zusammen, was niedlich aussieht, gar nicht bedrohlich.

»Ich will, dass du deine Mutter anrufst. Jetzt! Frag, wie ihr Tag bisher war.«

»Bist du irre?« Wieder hätte ich am liebsten losgelacht.

»Mach schon, ansonsten werde ich kein zweites Mal an deinem Schwanz lutschen, der«, ich mache eine künstliche Pause, »mir außerordentlich gefällt.« Mit der Zunge fahre ich über meine Lippen, beiße auf die Unterlippe und warte seine Antwort ab.

»Ich sollte dir deinen Verstand aus dem Kopf vögeln.«

»Da wärst du nicht der Erste, der bei dem Versuch gescheitert ist.« Sein Blick ist scharf, als würde heißes Eisen auf meiner Haut glühen. Dann greift er zu seinem Smartphone. Ich weiß, dass er eine Mutter hat, die geschieden in Nordfrankreich wohnt. Es macht Spaß, von ihm so viel zu wissen, während er nichts von mir weiß. Er hebt sein Handy zum Ohr.

»Schalte den Lautsprecher ein.« Sein Mund bleibt offen stehen, aber er tut es. Das Klingeln ist zu hören. »Du weißt hoffentlich, wie selten ich meine Mutter anrufe.«

Das ist bei Männern meistens der Fall. Weil Mütter immer so viel reden müssen. Aber mich weckt die Neugierde, was für eine Person seine Mutter sein könnte. Lieb und warmherzig oder ein Drachen, der seinem verhätschelten Sohn das Leben zur Hölle macht?

Nach sechsmaligem Klingeln geht eine Frauenstimme ans Telefon. Klingt fast wie meine Mum. Ich massiere seine Härte, als er sie mit: »Hallo, ich bin's, ma mère. Wollte wissen, wie es dir geht«, begrüßt.

Wirklich niedlich. Ich spiele mit der Zunge um seine Eichel, lecke seinen Schaft entlang, aber verfolge das Gespräch. Immer wieder zuckt er unter mir zusammen.

»Gideon, seit wann meldest du dich so früh am Morgen? Hast du Probleme?« *Oh ja, die hat er.* Aber mit dem Telefonat würde er sein Problem und das ihrer Mutter lösen. Er sollte sie wirklich öfter anrufen.

»Nein, ich wollte mich nur erkundigen, wie es dir geht.«

»Bestens. Außer dass dein Vater letzte Woche aufgetaucht ist und mit seinem jungen Magermodel versucht hat, mir den Porsche abzuquatschen. Als ob ich den hergeben würde. Soll er mit seiner Schlampe einen neuen kaufen. Aber die zockt ihn wahrscheinlich ab. Trotzdem ist das nicht mein Problem, wenn er sich solch ein junges Flittchen sucht. Solltest du deinen Vater antreffen, kannst du ihm bitte ausrichten, dass er von weiteren unangekündigten Besuchen vor meinem Haus absehen soll!«

Ich nehme seinen Schwanz in meinen Mund, sauge daran, aber bewege mich quälend langsam. Das Gespräch ist wirklich interessant. Gideon schiebt mir sein Becken näher entgegen, während ich seine muskulösen langen Beine umfasse.

»Ähm«, höre ich Gideon. »Werde ich tun.« Ich nehme seinen Schwanz tiefer auf, voller Lust und schaue zu ihm auf. In meinen Augen steht: *Rede sofort weiter, oder ich werde aufhören.*

»Warum bist du so still? Ist er etwa in deiner Nähe? Dann gib ihn mir gleich mal ans Telefon. Wenn, dann will ich meine Pagola-Vase wieder zurück, die wir verbindlich im Scheidungsvertrag festgelegt haben.«

Deswegen ruft er sie nicht an. Sie kann kaum aufhören, über seinen Vater zu meckern. *Herrlich.* Aber ich widme mich den schönen Dingen. Immer schneller werdend umschließe ich seinen Schwanz, erreiche das Ende des Schafts und verharre kurz. Das leichte Pulsieren ist einfach göttlich. Zu gern würde ich diesen Schwanz in mir spüren. Ein lautes Atmen ist von ihm zu hören.

»Nein, Vater ist nicht in der Nähe. Ich bin in meinem Penthouse.« *Oh, Penthouse.* Nur wo?

»Oh, na ja. Wie geht es dir? Ich hoffe, dein Vater setzt dich nicht wegen der neuen Aktiengesellschaft Johnssen & Kniff unter Druck, bloß weil er lieber den Geschäftsessen mit seiner Neuen frönen will.« *Oh, oh, da spricht der pure Ärger.*

Gideon stöhnt laut auf, als ich merke, dass er jede Sekunde kommt. Mit meinen Fingern umfasse ich seine Hoden, streichele und massiere sie. Als ich zu ihm aufsehe, schüttelt er den Kopf mit einem verbissenen Blick. Mit meiner anderen Hand umfasse ich seinen Hintern, der sich wirklich fest und muskulös anfühlt, auf den ich sicher einmal zurückgreifen werde. Ich verstärke den Druck um sein Glied und werde immer schneller. Gideon wirft den Kopf zurück.

»Nein ... ich ... kom...«

»Was?«, fragt seine Mutter und ich würde so gern lachen. »Du klingst nervös, so abgehackt. Alles in Ordnung bei dir?«

»JA«, bringt er mühsam zwischen zusammengebissenen Zähnen, das in ein Stöhnen übergeht, hervor.

»Aber warum rufst du mich an, wenn du kaum etwas von dir erzählst? Wenn du keine Zeit hast ...«

Ich beende seine Qualen, sauge fester an seinem Schwanz, bis er laut stöhnt, seine Hoden sich unter meinen Fingerspitzen zusammenziehen und er in meinem Mund kommt. Das Zucken und das warme Sperma bringen mich zum Lächeln. Es schmeckt wirklich gut. Wer weiß, was er isst. Er stöhnt weiter.

»Gott, Sohn, was treibst du?«

»Nichts. Ich ... muss jetzt auflegen.«

»Was?«, höre ich, bevor er das Smartphone aufs Bett wirft.

»Du kleines Miststück!« Sein Schwanz gleitet aus meinem Mund, als er mir aufhilft.

»Gar nicht mal so übel für den Anfang. Aber definitiv steigerungsfähig.«

»Du bist verrückt, weißt du das?«

Anscheinend hatte mit ihm noch keiner dieses herrliche Spiel gespielt. Unschuldig fahre ich durch mein Haar, bis er mich plötzlich hinter sich herzieht.

»Hey, was soll das werden?«

»Du bist sowas von fällig, Maron.« Er schleift mich in sein Bad, das so groß ist wie mein Wohnzimmer und der Essbereich zugleich, und stellt die Dusche an, die Platz für vier Mann hat.

»Du siehst beeindruckt aus.«

»Täusch dich nicht. Ich habe nur noch nie solch eine

große Dusche gesehen.«

»Die ist nicht umsonst so groß.«

»Das dachte ich mir bereits.« Mit einem Klaps auf den Po hebt er mich hoch und stellt mich mit dem Hemd, das ich von ihm trage, unter die eiskalte Dusche.

»Verflucht, spinnst du! Schalte es aus!«

Die Tür geht hinter mir zu und ich greife panisch nach dem Griff. Die Kälte lässt mich zittern. Ich war schon immer eine Frostbeule, die schnell zähneklappernd im Winter auf der Straße steht, während andere Leute zu mir starren, als würde ich den Erfrierungstod sterben.

Mit verschränkten Armen steht er vor der Tür. »Gott, bitte«, jammere ich fast. »Wer kann eine Dusche von außen verriegeln und die Temperatur einstellen? Das ist doch krank.«

»Geh auf die Knie, dann schalte ich sie aus.« Wieder will er seine Dominanz durchsetzen. Vergiss es, du Arsch!

»Ich habe dir gerade einen der besten Orgasmen verschafft, während du mit deiner Mutter telefoniert hast. Das können wohl wenige von sich behaupten.«

Meine Zähne beginnen wirklich zu klappern, als er auf mich herabsieht und auf den Boden deutet. Ich kann nicht einmal dem Wasser in einer Ecke ausweichen, weil der Duschkopf so groß ist.

»Du willst nicht?« Ich schüttele finster den Kopf. Gideon öffnet die Tür, schaltet das Wasser auf warm und nimmt mich in den Arm. Nicht lange und er drückt mich auf die Knie. Ich will aufstehen, aber er hat mehr Kraft.

»Das üben wir noch«, stellt er mit einem harten Blick

fest, der völlig anders ist, als zu dem Zeitpunkt, als er neben mir aufgewacht ist.

»Ich werde mich deiner Dominanz sicher nicht unterwerfen.«

»Bist du dir da wirklich sicher?« Ich funkele ihm finster entgegen und nicke.

»Heben wir uns das für später auf. Zuerst habe ich etwas mit dir vor.« Das klingt wirklich spannend. Meine Kopfschmerzen sind nach den aufregenden Minuten verschwunden, aber ich muss langsam los.

»Das geht nicht«, sage ich fast traurig. »Ich muss wirklich los.«

Sein Blick verhärtet sich, aber er gibt nach.

»Willst du allein duschen?«

Was für eine Frage. Ich schüttele den Kopf und halte ihn fest. Er hilft mir, sein Hemd loszuwerden, schäumt meinen Körper mit einem Duschgel ein, das wirklich traumhaft schön duftet. Auf der Flasche steht: »*nuit nébulisation*«. Das passt zu ihm. Aber er muss öfter Damenbesuch haben. Solch ein Duschgel hat kein Mann einfach zur Deko in seiner Dusche stehen. Egal. Ich genieße seine warmen Hände auf meinem Körper, die die Kälte vertreiben.

Viel zu lange massiert er meinen Po, fährt mit einem Finger zwischen meine Schamlippen und reibt meinen Kitzler. Mein Herz schlägt schneller. Mit den Händen stütze ich mich an der Wand vor mir ab und strecke ihm meinen Po entgegen. Wenn, dann nehme ich den Orgasmus zum Abschied mit. Seine Finger dringen in mich ein, die andere Hand umspielt meine erregten Brustwarzen, sodass ich stöhne.

»Mach deine Beine breiter«, befielt er mir. Ich überlege mich ihm zu wiedersetzen, aber lasse es. Ich möchte nur noch die letzten Minuten auskosten. Das Wasser perlt warm meinen Körper entlang und ich schließe meine Augen. Immer fester zupft er an meinen Brustwarzen, dreht sie leicht. Mit einer Hand drückt er meinen Rücken mit einer fordernden Bewegung durch, bis ich ihm meinen Hintern entgegenrecke.

»Du machst, was ich sage? Gefällt mir. Obwohl deine heiße Ader auch etwas hat«, raunt er dicht an meinem Ohr, knabbert an meinem Ohrläppchen, und das nicht zu sacht.

»Du brauchst hin und wieder ein devotes Mädchen, nicht wahr?«

»Hin und wieder ja. Trotzdem gefällt mir unser kleiner Machtkampf, bei dem du irgendwann verlieren wirst, wesentlich mehr.« Was soll diese Bemerkung?

»Träum weiter, Gideon«, fauche ich, als das Licht ausgeht. Ich schaue mich um. Das Bad hat kein Fenster, oder doch? Nein.

»Was wird das?« Weiter höre ich das Rauschen der Dusche und spüre seine Hände in und auf mir.

»Ich will mehr Intensität. Du hast mich zum ersten Mal beim Vornamen genannt. Ich will, dass du ihn schreist. Immer und immer wieder.« Das Lachen, das sich in meiner Kehle hocharbeitet, wird von seiner Hand auf meinem Mund zurückgehalten, als hätte er es geahnt. Ohne vorbereitet zu sein, folgt ein Schlag auf meinen Po. Der Schmerz beißt und ich keuche auf.

»Du weißt doch gar nicht, wo du in der Dunkelheit hin – Ah!«

»Doch, weiß ich. Glaubst du, nur du hast es gelernt? Verlass dich darauf. Ich werde dir nicht weh tun, nur dir deine Entscheidung etwas erleichtern.« Welche Entscheidung? Schon schlägt er wieder zu. Es brennt und Tränen schießen mir kurz in die Augen. Das warme Wasser kann den Schmerz kaum löschen, bis sich seine Finger weiter meiner Pussy widmen. Oder sind es keine Finger? Was macht er? Denn es fühlt sich – ich stöhne – großartig an. Ich vermute, es sind seine Zunge, seine Finger und sein Kinn. Keine Ahnung, aber meinen Kitzler explodiert gleich und ich würde gerne von ihm genommen werden. Ein letztes Mal. Seine Hand- und Zungenbewegungen werden schneller. Das Prickeln zwischen meinen Beinen ist kaum auszuhalten. Ich zittere. Eine Hand drückt meine Pobacken auseinander.

Die Vorstellung, wie er hinter mir kniet und mich leckt, lässt mein Kopfkino anspringen. Nur leider fehlt das Licht.

»Komm für mich, Maron«, höre ich durch das Rauschen des Wassers, als ich mich nicht zurückhalten kann und schreie, weil der Orgasmus so intensiv kommt, so aufregend und geheimnisvoll in der kompletten Finsternis. Meine Hände krümmen sich an den Fliesen, würden sich am liebsten an seine Schultern klammern, als er mit seinen Bewegungen nicht aufhört. Etwas streicht meinen Unterschenkel entlang, gleitet hoch. Seine Finger bewegen sich weiter kreisend in mir. Ohne eine Pause einzulegen, massiert er meinen Kitzler – so fest, dass das Zittern vom ersten Orgasmus in einen zweiten übergeht. Er beißt vorsichtig in meinen Po, reibt weiter und ich keuche, stöhne, sehe Sterne aufblitzen. Meine Knie werden weich und ich will mich am liebsten rücklings auf ein Bett fallen lassen.

»Es ist wunderschön, wie du stöhnst«, höre ich seine raue Stimme unter mir. Seine Finger gleiten aus mir, bis ich seine Zunge spüre, die hart über meinen pochenden Kitzler leckt. Oh Gott, ich kann nicht mehr. Aber ich will es. Nur meine Knie geben langsam nach. Ich taste über die Fliesen, um Halt zu finden, als er mich umdreht, kurz seine Zunge von mir nimmt, und ich erahne, wie wir stehen. Er ist weiter unter mir, umfasst mein Bein, das zittert, ohne aufzuhören. Ein Finger drängt sich in meinen Anus und ich denke, oh Gott, es kann nicht besser werden, bis ich ein drittes Mal komme, so intensiv, dass ich seinen Namen schreie. Genau das wollte er. Aber ich kann nicht mehr, ansonsten klappe ich zusammen. Mein Körper bebt und ich kann nichts gegen seine Berührungen tun, die mich um den Verstand bringen. Mehrmals rufe ich seinen Namen, während er unter mir zufrieden knurrt.

»Ich kann nicht mehr!«, keuche ich heiser. »Hör auf.« Wieder dringt er mit dem Finger tiefer in meinen Anus. »Gideon, bitte!« Mit einer sanften Berührung zieht er den Finger zurück, küsst meinen Venushügel und das Licht geht an.

»Jetzt lasse ich dich gehen.«

GIDEON

»Und ... wie war die Kleine noch? Hat sie sich benommen oder muss ich sie selber buchen, um ihr Gehorsam beizubringen?«, fragt Lawrence und ich höre nebenbei das Rauschen von Wind. Er muss gerade mit dem Auto unterwegs sein.

»Sagen wir so, sie spricht wirklich sehr auf Alkohol an. Ich wollte sie nach Hause bringen, aber sie hat mir ihre Adresse nicht verraten. Also habe ich sie mitgenommen.« Aus dem Schrank greife ich nach einem Hemd, streife es mir über und versuche es mit einer Hand ergebnislos zuzuknöpfen.

»Nicht dein Ernst?«

»Wieso nicht? Ich glaube, so langsam weiß ich, worauf sie anspricht. Sie hat mich tatsächlich mit unserer Mutter telefonieren lassen, während sie mir einen geblasen hat.« Ein lautes Lachen ist zu hören, dann ein Hupen, bis Law weiterlacht.

»Klingt interessant. Wie hat es Mutter aufgenommen, als du ihr ins Telefon gestöhnt hast?«

»Sie hat es erst zum Schluss gemerkt, dann habe ich aufgelegt. Falls sie fragt, sag ihr, ich hatte einen schlechten Tag.« Ich grinse, denn der Tag war der interessanteste seit langem.

»Ich könnte ihr auch die Wahrheit verraten. Dann weiß sie, was ihr Lieblingssohn anstellt, während du mit ihr redest.« Ich knurre leise. »Schon gut. Hast du alles für die Reise organisiert?«

»Ja, Pässe, Flugtickets, Galakarten liegen in meinem Büro. Ich muss nur noch packen. Nimmst du eine Begleitung mit? Denn ich befürchte, zu dritt wird es in der Villa langweilig.«

»Dann lass uns Frauen vor Ort bestellen – so wie die Kleine. Für ein paar tausend Dirham bekommt man ganz anständige Frauen.« Ob sie vergleichsweise so gut wären wie Maron? »Dorian will eine mitbringen, aber ich brauche das ständige Generve von Frauen nicht.«

»Ach, deswegen hast du ihr zuerst deinen Schwanz in den Hals gesteckt.«

»Symbolisch betrachtet ja. Ansonsten hätte sie weitergeredet. Frauen reden einfach zu viel. Aber sie war wirklich gut. Vielleicht überlege ich es mir, sie nach der Reise zu buchen.« Ich ziehe die Augenbrauen zusammen, weil es ursprünglich meine Idee war, die Agentur zu wechseln, und Maron einen erstklassigen Ruf hat und zudem meinen Geschmack trifft.

»Maron ist schwer zu haben. Ich habe sie uns nur besorgen können, weil der Chef bestechlich ist. Ansonsten hätten wir drei Wochen warten müssen«, antworte ich, schalte das Handy auf laut und knöpfe endlich mein Hemd zu, bevor ich die Geduld verliere.

»Bestechlich klingt gut. Weißt du, was sie beruflich macht?«

»Wieso?«, will ich wissen. Warum ist er so neugierig und will mehr über die Kleine erfahren?

»Vielleicht kriegen wir ihren Chef dazu, sie für die ganzen zwei Wochen zu buchen.«

Ich fahre mit der Hand durch mein Haar. Ist er von ihr besessen? Ich fand sie gut, ja, aber sie die ganze Reise um mich haben …?

»Wozu? Außerdem willigt der Chef sicher nicht ein. Es ist zu kurzfristig. Sie wollen bestimmt keine Kunden vergraulen.«

Ob sie heute Abend gleich dem Nächsten den Schwanz lutscht und ihm kommandiert, seine Mutter anzurufen? Ich schüttele den Kopf. Das kann mir egal sein. Ich habe sie nach der Dusche, die ihr mehr als gefallen hat, in ein Taxi gesteckt und mich von ihr mit einem »*Au revoir*« verabschiedet. Sie hat auch keine Anstalten gemacht, zu bleiben.

»Wir könnten sie uns in den Wochen teilen. Dorian hat sicher nichts dagegen. Er kam gestern etwas zu kurz. Heute Morgen hat er mich nicht mal begrüßt. Sein Problem.«

»Hm.« Warum überlege ich ernsthaft, sie nach Dubai mitzunehmen? Aber sie würde ein gutes Bild während der Gala abgeben. Sie ist wirklich hübsch, schneeweiße Haut, hellblondes langes Haar und unglaublich schöne Augen. Wie sie mich angesehen hat, als sie auf den Knien vor mir aufgeblickt hat. Am liebsten würde ich gleich nochmal meinen Schwanz ihrem Mund übergeben. Und dumm wirkt sie auch nicht, zumindest scheint es mit ihr nicht langweilig zu werden.

»Los, komm schon. Ich ruf ihren Chef an. Wenn wir etwas mehr springen lassen, wird er bestimmt einwilligen.«

»Meinetwegen. Gib mir Bescheid, wenn ich ein weiteres Ticket buchen lassen soll.«

»Jepp. À plus tard!«

Als er aufgelegt hat, schließe ich den letzten Knopf meines Hemdes und ziehe mir mein Jackett über, dann drehe ich mich kurz zu meinem Bett um. Das Laken ist immer noch genauso zerwühlt, wie wir es zurückgelassen haben – bevor Maron unter die Dusche gegangen ist.

Aber ich denke, Lawrence könnte recht haben, die Kleine würde uns die Reise sicher um einiges angenehmer gestalten.

6. KAPITEL

Völlig benebelt sitze ich im Seminar und würde mich am liebsten der Länge nach auf den Tisch legen und schlafen. Mein Körper ist völlig erschöpft, mein Geist arbeitet dagegen auf Hochtouren. Und ich brauche einfach nur den Ausschalter: *Schlaf.* Luis wirft mir seltsame Blicke zu, als ich wirklich versuche, dem langweiligen Referat einer Kommilitonin zu folgen. Sie schwafelt irgendwas von gotischen Elementen, Gargoyles, Notre-Dame ... Ich ziehe die Sonnenbrille von meinem Haar auf die Nase und wünsche mir, bald von der Gotik erlöst zu werden.

Nachdem ich das erste Seminar verpasst habe, mir anhören durfte, dass Luis meinetwegen zu spät kam, und Leon von mir wissen wollte, wie der Abend verlief, weil Eduard mit Geld und meiner ausdrücklichen Anweisung zurückgeschickt wurde, wollte ich nur noch nachhause ...

In meinem Appartement befreie ich mich aus den Schuhen und falle todmüde ins Bett. Vorsichtshalber stelle ich mir einen Wecker, um für heute Abend pünktlich von Eduard zum nächsten Kunden gefahren zu werden.

Mir kommen die vier Stunden Schlaf wie fünf Minuten vor, als mein Wecker klingelt und ich in mein Kissen knurre. Als ich ins Bad gehe, um meine Blase zu erleichtern, fahre ich mir durch mein Haar. Gott, war das eine Nacht.

Wenn jede so wäre, würde ich bald nicht mehr laufen können. Ich schmunzele. Dabei konnte ich es den Jungs nicht mal richtig zeigen.

Heute steht ein Termin mit Hernan an, ein klassischer Unternehmer Ende vierzig. Wirklich Lust habe ich nicht, ihn zu begleiten, aber ich brauche das Geld. Ob Gideon wie versprochen mehr an die Agentur bezahlt hat? Schließlich haben wir über neun Stunden miteinander verbracht. Gut, ziehen wir fünf Stunden Schlaf ab.

Er hat mir nicht einmal mehr Geld für den Sex gegeben. Aber der war so gut, da brauche ich kein extra Honorar. Warum, verflucht, lächele ich vor mich hin? Als ich mich zum Duschen ausziehe, klingelt mein Handy. *Immer in den passenden Momenten.*

Splitternackt laufe ich in mein Schlafzimmer, um es zu holen. *Leon.*

»Wenn du nochmal wissen willst, wie der Abend lief, dann ja, alles hat bestens geklappt. Ich hoffe, er hat dir mehr Geld gegeben, denn eigentlich waren es ...«

»Neun Stunden wurden abgerechnet.«

»Oh, wow.«

»Ja, wow. Darum geht es nicht. Ich rufe an, weil ein gewisser Lawrence Chevalier dich für zwei Wochen für eine Reise buchen will.« Mir klappt die Kinnlade herunter, als seine Worte in meinen Verstand vordringen. Das muss eine Menge Schotter sein. Mit dem Fuß tripple ich auf dem Boden, um mir nicht anmerken zu lassen, wie verblüfft ich bin, und rechne mir bereits den Betrag aus.

»Wann?«, frage ich gelassen.

»Ab morgen.«

»Morgen?«

In zweieinhalb Wochen sind die Prüfungen. Ich kann keine Reise antreten, wohin es auch immer gehen soll, und das Studium sausen lassen.

»Weil ich deine Kratzbürstigkeit kenne, wenn es um die Terminabsprache geht, will ich es vorher klären. Du weißt, dass ich Kunden an andere Damen verlegen muss, wenn du den Auftrag annimmst. Das wird ihnen nicht gefallen.«

»Warum gehst du dann darauf ein?«, will ich wissen und laufe auf einen Spiegel im Flur zu.

Ich betrachte flüchtig meinen Körper und drehe mich kurz, als mir ein dunkler Fleck auf meinem Po auffällt. Mann, ich hab einen Bissfleck! Eigentlich bin *ich* diejenige, die Liebesmale hinterlässt. Ich achte nicht mehr auf Leons Worte, sondern schaue mir den Biss genauer an. Es lassen sich sogar die Zähne erkennen. Aber schmerzhaft ist es nicht. Nicht mal die Schläge sind zu spüren. Wie er zugeschlagen hat, war wirklich fast professionell, und das im Dunkeln. Hm ... Aber jetzt will mich sein Bruder, der mir den Martini, Scotch und den Tequila eingeflößt hat, buchen?

»... also es wird dir viel geboten und du würdest mehr verdienen als an den Abenden in der Zeit. Was denkst du?«, fragt mich Leon. Ich schüttele den Kopf, weil ich mich nicht konzentriert habe.

»Eigentlich ... kann ich nicht.«

»Ach, deswegen.« Glaubt er, ich habe meine Menstruation? Männer denken manchmal so primitiv. Ansonsten hätte ich doch die anderen Termine nicht angenommen.

»Nicht deswegen, Leon. Ich habe in zweieinhalb Wochen Prüfungen, ich muss an den Vorlesungen teilnehmen, um die Klausuren zu bestehen. Deswegen.«

»Kann man das nicht verschieben?«

»Nein, kann ich nicht. In einer Prüfung ist es meine letzte Chance sie zu bestehen, ansonsten kann ich mein Architekturstudium knicken.« Ich lehne mich an der kühlen Wand an und blicke aus dem Dachfenster auf den blauen Abendhimmel. »Richte ihm aus, gerne ein anderes Mal. Meine Prüfungen gehen vor.«

Schließlich will ich nicht noch mit vierzig in der Agentur arbeiten, sondern als Architektin anfangen. Obwohl mir der Job nebenbei gut gefällt, man viel herumkommt, neue Menschen und Persönlichkeiten kennen lernt und viel erlebt. Aber für immer? Außerdem glaube ich kaum, dass ein Mann und ich mit Kindern einer glücklichen Zukunft entgegenblicken, wenn ich weiter gebucht werden kann.

Mit einem Grummeln legt Leon auf. Aber es ist ja nicht so, dass ich keine Termine wahrnehme, nur dieser geht nicht. Zu gerne hätte ich gewusst, wohin die Reise geht. Bisher hatte ich zwei Geschäftsmänner begleitet und fand es jedes Mal aufregend, sie in ihren Hotelzimmern nach meinen Regeln tanzen zu lassen.

Nicht lange und ich springe unter die Dusche, mache mich zurecht und treffe Hernan zu einem Pressetermin, danach geht es ins Restaurant. Zum Glück will er heute nicht mehr, denn es würde den Morgen mit Gideon ruinieren. Mit zwei Männern am gleichen Tag schlafen ist selbst für mich ungewohnt.

Am späten Abend treffe ich mich mit Luis, um mit ihm über die Prüfungen zu sprechen und mich zu entschuldigen. Neben Mary und Kris, die ebenfalls bei der gleichen Agentur arbeiten, ist er mein bester Freund, den ich seit der Schulzeit kenne. Nun ja, er ist nicht bloß ein Freund für mich. Er meint es wirklich gut mit mir, auch wenn ich ihn manchmal vor den Kopf stoße.

Nachdem wir einen gemeinsamen Plan für die Prüfungsvorbereitung ausgetüftelt, Pizza gegessen und Cola getrunken haben, verlasse ich mit dem Plan in der Hand seine Wohnung und laufe mitten in der Nacht zu meiner Wohnung zurück. Wenn ich mich jeden Tag zwei Extrastunden auf den Hosenboden setzen würde, um zu lernen, könnte ich es schaffen. Ich muss es schaffen!

»Du studierst?«, höre ich hinter mir eine bekannte Stimme und zucke zusammen. *Verflucht! Seit wann verfolgt er mich?*

Hinter mir steht Gideon, als ich mich umdrehe, und anscheinend hat er – seinen strahlenden grünen Augen nach zu urteilen – meinen Prüfungsplan gelesen.

»Nein, das sind Kochrezepte meiner Mutter!«, fahre ich ihn an. Ein leises Lachen ist zu hören, als er seine Anzugärmel richtet und zu mir sieht.

»Was machst du hier? Spionierst du mir hinterher?«, will ich wissen, weil ich drei Häuser weiter wohne. Möglichst unauffällig blicke ich die Straße entlang, kann aber keinen schwarzen Protzwagen sehen, außer meinen. Ich schmunzele. Ein Audi R8 ist zwar kein Maserati, aber eben auch kein Smart.

»Nein, ich bin ganz zufällig hier unterwegs gewesen«, lügt er mir direkt ins Gesicht, ohne rot zu werden. Trotzdem erkenne ich das verräterische Zucken neben seinen Augen, das ich mir seit gestern Nacht gemerkt habe.

»Na dann. Ich habe noch zu tun. Vor allem den Schlaf von gestern Nacht aufzuholen.« Ich gähne demonstrativ hinter vorgehaltener Hand.

»Wenn das eine Anspielung darauf war, wie gut ich im Bett bin, würde ich gerne deine Meinung ändern.« Seine Augen funkeln, aber ich schüttele den Kopf.

»Ich habe jetzt Feierabend und nehme keine Kunden an.« Ich laufe weiter und hoffe, dass er umdreht und die Straße verlässt. Doch eine Stimme sagt mir, dass er das nicht tun wird. Aber ich will immer noch nicht, dass er weiß, wo ich wohne. Denn das Anschleichen von gerade eben hat mich ziemlich erschreckt.

»Warum hast du die Reise abgesagt?«

»Weil ich Prüfungen habe.« Demonstrativ wedle ich mit dem Zettel in der Luft und laufe weiter. *Geh doch einfach.*

Nur in meinen engen Röhrenjeans und dem schulterfreien lockeren Pulli, den Sneakers und meinem Pferdeschwanz komme ich mir völlig anders vor. Er ist immer noch der Gleiche: piekfein im Anzug, das Haar leger nach hinten gekämmt. Aber ich will meine Arbeit von meiner Freizeit trennen, eben damit solche Momente nicht passieren.

Mit langen Schritten überholt er mich und schnappt

sich mit einer schnellen Handbewegung den Zettel.

»Hey, was soll das!« Ich will ihm den Plan wegnehmen, aber er ist ohne meine Absatzschuhe einen Kopf größer als ich, sodass er nur den Arm auszustrecken braucht, damit ich nicht an meinen Plan herankomme. Wie albern.

Er liest ihn durch, als würde es ihn interessieren, dann verzieht er seine schönen Lippen zu einem Grinsen.

»Das kriegen wir auch auf Dubai hin.«

»Dubai?«, wiederhole ich. »Gib mir jetzt den Zettel.«

»Sag bitte, Gideon.«

Ich zeige ihm den Mittelfinger. Er lacht nur und sieht weiter auf den Zettel.

»Für eine Architekturstudentin hätte ich dich nicht gehalten. Ich dachte, du würdest Psychologie oder Tiermedizin studieren. Eigentlich dachte ich, du würdest überhaupt nicht studieren, sondern ...«

»Sondern?«, hake ich nach. Er hebt die Augenbrauen. »Sag jetzt nichts Falsches.«

»Okay, ich hatte keine Ahnung. Zufrieden? Aber es macht mich ungemein scharf, mit einer Studierten, die Gebäude entwirft, das Bett geteilt zu haben.«

»Zu haben, trifft es wirklich.«

Ich presse die Lippen aufeinander und strecke meine Hand aus, um endlich meinen Zettel wiederzubekommen.

»Du bist wirklich kindisch. Jetzt gib ihn mir zurück!« Was mache ich hier eigentlich?

»Sprich die Zauberworte aus.«

»Bitte, Gideon«, sage ich genervt und verdrehe die Augen.

»Als du meinen Namen laut unter der Dusche gestöhnt hast, hat es mir um einiges besser gefallen. Aber du kannst gerne beim nächsten Mal zeigen, dass du meinen Namen wieder so laut stöhnst. Vielleicht sogar schreist. Die Vorsilbe hast du so schön betont.«

Ohne zu überlegen, verpasse ich ihm einen Tritt gegen sein Schienbein und blicke mich unauffällig um. Es ist zwar ein Uhr morgens, trotzdem können uns Nachbarn hören. Genau deswegen soll mein Privatleben privat bleiben.

»Es gibt kein nächstes Mal, du Arsch!«

Schnell schnappe ich mir den Zettel aus seiner Hand und gehe weiter. Vorsichtshalber falte ich ihn zusammen und schiebe ihn in meine Jeanstasche. »Geh einfach, ansonsten bereue ich es, mich von dir nach Hause fahren gelassen zu haben. Denn ob du es glaubst oder nicht, ich habe ein Privatleben.«

»Einen Freund?«

Ich antworte nicht, sondern laufe weiter. Er geht mir tierisch auf den Senkel. Soll ich jetzt an meinem eigenen Appartement vorbeilaufen? Ich will mich auch nicht umdrehen, um zu sehen, ob er mich weiter verfolgt. Außerdem brauche ich Schlaf, also beschließe ich in mein Appartement zu gehen, ohne ihm etwas vorzutäuschen.

Schnell angele ich die Schlüssel aus meiner Jeanstasche und schließe das Gartentor auf, das den Wohnblock umgibt.

»Hier wohnst du?«, fragt Gideon hinter mir und fängt an, mich zu nerven.

»Es kann nicht jeder in einem Penthouse wohnen.«

»Jetzt warte, Maron. Ich möchte nur mit dir reden.«

Ich drehe mich mit einem finsteren Blick um, aber hebe eine Augenbraue. »Worüber? Akzeptiere meine Entscheidung, dass ich auch ein Privatleben habe.«

»Werde ich. Zuvor möchte ich, dass du uns nach Dubai begleitest.«

»Uns?« Ich ziehe die Augenbrauen zusammen, denn ich ahne, dass Lawrence ebenfalls dabei sein wird. Er wollte mich schließlich buchen. So habe ich erfahren, dass die beiden Brüder sind. Ob der andere ebenfalls ein Bruder von ihm ist, der uns nur zugesehen hat?

»Ja uns, Lawrence, Dorian und mich.« Drei Männer? Mir hat schon die letzte Nacht gereicht, obwohl es sicher noch besser gehen würde. Sofort spüre ich die Hitze zwischen meinen Beinen und würde am liebsten *ja* sagen. Aber die Prüfungen ... Dubai oder die Uni? Bis mir etwas einfällt.

»Mein Chef sprach davon, dass ihr mehr bezahlt, als vorgegeben ist.«

»Und du willst wissen wie viel?« In seinen grünen Augen taucht ein Glitzern auf, das gefährlich und zugleich anziehend auf mich wirkt, als er sich mir etwas entgegenbeugt. »Genug, glaub mir.«

»Wie viel!«, wiederhole ich.

»55.000 Euro«, höre ich und ziehe zischend die Luft ein. Das ist wirklich viel, mehr als ich dachte. Pro Woche nehmen wir um die 7.000. *Aber es sind auch drei Männer*, das sollte ich nicht vergessen. Zum Lernen käme ich bestimmt nicht, sie würden mich immer fordern oder todmüde ins Bett schicken. Außerdem kenne ich keinen von ihnen. Was, wenn wieder so etwas wie gestern Abend passiert, ohne mich darauf vorbereiten zu können?

»Ich weiß, dass dir die Summe gefällt. Warum sagst du nicht zu? Wegen der Prüfungen?« Er reibt sich kurz über sein Kinn und das Kratzen seines Bartes ist zu hören. »Wir lassen dir auf jeden Fall ein paar Stunden Ruhe zum Lernen. Du musst rein gar nichts bezahlen, hast dein eigenes Zimmer, kannst essen gehen, wann du willst, und in deiner Freizeit machen, was du willst.«

Ich höre schon das *Aber*.

»Aber?«

»Aber ...« Er beugt sich zu mir weiter herab. »Wenn wir dich auf unsere Zimmer holen, dich als Partnerin für eine Gala oder Event brauchen, wirst du nicht zögern und uns ohne dein niedliches Gemurre begleiten, so wie es sich gehört.«

»Habt ihr keine Freundinnen, die ...«

Ein Finger legt sich auf meine Lippen. »Keine Fragen. Nimm das Angebot an und du wirst den besten Urlaub in Dubai haben, den du dir wünschst, oder lehne es ab. Deine Entscheidung.« Er zuckt belanglos mit den Schultern, als er sich erhebt, aber behält mich im Blick.

Es sprechen viele Dinge dagegen, aber die Vorstellung, für zwei Wochen abzuschalten, gefällt mir. Mein letzter richtiger Urlaub liegt mehr als vier Jahre zurück. Bis auf zwei Geschäftsreisen habe ich keine Kunden begleitet oder mir einen privaten Urlaub gegönnt. Aber wie soll ich mich um meine Schwester kümmern? Ich könnte sie anrufen. Jeden Tag kann ich sie leider auch nicht immer besuchen. Und die Prüfungen? Wenn ich nicht an den Vorlesungen teilnehme, wüsste ich nicht, was ich lernen muss. Ich könnte Luis fragen, ob er sie mir per Mail schickt.

Mit einer Hand fahre ich über meine Stirn, während Gideon die stumme Diskussion in meinem Kopf mitverfolgt. Seine Haltung, das leicht angehobene Kinn und die intensiven Augen machen mich schwach, bis ich wegsehe.

»Wann fliegen wir?«, frage ich und hebe meinen Blick in seine Richtung.

»Wir?« Ein breites Grinsen wandert über seine Lippen. Ich nicke bloß. »Wir«, er legt eine Hand auf meine Hüften, »fliegen morgen Mittag. Ich hole dich ab.«

»Nein. Und nimm die Hand bitte von mir.« Ich bin gerade durcheinander genug. »Ich fahre mit meinem Auto selber zum Flughafen. Wir treffen uns dort.«

Etwas skeptisch, ob ich nicht doch einen Rückzieher machen werde, schaut er mir tief in die Augen. Ich schaue zur Seite. Ihn würde ich nicht in meine Seele blicken lassen. Alles, worauf ich mich einlasse, ist rein geschäftlich – mehr nicht.

»Wie du möchtest, ich hoffe, du kommst wirklich. Der Flieger geht um 12.43 Uhr. Wir treffen uns zwei Stunden zuvor am Eingang. Hier«, er reicht mir eine Visitenkarte, »meine Nummer, falls etwas dazwischenkommen sollte. Ich würde mich sehr freuen, dich morgen zu sehen, Maron«, flüstert er leise, streift eine Haarsträhne aus meinem Gesicht und küsst mich zärtlich.

7. KAPITEL

Endlich konnte ich eine Nacht gemütlich ausschlafen, obwohl mich das schlechte Gewissen plagt, nicht zur Uni zu gehen. Aber als ich Luis von der Reise erzählt habe, bestärkte er meine Entscheidung, weil er meine Situation kennt. Denn er besucht öfter mit mir meine Schwester im Krankenhaus. Er kann mich verstehen, auch wenn ich das alles vordergründig für das Geld tue. Aber eben mal ein paar Tausend zu verdienen, konnte ich mir einfach nicht entgehen lassen – deswegen habe ich mir den Job ausgesucht, um schnell viel Geld zu verdienen.

Als alles mit Luis geklärt ist, er mir zugesagt hat, mir jeden Tag eine E-Mail mit den Mitschriften zu schicken und ich ihn bei Fragen anrufen kann, wird mir leichter ums Herz. Mit Leon sprach ich alles wegen der Versicherungen und des restlichen Papierkrams ab. Er will mich für zwei Wochen bei den Kunden krankmelden, was vielleicht nicht ganz richtig ist, aber besser als die Kunden zu verärgern. Außerdem erhält Helen vielleicht mehr Aufträge, die bloß zwei- bis dreimal die Woche gebucht wird. Ich würde es ihr gönnen.

Mit meinem viel zu schweren Koffer, der mir fast bis zum Bauchnabel geht, schließe ich mit einem seltsamen Gefühl mein Appartement. Eine Nachbarin will meinen Postkasten regelmäßig leeren und gelegentlich meine Blumen gießen. Ich liebe ältere Menschen, sie sind immer so freundlich und hilfsbereit. Obwohl ich ihr auch hie und da unter die Arme greife und Einkäufe besorge oder den Flur für sie wische.

Etwas aufgeregt, nicht wegen der Jungs, sondern der Reise – denn ich war noch nie in den Arabischen Emiraten – drücke ich den Fahrstuhlknopf. Dann zupfe ich an meinem Kostüm herum. Vor wenigen Stunden erhielt ich eine SMS einer unbekannten Nummer, in der stand:

Hallo Maron, vergiss nicht, dich in einen Business-Look zu werfen. Wir wollen seriös wirken. Freu mich, dich auf dem Flughafen zu treffen, meine Schöne.
Gideon

Weil ich ihn als normalen Kunden behandeln muss, habe ich mich an seine Wünsche gehalten und trage ein dunkelblaues Kostüm mit einem Haarknoten und schwarzen hohen High Heels, die mich sicher im Flugzeug umbringen werden.

An meinem Wagen angekommen, öffne ich den Kofferraum und wuchte den Koffer mit einem Schwung hinein. Zufrieden, alles verstaut zu haben, setze ich mich in den Wagen, lege die Handtasche auf den Beifahrersitz und ziehe meine Absatzschuhe aus, um sie mit den Sneakers zu wechseln, die immer versteckt in meinem Auto liegen. Mit den mörderischen Absatzschuhen kann ich einfach nicht Auto fahren.

Dann schlängele ich mich am Donnerstag Mittag durch

den Verkehr von Marseille Richtung Flughafen. Während der Fahrt rufe ich im Krankenhaus an, um mein schlechtes Gewissen vollkommen zu besänftigen. Die Schwester sagt mir, dass Chlariss in einem stabilen Zustand sei und sie in den nächsten Tagen in Begleitung den Park besuchen dürfe. Das klingt gut – sehr gut. Sie wird von den besten Ärzten Marseilles behandelt, so wie ich es wollte.

In einem Eiltempo, weil ich fünf Minuten zu spät ankommen würde, fädele ich mich in der Kreuzung vor dem Flughafen ein und entdecke von weitem eine Limousine, aus der vier Personen aussteigen. Sofort erkenne ich die Männer, aber habe keine Ahnung, wer die fremde Frau neben ihnen ist. Hinter meiner Sonnenbrille mustere ich sie lange. Sie ist brünett, hübsch und wirkt auf den ersten Blick freundlich. Wie gesagt, es ist meine erste Beurteilung von weitem.

Anscheinend haben sie mich gesehen, denn Lawrence hebt seine Hand in meine Richtung. Ich lächele knapp, obwohl er es nicht sehen kann, dann fahre ich in das Parkhaus, um ihn dort für zwei Wochen zu parken. Wohlbehütet in meiner Garage gefällt er mir besser. *Manchmal denke ich wie ein Mann* – fällt mir auf.

Als ich geparkt habe und aussteige, um zum Automaten zu gehen, verschlägt es mir etwas die Sprache, als ich sehe, wie viel die Parkgebühr für zwei Wochen beträgt. *Die spinnen wohl! 224 Euro.* Ich kaue kurz auf meiner Lippe, dann krame ich mein Portemonnaie hervor. Dann wäre ein Viertel meines Bargeldes weg.

So viel brauche ich nicht mal, um zwei Wochen Essen

zu kaufen. Mit einem mürrischen Gesichtsausdruck, als ob ich damit den Automaten beleidigen könnte, gebe ich erneut den Zeitraum ein. Die fiese Zahl grinst mir wieder entgegen, als ich die Geldscheine reinschiebe.

Ich schnappe mir die Karte und gehe zurück zu meinem Wagen, als ich Gideon daneben stehen sehe.

»Solch einen Wagen hätte ich dir nicht zugetraut.«

»Du traust mir kaum etwas zu, was?«, ziehe ich ihn auf.

»Doch, mehr als du denkst, aber du überraschst mich immer wieder«, bemerkt er und streicht über die Motorhaube.

»Er ist nicht wirklich meine …«, beantworte ich seine Blicke und gehe auf den Kofferraum zu. An seinem Blick sehe ich, wie er überlegt, wessen Wagen es sein könnte. Aber ich lasse ihn in seiner Überlegung stehen und greife nach dem Koffer.

»Ich mag emanzipierte Frauen, aber ich helfe gerne.« Er drängt mich ein Stück zur Seite und nimmt den Koffer aus dem Wagen.

»Ich habe den allein in den Wagen bekommen, also hätte ich ihn auch allein wieder herausbekommen. Trotzdem danke.«

In einem hellen Anzug, der ihn freundlicher wirken lässt als sonst, stellt er den Koffer ab. Ich sehe ihm an, für wie schwer er ihn hält, aber anscheinend hebt er sich seine spöttischen Kommentare für später auf.

»Du darfst dich noch früh genug bedanken.«

Seiner Anspielung begegne ich mit einem Lächeln, bevor ich meine Handtasche vom Beifahrersitz hole. Zum

Glück habe ich meine Sneakers unter dem Sitz verstaut, damit sie niemand sehen kann.

Gideon bietet mir seinen Arm an, den ich gerne annehme, und wir verlassen das Parkareal.

Vor den Schaltern, wo die Koffer abgegeben werden, bleiben wir bei den anderen stehen und Gideon stellt mir die Frau vor, die nicht älter als ich sein dürfte. Sofort reicht mir Jane ihre Hand und blickt mir erwartungsvoll entgegen. Nach einem Durchatmen gebe ich ihr meine Hand. Sie trägt ebenfalls ein Kostüm mit hohen Absatzschuhen.

»Schön, dich kennen zu lernen, Maron«, sagt sie. »Ich bin schon sehr auf den Urlaub gespannt.«

»Es wird kein Urlaub«, korrigiert sie Dorian und legt seine Hand um ihre Hüften. »Zumindest nicht für uns.«

»Ach, rede keinen Blödsinn, ihr müsst dort nur Verträge abschließen, Kongresse besuchen und den Rest des Tages liegt ihr Cocktails schlürfend am Strand.«

»Das besprechen wir später.« Mit einem scharfen Blick schaut er zu ihr und ich frage mich, ob sie ebenfalls engagiert wurde, um die Reise anzutreten. Doch Lawrence greift in dem Moment nach meinem Koffer, als wir einchecken, und lenkt mich von dem Gedanken ab.

Nachdem wir alle Kontrollen hinter uns gebracht haben und in der Wartehalle sitzen, beschließe ich aufzustehen und mich etwas in den Shops umzusehen. Ich hasse lange Wartezeiten und vielleicht hole ich mir eine Zeitung. Denn wir würden mehr als acht Stunden fliegen, was sicher langweilig werden wird.

»Warum bist du so still?« Ich sehe zu Lawrence auf, der

sich ebenfalls in dem Shop umsieht. »Frauen, die still sind, sind unheimlich.«

»Tatsächlich?« Ich blicke ihm lange entgegen. Er trägt ebenfalls einen hellen Anzug, sein Haar ist zu einem ordentlichen Zopf zusammengebunden, während sein Aftershave über den Büchertisch zu mir herüberweht.

»Ja, wenn sie reden, nerven sie mich mit ihrem sinnlosen Geplapper. Und wenn sie leise sind, quälen sie sich mit Grübeleien, Überlegungen oder schlimmer noch: Sie fangen an zu denken.«

Genau so habe ich Lawrence eingeschätzt, er hält sich den Frauen gegenüber für unwiderstehlich, selbstbewusst und überlegen.

Ich greife nach einem Erotikroman und blättere darin herum, so als hätte ich seine Worte nicht gehört. Das bringt die meisten Menschen zur Überlegung, etwas Falsches gesagt zu haben.

»Also?«, fragt er und steht plötzlich neben mir.

»Also was? Ich denke.«

»Gefährlich.«

»Allerdings. Nimm am besten Abstand, ansonsten könntest du davon infiziert werden«, murmele ich beiläufig und lese in dem Buch.

»Du hast seit vorgestern Nacht immer noch nicht genug, was?«

»Hättest du mich dann gebucht?«

Gegenfragen bringen sein Gegenüber meistens in Verlegenheit, weil sie damit nicht rechnen. Plötzlich spüre ich keine Verlegenheit bei ihm, sondern seine Hand auf meinem Arsch.

Er zieht mich ein Stück zu sich, senkt seinen Kopf und sagt leise: »Ich habe dich gebucht, weil ich eine Revanche erwarte. Du hast Gideon ganz schön auflaufen lassen.« Und das gefällt ihm?

Lawrence halte ich für eine schwer durchschaubare Persönlichkeit, die selten etwas dem Zufall überlässt. Vielleicht sind wir gar nicht mal so verschieden. Es könnte auf jeden Fall interessant werden.

Ich wende mich ihm zu und blicke zu ihm auf. »Glaub mir, nach vorletzter Nacht habe ich mir für dich etwas ganz Besonderes überlegt.« Ich kann mir meinen verruchten Blick kaum verkneifen und ziehe einige Blicke der Käufer auf mich, weil ich nicht ganz leise gesprochen habe. Aber Lawrence ist ein Mann, der das verkraften wird. Doch zwischen uns scheinen Blitze in der Luft zu sprühen, denn sein Blick ist rasiermesserscharf, dem ich nicht ausweichen werde.

»Darauf verlasse ich mich, Noir.« Er ist noch etwas größer als Gideon. Als er sich zu mir herabbeugt, bricht er den Augenkontakt, greift nach meinem Kinn und küsst mich – und das nicht gerade auf die romantische Art. Mit einem leichten Schubs stoße ich mit dem Hintern gegen den Tisch voller Bücher, als ein Räuspern zu hören ist und Lawrence sich von mir löst.

»Danke, Schatz, dass du mir das Buch kaufst«, sage ich und drücke ihm das Buch in die Hand. Ein letzter Kuss auf die Wange und ich verlasse den Laden.

»Ihr freundet euch an?«, fragt Gideon, als er zu mir aufsieht. Er sitzt lässig auf seiner Bank, den Knöchel auf das Knie und schiebt seine Sonnenbrille zurück in sein Haar.

»So in etwa«, antworte ich und nehme neben ihm Platz. »Es ist eindeutig, dass er gern den Platzhirsch mimt, vermutlich weil euer Vater ihm zu viel abverlangt hat, ihn früh in der Firma – mit neunzehn würde ich schätzen – mit verantwortungsvollen Aufgaben vertraut gemacht hat. Eigentlich würde er sich den Frauen gegenüber freundlicher verhalten, aber anscheinend haben ihm eine oder zwei ganz schön zugesetzt.«

Gideon starrt mich von der Seite an und ich weiß, ins Schwarze getroffen zu haben. »Wenn du nichts dagegen hast, würde ich fix eine rauchen gehen. Flüge setzen mir immer schrecklich zu.«

»Wirklich? Schade, dass ich deine Verspanntheit nicht hier lösen kann.« Seine Hand wandert auf mein Knie, weiter den Oberschenkel hinauf. Ein älteres Ehepaar schaut uns etwas pikiert zu, aber ich schmiege mich wie eine Katze an Gideon. Er riecht wieder nach dem angenehmen Wildleder, nicht so dominant und aufdringlich wie Lawrence.

Nachdem ich eine Zigarette geraucht habe und wir kurz darauf endlich ins Flugzeug steigen dürfen, weiß ich nicht, welchen Platz ich nehmen soll. Natürlich fliegen wir in der ersten Klasse, wo ich meine Beine schonen kann.

»Am besten, du setzt dich in die Mitte«, legt Gideon fest und nimmt am Fenster Platz. Er greift nach meiner Hand und zieht mich auf den Sitz. Neben mir setzt sich Lawrence und in ihren Augen sehe ich, dass sie irgendetwas planen. Eine Revanche.

»Schau mal, was ich dir gekauft habe.« Lawrence hält das Buch, das ich im Laden in der Hand gehalten habe, vor sich und dreht es. »Ein Erotikroman. Er wird dir sicher über die Wartezeit hinweghelfen.« Mit einem arroganten Grinsen lässt er es aus der Hand rutschen und es landet im Gang. »Oh, könntest du es für mich aufheben?«

Ich kneife die Augen zusammen, weil ich nicht weiß, was er damit bezwecken will. Aber der Roman würde mir sicher über die lange Flugzeit hinweghelfen.

»Na los, heb es auf. Mein Bruder hat eine hässliche Zerrung in der Schulter. Sein Arzt hat ihm verboten, sich zu überanstrengen.«

»Sicher«, bringe ich spöttisch über meine Lippen, als Lawrence nach meiner Schulter greift und mich über seinen Schoß beugt. Verflucht! Ich ahne, was sie vorhaben, aber kann es kaum mehr verhindern.

»Du bist wirklich ein Schatz«, höre ich Lawrence, als er meinen Rücken streichelt.

Leider ist das Buch ziemlich weit in den Gang gerutscht, sodass ich mich weiter nach ihm ausstrecken muss. In dem Moment spüre ich eine Hand auf meinem Oberschenkel, die meinen Rock etwas hochschiebt. Finger machen sich an meinem Slip zu schaffen, und als ich das Buch zu fassen bekomme, spüre ich, wie etwas in mich eindringt. Es ist nicht groß, aber fühlt sich kühl an.

»Ehrlich? Das ist eure Revanche?«, frage ich zynisch und ziehe mich zurück auf den Sitz, als ich ein Vibrieren spüre, das man nicht hören kann. Gideon grinst schief, während Lawrence über meinen Arm streicht.

»Jetzt darfst du in Ruhe deinen Roman lesen. Na los. Bis wir dort sind, hast du ihn brav durchgelesen.«

Mit einem Blick, der verraten sollte, dass mich das bisschen Vibrieren nicht aus dem Konzept bringen wird, blättere ich in dem Buch. Es ist ein neuer Band meiner Lieblingsautorin, die hauptsächlich über BDSM schreibt.

»Ich habe mal durchgeblättert. Vielleicht werden wir ein paar Szenen ausprobieren«, sagt Gideon und streift seine Wange an meiner, bis das Vibrieren stärker wird. Gänsehaut breitet sich auf meinem Körper aus, während ich immer feuchter werde und meiner Weiblichkeit dieses Vibrieren gefällt. Meine Brustwarzen ziehen sich kribbelnd zusammen.

»Ich kann es kaum erwarten«, antworte ich, als Gideon meinen Kopf zu sich dreht und mich küsst – so wie es für andere Fluggäste nach einem verliebten Kuss aussieht, nicht zügellos, sondern leidenschaftlich. Das Vibrieren wird stärker, sodass ich mich von ihm entferne und auf die Zähne beiße.

»Es gefällt ihr«, sagt er zu Lawrence.

»Dann wird der Flug doch aufregender als erwartet.« Lawrence tätschelt mein Bein.

»Freut euch nicht zu früh.« Das Etwas in mir kurbelt plötzlich meine Hitze an, mit der ich nicht gerechnet habe. Ich hole tief Luft und habe keine Ahnung, wie lange ich das Spiel der beiden ohne ein unbeherrschtes Stöhnen überleben werde.

Langsam bewegt sich die Maschine, rollt über die Fahrbahn und beschleunigt, während ich mit zwei selbstverliebten Geschäftsmännern in der First Class sitze und kurz vor einem Orgasmus stehe. Aber mit meinen gekonnten Atemübungen versuche ich, die beiden nicht gewinnen zu lassen. Ich habe noch einen viel besseren Plan.

»Ist dir heiß, Schatz?«, fragt Lawrence und fährt mit seiner Hand meinen Oberschenkel auf und ab. Ich werfe einen wütenden Blick zu Gideon, der meine zittrigen Finger sieht, die das Buch umklammern.

»Es war deine Idee«, stelle ich fest und schließe kurz die Augen. Verflucht, ich vergehe gleich vor Lust, während vor mir ein Paar mit zwei Kindern sitzt und sich über das Hotel unterhält. Dorian sitzt mit seiner Freundin direkt hinter uns. Vermutlich sind sie ebenfalls eingeweiht.

»Nicht ganz. Mit dem Roman hast du meine Idee perfektioniert.« Er streicht eine Haarsträhne hinter mein Ohr. »Jetzt komm für mich. Du darfst gerne meinen Namen rufen.«

Ich beiße auf die Unterlippe und ziehe scharf die Luft ein. Er knabbert an meinem Ohr und raunt: »Ich würde dich so gern hier im Flugzeug vögeln. Am besten so, dass es jeder sieht. Zuvor würde ich deine feuchte Pussy mit meiner Zunge vorbereiten, dich lecken, bis du auf den Knien darum bettelst, dass ich es dir hart besorge.«

Er küsst meinen Hals und spürt vermutlich meinen rasenden Puls, der jeden Moment droht auszusetzen. Lawrence fährt unbemerkt unter den eng anliegenden Blazer, weiter unter mein Top bis zu meinem BH, bis er sein hinterlistiges Ziel erreicht hat. Er spielt mit meinen Brustwarzen und ich drohe gleich vor Lust zu zergehen, und das vor allen Fahrgästen.

Mit Mühe kämpfe ich gegen das laute Atmen an, als ich es nicht mehr aufhalten kann und der Orgasmus droht, mich mitzureißen. Gideon greift nach meinem Gesicht, küsst mich und drängt mit seiner Zunge meine Lippen auseinander. Warum kann er so gut küssen?

Nicht lange und ich stöhne in seinen Mund, obwohl ich mühsam dagegen ankämpfe. Doch je mehr ich kämpfe, desto intensiver wird das Gefühl.

Mit seiner Hand wandert er meinen Rücken entlang bis zu meinem Po und hält ihn fest umfasst, knetet ihn, während seine Zunge meine langsam umkreist.

Ich kann nicht mehr und gebe auf. Mein Herz flattert wie ein wilder Kolibri, als mein Körper von einem Zittern bebt und ich mich in Gideons Hemdkragen kralle und stöhne. Und das so leise es geht.

»Möchten Sie schon etwas trinken?«, fragt hinter mir eine Frau. »Oh, Verzeihung.« Gideon löst sich von meinen Lippen, als das Vibrieren aufhört. Gott sei Dank! Keine Sekunde länger hätte ich es ausgehalten.

»Meinst du, sie kann etwas vertragen?«, fragt Lawrence und ich schnappe nach Luft, um die Hitze in meinem Becken endlich abflauen zu lassen.

Noch nie wollte ich so sehr *keinen* Orgasmus haben wie in diesem Moment. Es war haarscharf, wenn die Stewardess nicht gekommen wäre. Mit tiefen Atemzügen beruhige ich mich.

»Ich denke, sie hat etwas verdient nach der Anstrengung.«

»Gut, dann ein Glas Champagner und zwei Kaffee.«

Keinen Alkohol! Das werden sie bitter büßen. Kaum stehen die Getränke vor uns auf den Tischen, erhebe ich mich. Lawrence hält mich mit einem Griff zurück.

»Wohin so eilig? Du bleibst schön sitzen.«

»Wenn ich auf den Sitz pinkeln soll?« Ich hebe eine Augenbraue. Aber ich muss wirklich dringend, nicht wegen des fiesen Vibrators, sondern weil mir der Kaffee von heute Morgen auf die Blase drückt.

»Zuvor trinkst du aus, Liebling.« Gideon greift nach meiner Hand und reicht mir das Glas. Wenn ich könnte, würde ich ihn in der Luft zerfetzen oder den Inhalt über sein Gesicht schütten.

»Na los. Du musst nicht fahren und wir haben Urlaub. Den hast du dir wirklich verdient.«

Mit einer kühlen Miene greife ich zu dem Glas und trinke den Champagner in einem Zug hinunter. Gideon und Lawrence werfen sich einen erstaunten Blick entgegen. Mühsam unterdrücke ich die aufsteigende Kohlensäure. Ein junges Pärchen schaut mich etwas verdutzt an, denen ich ein knappes Lächeln schenke.

»Der Abend scheint dich wohl auf den Geschmack gebracht zu haben«, bemerkt Lawrence und macht mir mit seinen Füßen Platz.

»Der Abend war unvergesslich. Ich kann es kaum erwarten, mit euch im Hotel zu sein.«

Mit weichen Knien laufe ich über den Gang und suche die Toiletten auf. Hoffentlich folgt mir keiner der beiden, aber ausschließen tue ich es nicht. Auf der Toilette, die viel komfortabler als die der Economy Class ist, komme ich endlich zur Ruhe, auch wenn meine Blase zuerst ihren Dienst verweigert.

Was ich aus mir gezogen habe, ist ein kleiner goldener Metallvibrator, den ich im Dekolletee verschwinden lasse. So schnell werde ich ihnen das Gerät nicht wiedergeben, denn sie haben noch die Fernbedienung dazu. Sie sind wie Kinder, die wirklich erzogen werden sollten.

Im Spiegel blicke ich mir entgegen. Die Röte ist immer noch unverkennbar auf meinen Wangen zu sehen. Ich streiche mein Haar hinter die Ohren und lasse kühles Wasser über mein Handgelenk laufen – das hilft immer, um meinen Puls zu beruhigen. Dann richte ich meine Bluse, die einen knappen Einblick auf mein Dekolletee gewährt, um danach das WC zu verlassen. *Ich habe auch meine Tricks, das wird ein unvergesslicher Flug werden.*

Gideon und Lawrence erwarten mich mit einem breiten Grinsen, während Jane mir zulächelt. Entweder hat sie nichts davon mitbekommen oder sie kann sehr gut schauspielern. Dorian zuckt fast entschuldigend mit den Schultern. Anscheinend wird er mir das Leben nicht zur Hölle machen und mich quälen, so wie seine älteren Brüder immer tun. Aber er hat eine hübsche Ablenkung neben sich sitzen. Gelassen gehe ich betont langsam an Lawrence vorbei und verdecke geschickt mit meinem Hintern seinen Blick auf den Kaffee.

»Geht es dir besser?« Gideon blickt zu mir auf.

»Ja, danke der Nachfrage.«

Ich setze mich zu ihm, bis ich ihn am Hemd zu mir ziehe und ihn küsse. Dabei versuche ich, nicht seinen Kaffee umzuwerfen, sondern stoße ihn nur versehentlich an.

»Ups, wie ungeschickt.« Er schwappt etwas über. Ich greife zu der Tasse und halte sie ihm mit einem verführerischen Blick entgegen. Mit dem kleinen Finger nehme ich mir etwas Schaum und leckte ihn langsam sauber. »Hm, der ist wirklich köstlich.« Gideons Augen verdunkeln sich und ich erkenne die größer werdende Beule in seiner Hose.

Dann lehne ich mich zurück und schließe die Augen. Die Laune auf das Buch ist mir vorerst vergangen. Neben mir beginnt Lawrence zu gähnen und schließt ebenfalls seine Augen. *Perfekt.* Ich muss mir wirklich ein Lächeln verkneifen. Sie sind auf den ältesten Trick der Welt hereingefallen.

Aber ich habe etwas Ruhe nötig. Gideon lehnt seinen Kopf gegen die Fensterscheibe und beginnt gleichmäßig zu atmen. *Herrlich.* Er sieht wirklich niedlich aus, wenn er schläft. Mit den Fingerspitzen streiche ich über seine Wange. *Schläft wie ein Baby.*

Ich strecke mich kurz, bevor ich in meine Tasche greife und mein verdientes Buch herausfische.

Viereinhalb Stunden, ein köstlicher Salat und zweihundert Seiten intensiver prickelnder Erotik später zuckt es neben mir. Ich schaue auf meine Armbanduhr. Neben mir wird zuerst Gideon wach, der seinen Kopf reckt. Ich ignoriere ihn und lese weiter in meinem Roman, die Beine entspannt übereinandergeschlagen. Meine High Heels habe ich ausgezogen, um meine Füße zu schonen.

Wahrscheinlich haben beide gleich ziemliche Verspannungen und Lawrence wirklich eine Zerrung. Amüsiert blättere ich eine Seite weiter. Eigentlich habe ich gehofft, lernen zu können. Aber nach den sich überschlagenden Ereignissen befürchte ich, das erst in Ruhe in Dubai zu können. Was hilft es – acht Stunden mehr oder weniger werden mein Konzept nicht durcheinanderbringen.

»Was soll der Mist?«, höre ich Gideon neben mir leise fluchen.

»Revanche«, antworte ich nur und verfolge aus den Augenwinkeln, wie er an seinem festgebundenen Handgelenk zerrt. Ich habe nur eine Hand mit einem komplizierten Knoten festgebunden. Jetzt wird sich zeigen, wie gut er sich in Bondage auskennt. Wenn er den Knoten öffnen kann, dann schon.

Auch Lawrence bewegt sich neben mir und ich könnte laut lachen, denn im Gang wackelt die hübsche Stewardess auf uns zu. Rasch überdeckt Gideon das Seil mit seinem Jackett, während Lawrence nichts ahnt und gerade dabei ist, wach zu werden. Von ihm befürchte ich die schlimmere Strafe, die mich erwarten wird. Aber der Spaß ist es mir wert.

»Bei Ihnen alles zu Ihrer Zufriedenheit?«, fragt die Stewardess. Ich lege mein Buch gelassen auf den Schoß.

»Ich hätte gern ein Wasser.« Der Blick der Frau wandert von mir zu Lawrence, der jetzt beginnt, an seinem Handgelenk zu zerren. Die Augen der Stewardess weiten sich, als könnte sie nicht glauben, was passiert ist. Ja, so bestraft man böse Jungs in der Öffentlichkeit.

»Oh, keine Angst, er leidet unter chronischer Flugangst.

Sein Therapeut rät ihm, sich mit dem Problem intensiv zu konfrontieren. Als angesehener Geschäftsmann ist das ja wirklich unvermeidlich, nicht wahr?« Die Stewardess nickt eifrig und lauscht meiner Erklärung. Ich streiche über Lawrence' Wange. »Deswegen soll er kurz vor der Landung festgebunden werden, um nicht die Kontrolle zu verlieren. Ansonsten könnte er die Fahrgäste mit seinen Panikattacken beunruhigen. Und das wollen wir ja vermeiden.«

Ich nicke nach jedem Wort, als entspräche es der Wahrheit, obwohl mir die Lüge spontan einfällt. Aber ich finde sie sehr gelungen. Hoffentlich weiß die Stewardess nicht, wer wirklich neben mir sitzt, und ich habe den guten Ruf der Chevaliers geschädigt. Aber das schaffen sie auch von ganz allein.

»Ah, verstehe.« Die Stewardess bringt sogar ein mitfühlendes Lächeln hervor. »Wenn Sie Hilfe brauchen oder es Ihnen schlecht geht, können Sie mich jederzeit rufen.«

Schachmatt – denke ich und sehe Lawrence' Kiefer mahlen, der Rot anläuft, aber nichts sagt. Er sollte sich wirklich mit seinem chronischen *Frauen-sind-nur-dazu-da-um-gevögelt-zu-werden*-Problem auseinandersetzen.

»Falls es schlimmer wird, rufe ich Sie. Vielen Dank«, antworte ich und die Frau läuft weiter die Reihen ab, aber nicht ohne einen besorgten Blick über die Schulter zu uns zurückzuwerfen.

»Dafür wirst du bluten«, knurrt Lawrence, während Gideon lacht und sich an der Fessel zu schaffen macht.

»Ach komm, sie hat Mitgefühl gezeigt. Es ist kein Problem, auch als Mann Schwäche zu zeigen.« Ich tätschele seine Schulter und lache leise.

»Verdammt, Gideon, was hast du uns bloß auf den Hals gehetzt!« Ich blicke zu Gideon, der aus dem Grinsen nicht mehr herauskommt.

»Für die Reise hast *du* sie engagiert, nicht ich. Ich habe dich vor ihr gewarnt, aber du wolltest nicht auf mich hören.«

»Wenn ich gewusst hätte, was sie für ein Biest ist, dann hätte ich sie geknebelt nach Dubai verschiffen lassen«, knurrt Lawrence.

Ich lese in meinem Roman weiter, bis beide irgendwann ruhig sind und ich zufrieden, weil ich die Situation im Griff habe und wir wenige Stunden später in Dubai landen. Nach vielen Versuchen konnte sich Lawrence als Erster von der Fessel befreien. Aber er ließ mich in Ruhe, statt mir an die Gurgel zu gehen.

Als ich Gideon helfe, die Fessel zu lösen, die Seile einsammele und in meiner Tasche verstaue, höre ich beide murmeln.

»Ab jetzt keine Spielchen mehr, Maron. Du begleitest uns gleich zu einem Restaurant und gibst dich als neue Freundin von Lawrence aus. Vater wird es beeindrucken«, höre ich Gideon mit einem ernsten Gesicht. Ich nicke.

»Einverstanden.« Schließlich darf ich nicht vergessen, mich an die Wünsche der Kunden zu halten. So ganz zum Vergnügen bin ich nicht hier – auch wenn es mir bei ihnen schwerfällt, mir das immer wieder zu verinnerlichen.

8. KAPITEL

Kaum dass wir den Flughafen betreten, bietet mir Lawrence seinen Arm an und kümmert sich um mich, als wäre ich seine wirkliche Freundin. Ich hätte nie gedacht, dass der Mann auch eine feinfühlige Seite hat.

Er bringt meine Koffer zur Limousine und gibt mir einen Kuss, als wir draußen in der Dämmerung stehen. Ich verstehe zwar nicht, warum schon auf dem Flughafen, weil ich ihren Vater erst im Restaurant treffe, soweit ich erfahren habe, aber vielleicht will er sich in der Rolle des verliebten Freundes zurechtfinden.

»Tut mir wirklich leid, dass sie im Flugzeug an dir herumexperimentiert haben«, höre ich in meiner Nähe vor der Limousine und drehe mich zu Dorian um, der allein ohne Jane neben mir steht. »So richtig haben wir uns noch nicht kennen gelernt. Ich bin Dorian.« Er hält mir seine Hand entgegen.

Die schmalen langen Finger fallen mir sofort ins Auge. Sie sind gepflegt und er macht einen netten, freundlichen und vor allem unaufdringlichen Eindruck. Ich reiche ihm meine Hand und lächle ihm entgegen.

»Maron, schön, dich richtig kennen zu lernen. Stammt dein Name von dem Roman *Dorian Grey* ab?«, will ich wissen, weil es eines meiner Lieblingsbücher ist. Der Mann, der vor mir steht, sieht ihm sogar etwas ähnlich. Er hat eine sanfte Seite an sich, blondes Haar und schöne blaue Augen.

»Ich glaube, Mutter hat das Buch während der Schwangerschaft gelesen und sich in den Namen verliebt.« Er zuckt die Schultern. »So genau kann ich dir deine Frage nicht beantworten.«

»Mir gefällt dein Name.«

»Danke.«

»Möchtest du auch ein Wasser, Maron?«, ruft Jane in unsere Richtung und schwenkt drei Flaschen. Ich nicke. Denn es ist wirklich ziemlich heiß. Normalerweise mag ich die Kälte lieber als die Hitze, auch wenn ich schnell friere.

»Ist sie so wie ...?«, frage ich und schaue flüchtig zu Jane.

»Nein, Jane arbeitet in unserer Firma. Sie ist meine Sekretärin.« Er grinst breit, als würde das alles verraten. »Also wir haben sie nicht gebucht.«

Irgendwie drückt mir gerade ein ziemlich schwerer Stein im Magen, weil ich etwas gehofft habe, sie wäre ebenfalls von ihnen gebucht worden. Also bin ich die Einzige. Schnell löst sich der Stein in meinem Magen auf, denn dann hätte ich nur zwei Männer zu bespaßen.

Vor dem Restaurant hält die Limousine und Lawrence hilft mir beim Aussteigen, während Gideon seine Sonnenbrille wie ich auf die Nase setzt.

»Geht es dir gut?«, fragt mich Lawrence unerwartet.

»Ja, ich war bei einigen Geschäftsessen dabei, wenn du das meinst.«

»Sehr gut. Am besten, du redest nur, wenn du gefragt

wirst.« Jetzt kommt wieder die maskuline Ader durch, aber ich habe nicht vor, mich jemandem aufzudrängen. Ich bin lieber ein stiller Betrachter des Geschehens.

Mit einem wirklich hauchzarten Kuss greift er nach meiner Hand, streicht eine Haarsträhne von mir glatt und geht mit mir als Erstes auf das Restaurant zu. Gideon, Dorian und Jane folgen uns, als müssten sie den Eingang nach ihrem Alter betreten.

Meterhohe Palmen stehen an der Straße neben dem Gebäude, das modern aus dunklem verspiegeltem Glas besteht. Der Eingang wird uns von zwei Angestellten aufgehalten.

Ich orientiere mich bloß an Lawrence' Bewegungen und Gesichtszügen – wie meistens bei den Kunden, mit denen ich die Abende verbringe. Recht schnell habe ich durch den Beruf gelernt, was Menschen gerade fühlen, wie sie auf meine Mimik und Gestik ansprechen oder was sie sogar denken könnten. Das kann von Vorteil sein – manchmal allerdings auch sehr zum Nachteil.

Lawrence geht mit mir zu einer Empfangsdame, die uns zum Tisch seines Vaters begleitet. Ganz anders als erwartet, sehe ich einen älteren Herrn Mitte fünfzig, in einem grauen Anzug und mit einem äußerst gepflegten Erscheinungsbild vor mir. Warum ich geglaubt habe, ihr Vater wäre dick, kann ich mir nicht erklären. Sein Haar ist silbergrau und dicht und er trägt keinen Bart, sondern ist kahl rasiert.

Als er Lawrence sieht, erheben sich sein Vater und die sehr junge Frau neben ihm.

Sie ist eine wirkliche Schönheit, mit langem dunklem Haar. Die Channel-Sonnenbrille ist auf dem Haar zurückgeschoben. Sie trägt eine lockere Designerbluse, einen dunklen Rock und fast die gleichen Schuhe – vermutlich von Prada – wie ich. *Gut, sie hat denselben Geschmack, wenn es um Geschäftsessen geht* – denke ich und lächele ihr zart entgegen, *aber hinter ihren Augen erkenne ich einen harten Zug.*

Der Blick seines Vaters wandert zu mir und mir fällt ein, die Sonnenbrille noch zu tragen. Möglichst gelassen schiebe ich sie zurück, als das Gesicht seines Vaters sich zu einem charmanten Lächeln verzieht. Das deute ich als einen guten Eindruck, den ich auf ihn mache, schließlich will ich Lawrence nicht blamieren.

Die Frau setzt ein gekünsteltes Strahlen auf und mustert meinen Kleidungsstil. Die Falten meines Rockes lassen sich kaum nach dem langen Flug verbergen, aber ich stehe darüber. Sie würde nach acht Stunden Flug nicht besser aussehen.

»Lawrence, wie schön dich in Begleitung zu sehen. Sogar einer außerordentlich hübschen.« Ich versuche etwas verlegen zu lächeln und warte, bis mich Lawrence seinem Vater vorstellt.

»Es hat sich kurzfristig ergeben, dass sich Maron von ihrer Arbeit frei nehmen konnte. Und ich freue mich sehr, sie dir endlich vorstellen zu können.« Mensch, diese Worte hätte ich Lawrence nicht zugetraut. »Maron, das ist mein vielbeschäftigter Vater, den ich wegen seiner ständigen Geschäftsreisen kaum zu Gesicht bekomme.« Das glaube ich zu gern. »Und das ist Maron Delacroix.«

Sein Vater reicht mir die Hand und ich lege meine in seine. Sein Händedruck ist nicht zu fest, aber bestimmt.

»Freut mich sehr«, hauche ich wie eine etwas verlegene, doch zugleich erfahrene Geschäftsfrau. Meistens wirkt die devote Haltung sehr ansprechend auf Männer in hohen Positionen, weil sie schnell wissen, dass man sich unterordnet und sie beinahe zu Mitgefühl verleitet werden.

»Die Freude ist ganz meinerseits, Madame Delacroix. Lawrence hat lange keine so hübsche Begleitung mitgebracht. Darf ich vorstellen«, er dreht sich zu der brünetten Frau, »das ist meine Verlobte, Nadine Zidane.«

»Noch Zidane«, korrigiert sie ihren Verlobten und schenkt ihm ein charmantes, ziemlich einstudiertes Lächeln.

Sie reicht mir ebenfalls ihre ringbesetzte Hand, an der ich einen sehr kostbaren Ring sehe, der mit mehreren Diamanten besetzt ist. Sie behält mich nach ihrer kurzen Begrüßung lange im Blick, als könnte ich ihren Verlobten mit meinen Blicken zum Fremdgehen überzeugen.

Innerlich lache ich, weil sie den Anschein macht, nichts anderes zu wollen, als sich von ihm aushalten zu lassen. Alles an ihr ist gepflegt, ihre Haare frisch getönt, die Nägel perfekt manikürt, die Kleidung neu.

Aber ihre Bewegungen sind aufgesetzt und nicht typisch in dieser Gesellschaft, was so viel bedeutet, dass sie keiner reichen Familie abstammt, die Etikette nur im Eiltempo beigebracht bekam oder nichts mit ihnen zu tun haben möchte – was ich kaum glaube, weil sie zu viel

Schmuck an sich trägt. Kette, schwere Ohrringe, Armband und vier Ringe. Sie kann nicht genug zum Ausdruck bringen, wie sehr sie von dem Reichtum, den sie mit sich trägt, fasziniert ist. Irgendwie tun mir solche Frauen leid. Denn ihr Blick fällt auf mein Dior-Armband, das ich sehr oft trage.

Als Monsieur Chevalier seine beiden anderen Söhne begrüßt und Jane offensichtlich kennt, die etwas verlegen wirkt, nehmen alle ihre Plätze an dem runden Tisch ein. Mir gegenüber sitzt Monsieur Chevalier, daneben Gideon, gefolgt von Lawrence. Neben Nadine fühlt sich Jane etwas fehl am Platz, aber ich versuche sie mit einem Lächeln aufzumuntern. Sie springt sofort darauf an.

»Warum hast du Rica nicht mitgebracht, Gideon?«, fragt sein Vater unvermittelt, als wir die Karten studieren. Unauffällig blicke ich auf und schaue zu Gideon, der sich gelassen durch sein Haar fährt.

»Ich habe es vor einer Woche beendet«, antwortet er knapp und ich wende mich wieder der Vorspeise zu. Da ich meistens aus dem Mittelfeld wähle und mir die Gerichte bekannt vorkommen, steht mein Menü und ich kann das Gespräch weiterverfolgen.

»Um ehrlich zu sein, habe ich nicht viel von ihr gehalten. Sie wirkte doch sehr unentschlossen in Bezug auf ihren Werdegang als Managerin. Ich meine, sie konnte mir nicht mitteilen, was sie in Zukunft in der Modebrache erreichen möchte. Mag sein, dass sie umworben wird, aber wer sich nicht entscheidet, der wird nicht vorankommen.« Modebrache, Managerin? Klingt nach sehr viel Arbeit und einem stressigen Job.

»Was machen Sie beruflich, Madame Delacroix?« Ich wende meinen Blick von Gideon, der seine Lippen fest zusammenpresst, seinem Vater zu. Mir liegt schon der passende Job auf den Lippen, als mir Lawrence zuvorkommt. »Maron arbeitet in der Kanzlei ihres Vaters in Paris.«

»Anwältin?« Ich lasse mir nichts anmerken, bis ich Lawrence' Lüge etwas mehr ausschmücke.

»Richtig. Mit meinem Bruder bin ich Juniorchefin der Anwaltskanzlei Delacroix & Meuniér«, beantworte ich seine Frage mit einem ehrlichen Gesichtsausdruck. »Unser Tätigkeitsbereich ist vordergründig das Versicherungs-, Erb- und Mietrecht, obwohl ich hauptsächlich für die Organisation und die Strategie von Vaters Kanzlei verantwortlich bin«, will ich klarstellen, damit ich mich nicht aufwerte.

Monsieur Chevalier macht ein interessiertes Gesicht, während seine Verlobte gelangweilt ihre Nägel betrachtet.

»Ach Maron, du solltest nicht zu bescheiden sein«, sagt Lawrence und ich hätte ihm am liebsten gegen sein Schienbein getreten. Er übertreibt. »Du kannst ruhig sagen, dass ihr namhafte Firmen wie Valeo und Thomson vertretet, an deren Betreuung du beteiligt bist.«

»Ja, das ist richtig. Allerdings möchte ich ungern einen falschen Eindruck machen, bloß weil wir die Firmen rechtlich vertreten.«

In den Augen von Monsieur Chevalier erkenne ich, dass ihm meine Bescheidenheit gefällt, doch Lawrence will erneut etwas erwidern, als ich ihm über den Arm streiche.

»Aber ich möchte vorerst nicht von der Arbeit sprechen.«

Schon erlöst uns die Kellnerin und nimmt die Bestellung auf. Ich mag Geschäftsessen, aber mit den vielen Personen muss ich immer erst einmal warm werden.

Als sich Gideons Blick mit meinem kreuzt, der eine Augenbraue hebt, fällt es mir schwer, ihn nicht weiter zu beachten. Meine volle Aufmerksamkeit liegt nun auf Lawrence, der mir sogar private Dinge über sich erzählt. Zum Beispiel, dass er in Urlauben oder Geschäftsreisen gerne surfen geht, für ihn die Farbe Gelb ein absolutes No-Go bei Frauen ist und er von dem Komponisten Hans Zimmer beeindruckt ist. Ich sammle die Informationen und überstehe recht unbeschadet das Essen.

»Hat sich deine Mutter bei dir gemeldet?«, höre ich plötzlich Monsieur Chevalier Gideon fragen, der seine Stoffserviette hebt und flüchtig zu mir schaut.

»Allerdings. Ich habe sie gestern angerufen und soll dir ausrichten, dass du den Porsche nicht bekommst und sie ihre Vase will, wie es vereinbart wurde.« Er hat vergessen zu erwähnen, dass sein Vater nicht mehr unangekündigt vor ihrer Tür stehen soll, aber ich beiße mir auf die Zähne, um es nicht laut auszusprechen. Anscheinend will sein Vater nichts dazu in meiner Gegenwart äußern, denn er lässt das Gespräch fallen, bis er kurze Zeit später auf seine Uhr sieht und flüchtige Blicke mit Nadine austauscht.

»Dann sehen wir uns am Samstagabend auf der Gala, Madame Delacroix«, verabschiedet sich Monsieur Chevalier von mir. Ich weiß zwar nichts von einer Gala, aber nicke leicht.

»Vielen Dank für die Einladung. Ich freue mich schon auf die Gala.«

Als er und seine Freundin gehen, greift Lawrence, als wir das Restaurant verlassen, nach meiner Hand und gibt mir im Gehen einen Kuss. »Du hast dich gut geschlagen. Ich glaube, er ist von dir beeindruckt. Obwohl Nadine brünett ist, hat er eine heimliche Vorliebe für Blondinen.« Seine Hand wandert weiter zu meinem Po und er zieht mich an sich.

»Freut mich, wenn ich einen guten Eindruck gemacht habe.«

»Das war aber keine Revanche. Glaub bloß nicht, deswegen meine Schulden abgearbeitet zu haben.«

Eine Hand schiebt sich in meinen Nacken, bis er mich bedrängend küsst, bevor wir von Dorian gestört werden, der vor der Limousine steht und nach seinem Bruder ruft. Mittlerweile ist es kurz nach zehn Uhr abends und durch die Zeitverschiebung, den Restaurantbesuch und den Flug kann ich es kaum erwarten, mich auszuruhen.

In der Limousine greift Dorian mir gegenüber nach meiner Hand. »Wirst du uns heute Abend in einen Club begleiten?« In seinem Blick liegt etwas Neugieriges, zugleich Freundliches. *Club?*

»Also«, setze ich an.

»Natürlich wird sie das«, antwortet Gideon für mich. »Wir werden gleich da sein, uns umziehen und sagen wir«, er schaut auf seine teure Piguet, »gegen elf losfahren?«

Mir bleibt wohl keine Wahl, als mitzugehen. Aber falls sie auf die Idee kämen, mich wieder abzufüllen, würde ich einen Ort finden, um mich bei ihnen zu revanchieren. Denn sie erwartet noch eine bittersüße Bestrafung.

Gideon muss meinen abwesenden Blick bemerkt haben, denn er fragt: »Geht es dir gut, Maron?«

»Alles bestens.«

»Sehr gut, denn heute wird dich noch eine Überraschung erwarten.« Er zwinkert mir zu und Lawrence höre ich neben mir leise lachen.

9. KAPITEL

Als die Limousine kein Hotel – wie ich eigentlich erwartet habe – erreicht, sondern von der Straße abbiegt und von einem sich mechanisch selbst öffnenden Metalltor eingelassen wird, blicke ich auf eine große moderne Villa in warmen Terrakottatönen. Etwas beeindruckt mustere ich das Gebäude, das mehrere Balkone, viele Fenster und ein ziegelrotes Dach hat. Das Gebäude wird von außen beleuchtet und neben dem Eingang brennt Licht, wo bereits Bedienstete warten. Die Villa ist von einem künstlich angelegten Garten mit hohen Büschen und Fächerpalmen umgeben, der mich an den Park in Marseille erinnert, in dem ich oft joggen gehe – mal abgesehen von den Palmen.

Das muss ein Vermögen kosten, den Rasen jeden Tag in der Wüste, die hier vorherrscht, zu bewässern. Aber den Chevaliers scheint nichts zu teuer zu sein.

Aus den Augenwinkeln bemerke ich, wie Lawrence mich mustert und seine Mundwinkel zucken. Sicher glaubt er, mich mit dem Schmuckstück an Haus beeindrucken zu können. Ich schaue gelassen in seine Richtung, ohne mir meine Begeisterung anmerken zu lassen. Die Limousine parkt neben dem Eingang auf einem mit rotem Sandstein ausgelegten Weg.

»Und wie gefällt es dir?«, fragt Dorian Jane, die seine Hand umfasst und deren Augen glitzern, als würde sie heute zur Prinzessin ernannt werden.

»Es ist wie im Paradies. Ich kann kaum glauben, hier mit dir zwei Wochen zu verbringen«, schwärmt sie und schenkt ihm einen Kuss auf die Wange.

»Du hast das Beste noch nicht gesehen.«

»Oh und was?«

»Den Pool hinter dem Haus, Süße. Den werde ich gleich aufsuchen. Lust mich zu begleiten?«, fragt er und Jane schmiegt sich wie eine Katze an ihn.

Ich schmunzele, dann hilft mir Gideon aus der Limousine und stellt mir im Eiltempo die Bediensteten vor, um mich im Anwesen herumzuführen, das modern, aber wirklich stilvoll eingerichtet ist. Wie eines der Promihäuser aus dem Fernsehen.

Bisher begleitete ich Kunden auf Reisen nur in Hotels, aber ich würde mich nicht schmachtend um Gideons Hals werfen, bloß weil ich zwei Wochen in einer Luxusvilla wohnen würde.

»Du bist so still. Heckst du etwas aus?«, will Gideon wissen und stößt mich mit dem Ellenbogen an. Unschuldig zucke ich die Schultern.

»Wieso? Sollte ich?«

»Eigentlich schon. Spätestens nach dem Abend, der dich erwarten wird.« Ich seufze gespielt. Mit einer Bewegung dreht er mich zu sich. »Dir wird es gefallen. Wir wollen ein kleines Einweihungsritual feiern.«

Ich hebe eine Augenbraue und schaue interessiert zu ihm auf. Einweihungsritual klingt nach einem ausgeklügelten Plan, mich ihnen wieder unterwerfen zu müssen. Aber ich habe meine eigenen Pläne.

»Wie soll dieses Ritual aussehen?«

»Lass dich überraschen. So, hier ist dein Zimmer. Ich lasse dich jetzt allein.« Mit einem Kuss auf die Wange und einem kurzen Klaps auf meinen Po dreht er sich um und verlässt den Gang.

Ich drücke die Türklinke herunter, aber warte einen Moment. Zu gern will ich wissen, wo er wohnen wird, damit ich mich vor nächtlichen Übergriffen schützen kann. Die Schritte verhallen und er biegt im Gang rechts ab. Ich gehe davon aus, dass das Erdgeschoss hauptsächlich Küche, Wohnzimmer und ein Bad beherbergen, während die anderen Etagen Wohn- und Schlafräume sind. Zumindest verlässt er die Etage nicht. Es sei denn, es gibt eine weitere Treppe.

Langsam schließe ich die Tür hinter mir und bemerke sofort, dass der Schlüssel fehlt. Ein Schloss ja, aber kein Schlüssel. *Der ist meine erste Forderung* – lege ich für mich fest. Denn ich möchte nicht Tag und Nacht für ihre Spiele herhalten müssen. Obwohl der Gedanke, Gideon würde sich nachts in mein Zimmer schleichen, etwas Prickelndes an sich hat.

Mensch, jetzt beruhige dich. Das ist ein Job, kein Liebeshotel. Als ich mich in dem großen Zimmer umsehe, finde ich ein breites Bett vor, einen großen Schrank mit modernen Glasschiebetüren und vor mir befindet sich ein ausladender Balkon. Neben mir geht eine Tür ab. Als ich nachsehe, finde ich ein großes, geschmackvoll eingerichtetes Badezimmer vor.

So weit gefällt mir alles. Ich öffne die Balkontür und befinde mich auf einem Balkon, der das gesamte Gebäude umrundet, was mir nicht ganz gefällt, aber damit kann ich leben. Der Anblick vor mir ist ein Traum. Ich kann über den Garten bis zum Strand blicken, der dahinter liegt. Wenn ich das Bedürfnis habe, brauche ich nur von dem Garten aus zum Strand zu laufen und wäre in einer Minute im Meer. Das beeindruckt mich wirklich.

Vor Vorfreude, morgen früh schwimmen zu gehen, wandert ein angenehmes Kribbeln über meine Wirbelsäule und lässt mich strahlen.

Dann finde ich meinen Koffer neben dem Schrank vor, der bereits in mein Zimmer gebracht wurde. Etwas auspacken kann nicht schaden, außerdem brauche ich ein Bad und ein passendes Outfit für den Club. Ich breite alle Kleidungsstücke auf dem Bett aus und sortiere meine Manschetten, Fesseln und meine Lieblingspeitsche, an der zehn Lederriemen abgehen. Langsam lasse ich sie zwischen meine Finger gleiten. Was sie auch für den Abend planen, mit Sicherheit würde ich ihnen keine zweite Chance geben, mich erneut zu fesseln.

Alles sicher versteckt, gehe ich ins Bad, um eine Dusche zu nehmen. Viel Zeit bleibt mir nicht mehr. Während ich dusche, höre ich ein seltsames Geräusch. *Das darf nicht wahr sein!* Wenn Lawrence oder Gideon in meinem Zimmer ist, werfe ich ihn raus. Oder doch nicht. Was, wenn sie meine Bondagefesseln und die Peitsche finden? Verflucht, ich habe sie im Boden des Schranks versteckt, die finden sie bestimmt nicht. Was, wenn doch?

Ich spüle mein Haar aus, dann steige ich langsam aus der Dusche, ohne das Wasser abzustellen. Mit einem Handtuch um den Körper geschlungen, betrete ich mein Zimmer und laufe über den flauschigen Teppichboden. Soweit ich erkennen kann, ist niemand zu sehen. Dafür liegt etwas auf meinem Bett.

Was ist das? Eine Schachtel mit dunkelblauem Samt liegt auf den weißen Satinlaken. Ich hebe sie hoch und öffne sie, bis ich mir fast mein Lachen verkneifen muss. Darin liegt ein Zettel mit der Botschaft:

Es gibt keinen schöneren Schmuck für eine Frau als eine Kette mit Diamanten. Leider ist diese nicht für deinen Hals bestimmt. Trage sie. Wir warten in einer halben Stunde unten auf dich, Kleines.
Gideon

Wie witzig. Ich schaue auf die wirklich hübsche silberne Kette, die auf den ersten Blick gewöhnlich wirkt, bis ich sie aus dem Samtkissen nehme. Das ist nicht ihr Ernst? Ich hebe die Brustwarzenkette hoch und lasse sie in der Luft baumeln. Mit einem abschätzenden Blick lege ich sie zurück in das Kästchen. Sie ist silbern, aber das Besondere sind die Strasssteine, die darin eingearbeitet sind. Oder sind es wirklich …? Solch ein Blödsinn. Aber diesen Brüdern ist alles zuzutrauen.

Im Bad föhne ich mein Haar und lege ein intensives Make-up auf. Obwohl ich es nicht nötig habe, klebe ich mir künstliche Wimpern auf, die meinen Blick mehr zur

Geltung bringen. Das Gefühl, sie zu tragen, macht mich kurzzeitig selber heiß, weil der Anblick, wie sie an meinen Brüsten hin und her schwingt, unglaublich ist. Im Zimmer entscheide ich mich für ein dunkelblaues Kleid aus einem dünnen Stoff. Etwas skeptisch blicke ich der Kette auf dem Bett entgegen und verziehe meinen Mund.

Aber ich will den Jungs ihre Freude nicht nehmen. Nach dem Orgasmus im Flugzeug wird mir die Kette wenig anhaben. Oder hat es etwas mit dem Einweihungsritual zu tun? Zur Sicherheit nehme ich meine eignen Waffen in meiner Handtasche mit. Gestern bin ich wehrlos in ihrem Club gelandet, doch heute weiß ich, was mich vermutlich erwarten wird.

Ich schlüpfe in meine Pumps und zupfe ein letztes Mal an der Kette, um sie unter dem Kleid zu richten. Die Klemmen zeichnen sich kaum merklich auf dem Kleid ab, was mich etwas stört. Aber das ist sicher ihr Vorhaben, mich vor allen vorzuführen.

Neben der Tür, als ich den Raum verlasse, fahre ich vor Schreck fast zusammen.

»Sag mal, spinnst du!« Gideon lehnt an der Wand in einem dunklen Anzug und schaut zu mir mit einem intensiven Blick herab, der verrät, dass er mich am liebsten hier flachlegen will.

»Habe ich dich etwa erschreckt?« Ein Grinsen huscht über seine Lippen. Keine Sekunde später liegt eine Hand besitzergreifend auf meiner Hüfte und er küsst mich. Eine Hand schiebt sich unter mein Kleid. Schließlich spürt er die Kette.

»Du bist wirklich gehorsam. Vielleicht fällt unsere Strafe etwas milder aus.« Ich schaue gelangweilt zu ihm auf.

»Ich kann es kaum erwarten.« Weil er ständig von »uns« spricht, vielleicht planen sie etwas zu zweit. Oder zu dritt? Wird Dorian mit dabei sein? Letztes Mal hat er nur zugesehen, dieses Mal vielleicht nicht. Bei der Vorstellung, wie drei Männer über mich herfallen, wird mir etwas heiß. Aber vielleicht liegt es auch daran, dass Gideons Hand zwischen meine Beine wandert. Ich mache einen Schritt zurück und umfasse sein freies Handgelenk.

»Willst du dir gerne ein zweites Mal eine Ohrfeige einfangen? Lawrence ist nirgends zu sehen und wird dir dieses Mal nicht helfen können.«

»Oh, ich bekomme Angst.« Er verzieht sein Gesicht zu einer Grimasse, sodass ich lachen muss. Doch dem werde ich es zeigen. Mit einer leichten Drehung schiebe ich Zentimeter für Zentimeter das Handgelenk seinen Rücken hoch. Seine Muskeln beginnen zu zittern, trotzdem sind seine Augen eiskalt und durchbohren meinen Blick. Als er sich aus meinem Griff lösen will, trete ich zur Seite und verpasse ihm mit meinem Knie einen leichten Kick in seine Kniekehle. Reflexe sind dazu da, um sie zu gebrauchen.

»Verdammt! Was machst du!« Augenblicklich knickt er ein und kann sich nicht mehr fangen.

»Vor mir kniend gefällst du mir gleich sehr viel besser.« Meine Augen funkeln ihm entgegen.

»Das würde dir passen, was?« Er will sich erheben, als ich ihn mit dem Fuß runterdrücke.

»Vergiss es. Du glaubst doch nicht wirklich ...« Ich beuge mich zu ihm herab, fahre mit den Fingerspitzen durch sein Haar und ziehe seinen Kopf zurück. »Dass ich euch nach gestern Abend unbestraft gehen lasse?« Ich hebe eine Augenbraue.

»Du siehst verdammt sexy aus, wenn du so schaust.«

»Das will ich hoffen.« Seine Hand wandert weiter meine Hüfte herauf.

»Aber leider erteilen *wir* heute die Befehle.« Mit einem gekonnten Griff reißt er mir meinen Spitzentanga runter. »Und den brauchst du heute nicht.« Wendig löst er sich aus meinem Griff und erhebt sich. »Jetzt schön das Bein heben, Liebes.«

Am liebsten hätte ich seine Arroganz und besitzergreifende Art aus ihm herausgeprügelt, aber diesem schön geschnittenen Gesicht kann ich kaum schaden. Trotzdem lasse ich mein Bein auf dem Boden stehen. Mit Sicherheit tanze ich nicht nach seiner Pfeife.

»Mann, wo bleibt ihr? Die anderen sitzen schon im Wagen«, ruft Lawrence zu uns hoch. Ich schaue zur Seite, als Gideon mich unerwartet über die Schulter wirft und mit mir losläuft.

»Sag mal, spinnst du?«

»Du musst gehorsamer werden, Maron.« Wie peinlich ist das denn? Mein Slip hängt an meinen hohen Pumps fest, während er mich wie seine Beute in die Eingangshalle trägt. »Lawrence, könntest du mir mal helfen?«

Außer Gideons Rücken erkenne ich nichts. Wütend schlage ich auf ihn ein, als mir jemand die Waden entlang streichelt und meinen Tanga von den Schuhen nimmt.

»Jetzt lass mich runter, bevor die halbe Welt ...« Ich kann es nicht aussprechen, da ich eine Hand zwischen meinen Beinen spüre. »Verflucht, lasst das!«

Ich trete danach, sofort ist die Hand verschwunden und Lawrence taucht vor meinem Gesicht auf.

»Wirst du heute gehorsam sein?«, fragt mich Lawrence mit einem fast liebenswürdigen Blick. Ich knurre ihm entgegen und verpasse ihm einen kräftigen Schlag mit meiner Handtasche. Meine Treffsicherheit ist wirklich grandios, wenn ich sie brauche. Zornig fasst sich Lawrence an seine Wange.

»Du bist heute sowas von fällig!«, raunt er mir zu und leckt über meine Lippen. Augenblicklich befinde ich mich auf den Füßen, die sich wackelig anfühlen, und beide Männer umfassen fest meine Taille, um nicht fliehen zu können, und führen mich aus dem Eingang. Natürlich wird die Eingangshalle von einem Bediensteten bewacht, gleich hinter der geöffneten Tür sehe ich den Chauffeur am Wagen stehen.

»Ich kann allein laufen.« Sie ignorieren mich eiskalt, während ich mir neugierige Blicke von Jane und dem Fahrer einfange.

»Was denkst du? Drei oder vier?«, fragt Lawrence Gideon, der zu mir herabsieht.

»Ich denke, sie hat sich vier verdient.«

»Vier was?«, will ich wissen. Lawrence steigt in die Limousine und zerrt mich auf seinen Schoß.

»Das wirst du noch früh genug erfahren, du kleines Biest.« Mühsam kämpfe ich mich von seinem Schoß und muss den beiden gegenüber sicher ein tolles Bild meiner unergründlichen Tiefen abgegeben haben. Jane schaut mit einem süßen Lächeln aus dem Fenster, während Dorian den Kopf neigt, um alles zu erkennen. *Die sind doch sowas von krank!*

»Besser du folgst, ansonsten«, Gideon greift nach der Kette unter meinem Kleid, »könnte es für dich tragisch enden.«

Der will mir drohen? Lachhaft! Doch mein Blick ändert sich, als das lustvolle Kribbeln in meinen Brustwarzen zu spüren ist und meine Nippel ziehen. Mein Blick bleibt trotzdem finster.

Vor einem der vielen Clubs auf der Straße hält der Wagen. So wie es aussieht, ist es ein VIP-Club, der nur den Reichen und Schönen Eintritt gewährt. *Wie oft sind sie schon hier gewesen? Oder haben sie es wochenlang geplant?*

»Warst du schon einmal in Dubai?«, will Dorian wissen und beugt sich, die Ellenbogen auf seine Knie gestützt, mir entgegen.

»Nein, bisher nicht.«

Er schmunzelt breit, dann zieht er mich im Nacken zu sich. »Dann solltest du wissen, dass hier Prostitution nicht gestattet ist.«

»Aber ich bin ...«

»Sch. Das meine ich auch nicht. Nur solltest du, falls du etwas planst, es nicht in der Öffentlichkeit zur Schau stellen. Die Araber sind in dieser Beziehung sehr empfindlich.«

»Was flüstert ihr?«, fragt Lawrence neben mir.

»Ich bereite sie nur für heute Nacht vor.« Sein sonst mildes Lächeln wandelt sich zu einem harten Grinsen, das mir Angst machen soll. Also habe ich ihn unterschätzt. Jane beobachtet ihn länger als sonst.

»Wehe du verrätst etwas«, droht ihm Gideon.

»Keine Angst. Maron wird die Überraschung sicher gefallen. Da habe ich keine Zweifel.« Jetzt schaut er wieder zu mir. Seine eisblauen Augen sind rasiermesserscharf. »Also, jetzt weißt du Bescheid. Keine unsittlichen Berührungen in der Öffentlichkeit.«

Das wusste ich bereits, weil ich mich im Internet erkundigt habe, auch Leon hat mir einen längeren Vortrag zum Thema öffentlicher Sex gehalten. Es gilt sogar eine Kleiderordnung in den Malls, damit Frauen nicht zu freizügig gekleidet in öffentlichen Gebäuden herumspazieren. Aber das kann mir ganz recht sein. So können sie mir nicht jederzeit an die Wäsche gehen.

Ich schaue zu dem Glasgebäude am Meer. Mit wunderschönen Lichtakzenten und künstlich angepflanzten Palmen dringt das Urlaubsgefühl weiter zu mir durch. Wenn nur nicht diese Typen um mich wären. Ich werde trotzdem jede Minute genießen.

»Machen wir einen kurzen Abstecher ins ›360 Grad‹. Darf ich bitten?« Lawrence hält mir seine Hand entgegen, von der ich mir aufhelfen lasse. Erstaunt blicke ich mich um. Überall sind Menschen, gewöhnliche Touristen, aber auch ziemlich knapp bekleidete Frauen. Dorian geht eng umschlungen mit Jane auf das kreisrunde Gebäude aus Glas zu, das von violetten Lichtern beleuchtet wird. Umzingelt von Gideon und Lawrence werde ich in den Club geführt.

»Gefällt es dir?«, fragt Gideon und schaut zu mir herab.

»Also wenn ihr mich mit einem Club begeistern wollt, dann muss ich euch enttäuschen. Ich besuche nicht oft welche, aber habe viele interessante gesehen.«

»Interessante. Soso. Was wirst du bloß zu unserem nächsten Stopp sagen?«, mischt sich Lawrence ein und sieht verschmitzt zu Gideon.

Von den beiden Männern in Anzügen werde ich zum Eingang geführt. In dem Moment bete ich, dass keine Taschenkontrolle durchgeführt wird. Denn ich habe auch in Erfahrung gebracht, wie Araber zu dem Thema Alkohol stehen. Was ich im Prinzip gut finde, nur eben nicht, wenn meine Tasche danach untersucht wird und sie Sexspielzeug hervorkramen. Das Thema Sex ist für sie noch unbeliebter, wie Dorian schon sagte.

Etwas nervös beiße ich auf die Unterlippe. Plötzlich zupft etwas an meiner Kette und ich fahre herum.

»Du bist schon wieder nicht bei uns«, stellt Gideon fest. »Ich mag es nicht, wenn du mit den Gedanken woanders bist.«

Ich fauche ihm finster entgegen. Will er meine Gedanken auch noch kontrollieren – so wie meinen Körper?

»Sie stellt sich bestimmt schon die nächsten Stunden vor, die sie erwarten werden.«

»*Sie* steht zwischen euch und kann alles hören.« Ich verpasse Lawrence einen kräftigen Hieb zwischen die Rippen, der ihn aufstöhnen lässt.

»Sei nicht so bissig.«

»Bin ich nicht. Ich will nur deinen Gehorsam.« Streng schaue ich zu ihm auf. Meistens gehen viele Kunden auf das Spiel ein, er aber nicht.

»Den werde ich dir heute beibringen«, knurrt er rau, streicht über meine Wange und küsst mich. Nachdem ich unbeschadet – ohne Taschenkontrolle, dafür aber mit Passkontrolle – von den beiden zu einem Lift geführt werde, schaue ich mich um.

Der Club macht einen noblen Eindruck, sogar die Musik, die ich unter meinen Pumps fühlen kann, klingt nach guten elektronischen Beats. Als ich vor mir Tische mit breiten Couchen entdecke, merke ich, in keinem Club zu sein, sondern nur in einer Bar. Sicher bin ich mir nicht. Sie wollen mich hoffentlich nicht abfüllen.

»Geh schon mal vor, ich möchte Maron etwas zeigen.« Lawrence nickt mit einem Grinsen und löst seine Hand um meine Hüfte. »Los, komm. Es wird dir die Luft zum Atmen nehmen«, verspricht er mir und ich denke sofort an sein bestes Stück in meinem Mund, bis er mich eine Treppe hochführt.

Oben angekommen befinden wir uns auf einem Plateau, auf dem es windig ist. Um uns stehen vereinzelt Menschen und lehnen sich über die Brüstung, unterhalten sich oder machen Fotos. Also wird er sein Attentat nicht hier verüben können.

Gideon führt mich zum Geländer und mir bleibt wirklich die Luft weg. Von hier aus kann ich das berühmte Burj al Arab und das Jumeirah Beach Hotel auf der künstlich angelegten Insel in Form einer Palme erkennen.

»Gefällt es dir?«, fragt mich Gideon, stellt sich hinter mich und stützt sein Kinn auf meiner rechten Schulter ab.

Das Meer glitzert unter dem Nachtkleid der Stadt und selbst das Rauschen der Wellen ist zu hören. Ich schließe für einen Moment die Augen, um die leicht salzige warme Luft einzuatmen.

»Ja, es ist wunderschön. Ich kenne es nur von Bildern.«

Mit seinen Lippen streift er meine Wange, seine Hände ruhen besitzergreifend um meine Taille. Die Szene hat bis auf die Kette fast etwas Romantisches. Wieder atme ich seinen berauschenden Duft nach Wildleder ein.

»Es ist einer der besten Ausblicke auf Dubai. Es gibt noch andere, aber immer wenn ich hier bin, suche ich zuerst das ›360 Grad‹ auf.« Warum erzählt er mir das? Ich öffne meine Augen.

»Wie oft verreist du im Jahr?«, möchte ich wissen, weil es traumhaft sein muss, viele Länder, Städte und Kulturen kennen zu lernen.

»Es ist unterschiedlich. Es kommt darauf an, mit wem mein Vater neue Verhandlungen führt. Meistens so siebenmal im Jahr.«

»Wow, dann scheinst du wirklich viel gesehen zu haben.«

»Allerdings.« Er dreht mich zu sich. »Und Dubai wirst du heute Nacht so richtig kennenlernen, meine Hübsche.« Sein Lippen legen sich auf meine und wieder küsst er mich verlangend, nicht stürmisch.

Kurze Zeit später befinden wir uns wieder im Gebäude.

»Da wir dir heute nicht den Vorzug lassen, genehmigen wir dir ...« Gideon blickt in die Karte und schaut verschwörerisch zu Lawrence. »Was meinst du? Hat sie *den* hier verdient?«

Ich will sehen, auf welches Getränk Gideon deutet, aber er lässt es nicht zu. Zwingen können sie mich ja nicht. Die Bar ist wirklich gut besucht, die Kellner haben einen Überblick über die Gäste und vor Jane werden die Brüder bestimmt kein Machtspielchen ausüben.

Prompt steht ein Martiniglas vor mir – größer als sonst. Jane trinkt einen quietschbunten Cocktail, der mit mehr Früchten als Flüssigkeit ausgestattet ist. Warum kann ich nicht tauschen?

»Du möchtest auch einen Plunter's Punch?« Lawrence muss meinem Blick gefolgt sein. »Den kriegst du später, aber erst wird der ausgetrunken.«

»Vergiss es. Ihr könnt mich nicht wieder gegen meinen Willen abfüllen.«

»Ach komm schon, das letzte Mal hast du es genossen. Dieses Mal wirst du es auch genießen.«

Will er mich damit überzeugen? Niemals. Entspannt drücke ich meinen Rücken durch und wandere mit meinen Blicken zu der Bar, weiter zu den Fenstern, durch die man einen Ausblick auf halb Dubai hat.

»Wenn du brav trinkst, erlauben wir dir morgen deine Revanche.« Gideons Worte lassen mich sofort zu ihm blicken.

Ob er mich belügt? Hinterher würden sie mich morgen

wieder betrunken machen.

»Trink schon, Maron.« Jane zwinkert mir entgegen. Warum mischt sie sich ein?

»Also, Deal?« Vor meinen Augen taucht Gideons Hand auf, die mit seinen schlanken Fingern eine schöne Haltung hat, was mir zuvor nicht aufgefallen ist. In dem Moment denke ich daran, wo seine Finger bisher auf und in meinem Körper waren.

»Heute folgst du unseren Befehlen, morgen befolgen wir deine.«

Jane schaut amüsiert in meine Richtung, kichert vergnügt und lutscht an ihrem Strohhalm, während sie mir entgegennickt. Was ist hier eigentlich los? Mit Sicherheit weiß sie mehr als ich, was mir nicht gefällt.

In dem Moment denke ich an meine Peitsche, die mir meine Entscheidung abnimmt, denn ich will eine Revanche.

»Fein. Und wehe, ihr hintergeht mich«, drohe ich ihm.

»Tun wir nicht«, antwortet Dorian und prostet mir zu.

Ich lege meine Hand in Gideons, um seinen Deal anzunehmen, dann nehme ich einen Schluck aus dem Glas. Das Zeug ist nicht bloß Martini, nein, es ist mit Rum gemixt. Ich lasse mir nichts anmerken, aber nehme kleine Schlucke, um mir meinen Rachen mit dem Zeug nicht zu verätzen.

»Ich kann es kaum erwarten, dich für dein artiges Benehmen zu belohnen.« Lawrence' Hand liegt um meine Hüfte, als er mich näher an sich zieht und ich gespielt die Augen verdrehe.

Zwei Drinks später ziehen wir in einen anderen Club um. Ein Club, von dem ich nicht gedacht hätte, ihn in Dubai aufzufinden.

Durch den Eingang laufen wir einen Gang entlang, begleitet von lautstarken Beats und Drums. Links und rechts von uns befindet sich arabisches Wachpersonal, dahinter Tische und eine zu einem Hufeisen gekrümmte Bar, an der Ladys oder wohl eher käufliche Frauen sitzen oder stehen – mit oder ohne einen geangelten Mann.

In diesem Moment vergleiche ich mich kurz mit den wirklich billig gekleideten Asiatinnen, Russinnen und Marokkanerinnen, die ihre Finger von keinem der Männer lassen können, die den Club betreten. Auf deren Stirnen förmlich steht: *Fick mich! Hier und jetzt!*

»Ehrlich?«, frage ich mich fast selber.

»Sei lieb.« Jemand zupft an meiner Kette und ich fauche innerlich, während der Alkohol sich zu meinem Kopf hocharbeitet.

»Warum nehmt ihr mich mit, statt euch diese Mädels zu kaufen?«, frage ich Gideon. Oh Mann, mein Verstand arbeitet nicht mehr. Solch eine Frage hätte ich niemals gestellt. Eigentlich sollte ich solche Fragen nicht stellen, weil es mich nichts angeht.

»Weil wir mehr für unser Geld erwarten, als uns gewöhnliche Prostituierte bieten können.« Sein Gesicht dreht sich zu mir, aber seine Züge sind ernst, als hätte ich etwas Falsches gefragt.

»Ah.« Ich zwinkere ihm zu und fühle mich etwas aufgewerteter. Schließlich habe ich mich vor zwei Jahren nicht als Prostituierte beworben.

»Bist du eigentlich bi?«, fragt Lawrence über die Musik hinweg und ich will kurz stehen bleiben. Was soll die Frage? Ich atme tief durch, schaue mir die Mädels aus den anderen Ländern an, aber finde keine wirklich anziehend.

»Ich stehe mehr auf Schwedinnen«, antworte ich mit erhobener Braue.

»Sie haben wirklich einen besonderen Ruf.«

»Allerdings«, bestätige ich Lawrence und muss leise kichern.

»Du könntest ebenfalls zu ihnen gehören«, stellt Gideon fest.

»Wer weiß«, hauche ich in sein Ohr und merke, dass Lawrence wissen will, was ich Gideon antworte. Aber die Musik übertönt alles. Gideon nimmt eine meiner blonden Haarsträhnen zwischen seine Finger und dreht sie. »Also doch?«

»Ich werde dir nichts über mich verraten. Du weißt, dass ich nichts über mein Privatleben erzähle.« Sein Blick verdunkelt sich. Er schaut sich kurz um, und ich glaube, er lässt von dem Thema ab.

»Nur blondierte Mädels zwischen Afrikanerinnen und Chinesinnen. Keine ist, soweit ich erkennen kann, hellblond so wie du.«

Er weiß, dass meine Haarfarbe echt ist? Ich habe mir bisher zweimal die Haare dunkel gefärbt, was ich jetzt noch bereue. Dafür liebe ich mein helles Blond und weiß, wie selten es ist. In anderen Ländern wissen die Männer sofort, dass ich »echt« blond bin, während die Franzosen etwas blind sind.

Ich antworte nicht, sondern beobachte Jane, die mit Dorian eng umschlungen auf die Bar zusteuert und sich von ihm auf einen Hocker heben lässt.

»Dann werde ich es aus dir herausvögeln.«

»Versuch dein Glück, es wird dir nicht gelingen«, bringe ich mit einem verführerischen Lächeln hervor, das Gideon noch neugieriger machen soll. Er wird nie etwas über mein Privatleben, meine Herkunft oder Hobbys erfahren, darauf kann er seinen hübschen Arsch verwetten.

»Wenn ich dich daran erinnern darf: *Du* trägst heute keine Unterwäsche. Nicht ich.« Seine grünen Augen, die gefährlich funkeln, graben sich in meine. Er zieht unauffällig an meiner Kette.

Ich lasse mir nichts anmerken, obwohl das Ziehen zwischen meinen Beinen meine innere Überzeugung ins Wanken bringt, nicht gleich über ihn herzufallen. Der Alkohol tut sein Übriges. Zumindest weiß ich, morgen keinen trinken zu müssen.

An der Bar muss ich einen weiteren Cocktail trinken, der ausnahmsweise wirklich lecker schmeckt oder sich meine Geschmacksknospen bereits an den Alkohol gewöhnt haben. Ich schaue mit einem strengen Blick zu den Frauen, die auf Männerfang aus sind, während mich zwei gut gekleidete und wirklich attraktive Exemplare umgeben.

Immer wieder werden Lawrence und Gideon von lästigen Frauen betatscht oder angesprochen. Sie lecken etwas zu aufgesetzt über ihre Lippen, starren auf ihre Hosen oder lassen ihre Finger über ihre Kragen fahren. Ich könnte fast gähnen.

»Törnt es dich an, uns als begehrte Geschäftsmänner voll und ganz zu besitzen?«, fragt Lawrence und ich verdrehe nur meine Augen.

»Nicht im Geringsten. Du musst dich wegen mir nicht zurückhalten.« Dann werde ich weniger gefordert und erhalte meinen wohlverdienten Schlaf. Etwas stürmisch greift er nach der Kette und zieht mich an sich. Anscheinend gefallen ihm meine Worte nicht, die ich im leichten Rauschzustand von mir gebe. Dafür liebe ich es, wenn seine Kiefer mahlen, wenn ich ihn reize.

»Falsche Antwort, Schatz. Du willst doch bloß, dass ich meine Lust an ihnen auslasse«, spricht er dicht vor meinen Lippen und schaut aus den Augenwinkeln zu zwei Latinas, die sich uns mit einem leichten Hüftschwung und billigen Kleidern nähern. Er durchschaut mich – gefällt mir.

»Du bist gut, Lawrence«, sage ich anerkennend.

Ein verdorbenes Grinsen huscht über sein Gesicht. Ich fahre mit der Hand in seinen Nacken und küsse ihn, damit die Ladys ihren Rückzug antreten.

Irgendwie gefällt es mir, Lawrence für mich zu haben, weil er in dem Moment eine starke anziehende Präsenz ausstrahlt, die meine Sinne noch mehr vernebeln. Er sieht nicht nur gut aus, sondern hat eine sehr dominante Seite, die manchmal etwas ruppig wirkt, dafür wahnsinnig anziehend.

Unsere Zungen umkreisen sich wild, als würden wir kurz vor einem Orgasmus stehen. Weiter spüre ich das Klopfen in meinem Kitzler, als er über meine Brüste fährt, an der Kette zupft und ich nach Luft schnappe. Verrucht keuche ich vor seinen Lippen, was ihm offensichtlich gefällt.

Mit einem Schnippen löst er den Kuss und im nächsten Moment presst er ein Glas gegen meine Lippen. »Trink!«

Das ist Nummer vier. Also habe ich mein Soll wohl erfüllt. Mit seinen grauen Augen behält er mich im Blick, aber schiebt mein rechtes Bein auseinander. Gideon stellt sich vor uns, sodass niemand etwas erkennen kann, und schon sind Finger zwischen meinen Beinen zu spüren.

»Ah. Sie läuft gleich aus«, spricht Lawrence mehr zu Gideon als zu mir. »Trink aus, dann hast du dir deine Belohnung verdient.«

Ich kann immer noch nicht glauben, was die letzten Tage passiert ist. Für gewöhnlich verbringe ich Geschäftsessen, Theaterbesuche, Kongresse oder öffentliche Auftritte mit reichen Männern, aber keine reine Sexliaison mit zwei Männern, die pausenlos über mich herfallen. Das wird mir sicher kein zweites Mal passieren. In den vergangenen Jahren ist das nie vorgekommen.

Aber lass dich drauf ein – spricht eine Stimme zu mir. Sie sind heiß, verwegen, haben furchtbar interessante Fantasien und geben mir das, was ich brauche. Orgasmen, die ich nicht mit jedem Kunden habe, weil sie nur auf ihren Vorteil aus sind oder mich nicht erregen.

Ich leere mit einem lasziven Blick und leicht hervorgeschobenen Lippen das Glas, fahre mit dem Daumen über meine Lippen und lächle Lawrence mit einem verbotenen Augenaufschlag entgegen. Seine Finger nehmen weiter von mir Besitz, bis sie sich langsam zurückziehen.

Kaum dass ich das Glas zur Seite stelle, werden meine Sinne und Fantasien verruchter und ich kann es kaum erwarten, was sie geplant haben. Gideon hilft mir auf, als meine Knie kurz nachgeben.

»Holla, nicht, dass du uns gleich einschläfst.«

»Und ihr mich hinterrücks überfallt? Träum weiter, Hübscher«, säusle ich ihm zu. Ich höre Lawrence lachen, als mir eine Augenbinde umgebunden wird. Nein, was soll das werden? Ich fasse danach, aber Lawrence hält meine Handgelenke eisern fest.

»Na na, du lässt die Hände, wo sie sind.« Ich zerre daran. »Das war ein Befehl. Heute haben wir das Sagen, schon vergessen, Schatz?« Muss er mich so nennen!

Ich fauche: »Nein!«, als mich zwei Hände umfassen und mir aufhelfen, und das in dem Club, wo es jeder sieht.

»Seit ihr so weit?«, höre ich Lawrence.

»Klar, wir sind bereit.« *Wir?* Das ist Dorians Stimme. Die ganze Zeit habe ich nicht darauf geachtet, ob er von einer anderen Frau angemacht wurde. Aber das neben der lieben Jane? Sie habe ich länger nicht gesehen. Sie wollte sicher auf die Toilette oder wurde zur Villa zurückgefahren.

»Fein. Dann komm mit, Maron. Du darfst dich gerne an mich anschmiegen.«

Gideons Stimme ist sehr dicht an meinem Ohr. Ich halte mich wirklich an ihm fest, weil mir schwindelig wird und ich keine Ahnung habe, wohin sie mich führen. Dass ich heute meine Revanche erhalte, darauf kann ich mich verlassen, sodass ich lächeln muss.

10. KAPITEL

Wir verlassen den Club und gehen irgendwo hin. Keine Ahnung wohin. Zumindest sitze ich auf weichen Polstern, während Gideon – oder Lawrence – meinen Hals küsst, mich kurz seine Zähne spüren lässt und dann an meiner Haut saugt.

»Keine Knutschflecke!«, warne ich ihn in einem scharfen Ton.

»Schade, dass du heute nicht das Sagen hast. Ich hätte sofort von dir abgelassen, aber so«, er brummt angenehm, »kann ich kaum widerstehen.« Wieder sind seine Lippen fest auf meiner Haut. Es ist wirklich Gideon. Wir befinden uns in der Limousine, denn ich höre den Motor des Wagens und spüre die Bewegung, wenn wir abbiegen. Was Jane von dem Ganzen hält? Vielleicht ist sie mit Dorian gar nicht im Wagen. Ich kann nicht lange darüber nachdenken, als ich etwas Feuchtes zwischen meinen Beinen spüre. *Gott, fühlt sich das gut an.* Meine angeschwollenen Schamlippen werden auseinandergezogen und jemand leckt meinen Kitzler, sodass mich eine Welle aus Verlangen und Lust durchströmt.

Es muss Gideon sein, aber er leckt gerade über meinen Hals, oder nicht? Ich wünschte, ich könnte etwas sehen. Doch ich werde sicher nicht den Versuch wagen und mich von der Augenbinde befreien, weil das Gefühl der Ungewissheit zu bizarr ist und ich dabei jede Berührung intensiver spüren kann.

Der Wagen stoppt und ich werde von beiden vorsichtig aus der Limousine bugsiert, oder eher gehoben.

»Wo sind wir?«, frage ich und weiß bereits jetzt, keine Antwort zu erhalten.

»Keine Fragen. Wenn, dann stelle ich welche«, höre ich Lawrence. Ein nicht zu weicher Schlag folgt auf meinen Hintern, sodass ich keuche und leicht ins Straucheln gerate. Jemand hebt mich hoch, damit ich nicht falle.

»Noch nicht, Law. Später darfst du dich gern austoben.« Ich ahne Übles. Während der Klaps auf den Po leicht kribbelt, lausche ich den Geräuschen um mich herum. Es sind mehrere Schritte. Treppen? Dann das Zufallen einer Tür.

Wir sind irgendwo in einem Raum. Nur wo? Ich höre das Rauschen von Wellen, spüre eine leichte Brise auf meinen Beinen und weichen Teppich unter meinen Schuhsohlen, der bei jedem Schritt nachgibt.

»Willst du?«, fragt Gideon.

»Was?« Wie ich es hasse, nicht die Kontrolle zu haben. Das Spiel ist verwirrend und macht mich halb verrückt.

»Gerne. Du durftest sie bereits nackt sehen.« Jemand öffnet mein Kleid langsam an der Seite, streift es mir herunter, küsst meinen Nacken. Ich spüre vier Hände auf mir, die mich überall berühren, die auf meinem Rücken entlangstreichen, über meinen Bauch weiter hinab zu meiner Pussy wandern und einen warmen Atem auf meiner Wange.

»Sie ist wirklich wunderschön. Besonders die Kette.« Mich durchfährt ein Zucken, als jemand die Klammern fester dreht und ich drohe, auf die Knie zu sinken.

»Nein, hört auf.«

»Sch. Ich weiß, dass es dich anmacht.« Schon küsst mich Lawrence oder Gideon. Es ist Gideon, denn seine Zahnreihen erkenne ich wieder und auch seinen Duft. Ich kralle meine Hände um seine Mitte, er zieht mich näher an sich und ich fühle nackte Haut. Mit den Fingerspitzen ertaste ich seine Muskeln, streiche weiter hinab zu seinem Sixpack und spüre seinen Schwanz. Wann hat er sich ausgezogen?

»Leg sie hin.«

Vornüber werde ich auf etwas Weiches gelegt. Ich höre ein Atmen, ein Keuchen, aber weiß nicht, von wem es stammt. Meine Beine werden auseinandergezogen, immer noch trage ich die Pumps, während ich auf etwas Hohem liege. Höher als ein normales Bett, fast wie ein gepolsterter Tisch. Es fühlt sich gut an, weil ich ansonsten nicht lange in der Position stehen könnte.

Meine Arme werden nach vorn gerissen und schon höre ich ein Einrasten von Karabinerhaken und die Schnallen von Lederriemen.

»Nein, das habt ihr nicht gemacht?!« Ich zerre an meinen Handgelenken, die festgebunden sind, und fauche leise. Die Manschetten sind weich, jemand prüft sie, ob sie nicht zu fest anliegen.

»Aber sicher, Maron. Denn wir haben etwas ganz Besonderes in deiner Tasche entdeckt«, erkenne ich Lawrence' spöttischen Tonfall.

Ich fahre mit dem Kopf herum, weil ich weiß, dass sie hinter mir stehen, zumindest lässt die Stimme, die ich nahe bei mir spüre, das erahnen. »Wenn ihr sie anfasst, seid ihr tot und könnt heulend ...« Ein Schlag trifft meine linke Pobacke und ich schnappe nach Luft, als der bittersüße Schmerz über meine Haut prickelt. Es fühlt sich nach meiner Peitsche an, die sonst niemand anfassen darf.

»Also Lawrence, man unterbricht doch keine Dame.«

Ein spöttisches Lachen ist zu hören. Etwas leckt meine Spalte entlang, dann wieder ein Schlag. Keuchend beiße ich auf meine Zähne, weil ich ihnen die Genugtuung, vor ihnen zu schreien, sicher nicht geben will – besonders nicht, wenn sie meine Spielzeuge gegen mich verwenden.

Durch den Alkohol fühlt sich der Schmerz nicht ganz so beißend an, sondern erregend, sodass ich feuchter werde. Was mir am meisten Angst macht, denn ich will nicht wissen, wie mein Hinterteil morgen aussehen wird, wenn sie fortfahren. Der Alkohol nimmt mir momentan die Schmerzen, aber morgen werde ich kaum sitzen können.

»Ich konnte nicht anders, sie hat einfach einen heißen süßen Arsch.« Etwas stimuliert meinen Kitzler, dann wieder ein Schlag. *Zehn Lederriemen auf meiner schönen weichen Haut* – denke ich.

»Den Arsch, den du schon vor mir in Besitz nehmen durftest.«

»Verzeihung. Du darfst gern.« *Was darf Lawrence?* Schon beißt etwas in meine Pobacke und ich zerre an den Fesseln, trete nach dem verfluchten Idioten.

»Verflucht, wenn ich morgen das Sagen habe, werdet ihr es büßen. Ihr Scheißkerle.«

»Sie ist immer noch so kratzbürstig.«

»Dass liebe ich an ihr.«

Ich höre Schritte, ein Atmen und etwas klacken. Was ist das? Ein milder Duft liegt in der Luft. Wieder ein Schlag, der auf meiner Haut prickelt und mich noch mehr anmacht. Obwohl es mir langsam Tränen in die Augen treibt.

»Schrei für uns, mein Schatz.«

»Darauf kannst du lange warten, Law-RENCE!« Der nächste Hieb ist fester und ich schreie wirklich.

»Geht doch«, höre ich dicht neben meinem Gesicht. Es ist Gideon. Jetzt dreht er mein Gesicht zu sich. Er zieht mich weiter vor und ich spüre Lippen, eine Zunge und wie jemand hinter mir meine Beine spreizt. Die Spitze eines Schwanzes ist zu spüren, die zwischen meinen Oberschenkel reibt, langsam meine Schamlippen zerteilt, bis sie kräftig in mich eindringt und ich die Finger in die Fesseln kralle. Ich stöhne auf, als jemand mich hart vögelt und ich vor Lust zergehe.

»Gott«, keuche ich und höre jemanden belustigt lachen.

Wieder werde ich geküsst, gierig, schneller, mit einer Metallkugel in der Zunge. *Nein. Es sei denn, Dorian trägt ein Zungenpiercing.*

»Ihr seid ...« Ich löse mich von den Lippen, als mir die Augenbinde abgenommen wird und ich Jane in die Augen blicke, die mir gegenüber ebenfalls in Fesseln liegt und von Lawrence gevögelt wird. Gideon kniet neben mir und grinst. Also wer ... ist ... hinter ...

»Wie gefällt dir der Anblick?«

»Ihr seid sowas von ...« ... *krank!* Der Jemand stößt härter zu, stimuliert meinen Kitzler und ich ahne, wer es ist. Dorian. Sie ist nicht seine Sekretärin. Die haben mich wirklich hinters Licht geführt. Ich sehe zu, während ich hart genommen werde, wie Lawrence Jane fickt und mich angrinst. Sie krallt ihre Finger in die Manschetten, drückt ihre Wirbelsäule durch und stöhnt in ein Tuch, das ihr von Gideon umgebunden wurde. Wir sind beide aneinandergebunden und unsere Manschetten verbinden Karabinerhaken, die, wenn ich sie mir ansehe, sehr gut gebaut sind.

Der Alkohol in meinen Blutbahnen und das Brennen auf meinem Hintern, während ich durchgevögelt werde, lassen mich nicht klar denken. Gideon schaut mir mit einem Funkeln in den Augen entgegen, bis er zu meinem Gesicht greift.

»Kommst du ursprünglich aus Schweden?«, will er wissen. Ich ziehe mein Kinn aus seiner Hand. Er fasst fester zu.

»Beantworte meine Frage«, knurrt er und gibt ein Winkzeichen. Meine schöne Peitsche schändet mich wieder, obwohl ich es sein sollte, die andere Hintern mit ihr bearbeitet. Ich stöhne lauter auf. Dorian stößt tiefer zu, während mein Körper vor Überreizungen zittert. Mein Puls rast wie verrückt und ich will nichts weiter, als zu kommen.

»Rede!« Seine Augen sind gefährlich, aber ich blicke ihm ebenso finster entgegen.

»Ich werde kein Wort sagen.« Mein Fauchen geht in

ein Stöhnen über.

»Wir sollten tauschen«, bestimmt Lawrence. »Auf ihre Pussy freue ich mich schon die ganze Zeit.« Ein höhnisches Grinsen ist auf seinem Gesicht zu sehen, als er seinen Schwanz aus Jane zieht. Ich schüttele etwas mit dem Kopf, während Gideon mich weiter festhält.

»Keine Angst, er wird seine weiche Seite zeigen«, beruhigt mich Gideon, was ich ihm mit Sicherheit nicht abkaufe. »Bisher hast du nur mich kennen gelernt, nun Dorian.« Er blickt seinem Bruder entgegen, der hinter Jane Platz nimmt und sie vögelt, sodass sie in ihren Knebel keucht und an den Fesseln zerrt.

»Leg mir auch dieses Tuch um, denn ich werde deine Fragen nicht beantworten«, antworte ich bissig.

Finger machen sich an meinem Kitzler zu schaffen, massieren ihn fester. Ich bin so feucht, dass ich fast auslaufe. Kurz schließe ich die Augen, als die heiße Welle und das Zittern drohen, mich zu überrollen. Dann hört Lawrence auf.

»Man soll aufhören, wenn es am schönsten ist.« Ein Schlag mit seiner Hand auf meinen Hintern lässt meinen bevorstehenden Orgasmus noch unerträglicher hinauszögern. »Beantworte Gideons Fragen und ich mache weiter, Schatz.«

»Lass das mit dem *Schatz*!«, bringe ich gepresst zwischen einem Wimmern hervor, als er weiter meine Pussy fingert und mich dehnt. Sofort lässt er seine Finger von mir.

»Gut, ich lass dich in Frieden.«

»Nein, verflucht!«

Jetzt muss ich zusehen, wie Jane vor meinen Augen zum Höhepunkt kommt. Verdammt, es macht mich enorm scharf, sie beim Stöhnen und Zittern zu beobachten.

Mein letzter Dreier mit einer Frau liegt ein Jahr zurück. Es waren eine Frau und Luis, weil wir es für uns testen wollten, ob es uns gefällt. Ihm hat es nicht gefallen, mir schon. Frauen sind meiner Meinung nach die schöneren, anziehenderen Geschöpfe, weil sie feingliedrig, verletzlich und doch unglaublich intrigant und bösartig sein können.

Jane windet sich unter Dorians Stößen, der mir entgegenblickt. »Verrate es ihnen, Maron«, sagt er, während er seinen Schwanz aus Jane nimmt und zwischen ihren Beinen in die Knie geht.

Ich muss ja nicht die Wahrheit sagen.

»Nein, komme ich nicht«, antworte ich. »Und jetzt beweg dich, Lawrence, ansonsten ist morgen dein Arsch fällig!«

Jane verzieht die Augen, als sie meine Befehle hört. Lawrence knurrt, dann dringt er ohne Vorwarnung in mich ein. Gideon schenkt mir einen leidenschaftlichen Kuss.

»Geht doch. Ist Luis dein Freund?«

»Das habe ich dir schon ...« Ich stöhne. Die Hitze wird unerträglich. »... gestern gesagt: Das geht dich nichts ... Ah!«

Lawrence fickt mich immer schneller und tiefer, sodass ich nicht mehr antworten kann. Seine Hände liegen fest um meine Hüfte, um einen Widerstand zu haben, während sich in meinem Kopf alles dreht.

»Sie gibt nichts preis.«

»Ach nein?«

Ein Schlag, der himmlisch brennt, sodass ich Gänsehaut bekomme. Dann wieder seine Finger an meinem Kitzler, der mich zum Höhepunkt bringt und mir meinen Verstand vernebelt. Mein Körper bebt, während er weiter von Lawrence bearbeitet wird und von Gideon, der mich streichelt und mir dabei zusieht, wie ich vor ihm komme. Irgendwie gefällt es mir, weil auch Jane zu mir sieht, aber es sollte aufhören. Doch Lawrence macht weiter. Verflucht! Warum kommt er nicht? Dorian vögelt Jane ohne Unterbrechung, die erneut kommt.

»Hör auf! Bitte!«

»Kommt nicht in Frage. Beantworte Gideons Frage. Los!«, befiehlt mir Lawrence, der sein Glied aus mir zieht und plötzlich fest über meine Perle, die angeschwollen und überreizt ist, leckt. »Ich höre nicht auf, bis du alle Fragen beantwortet hast. Und zwar richtig.«

Ich schüttele vor Gideon den Kopf, schaue ihm mit einem Hundeblick entgegen und will am liebsten meine Hände zu ihm reichen. »Bitte nicht. Das ist ... verboten.«

Tränen bilden sich in meinen Augen. Er beugt sich zu mir herab, weil er sieht, wie es mich innerlich zerreißt, ihm mehr über mich erzählen zu müssen. *Los, jetzt fall drauf rein und nimm mir die verfluchten Fesseln ab!*

»Ach, Maron.« Er streicht über meinen Kopf, während ich ein zweites Mal komme und dagegen ankämpfe, weil ich nicht mehr kann. Mein Körper zittert wie Espenlaub. Ich stöhne unter dem heftigen Orgasmus, der grausamer und befreiender ist als der vorige. Die Tränen fließen, ohne dass ich es will.

Gideon wischt sie mir mit dem Daumen von den Wangen, bis er zu Lawrence blickt und nickt. Lassen sie mich wirklich frei? Ich atme unauffällig aus, bis ich Lawrence' Schwanz erneut in mir spüre, er aber nicht die Finger von meiner Pussy lässt. *Nein!* Mit einem unvermeidlichen bösen Lächeln senke ich meinen Kopf.

»Du bist wirklich ein Luder! Fast hätte ich dir geglaubt. Also, ist Luis dein Freund?«

Er umfasst fest mein Gesicht und ich bin gezwungen, in seine grünen Augen blicken zu müssen. Sie sind eiskalt und hart. Ein zweites Mal wird er wohl nicht reinfallen.

»Nein.«

»Aber ihr habt miteinander gevögelt?«

»Was geht es dich an, mit wem …«

Zehn Lederriemen peitschen über meinen Po, ich schreie laut und glaube, Sterne aufblitzen zu sehen. Endlich spüre ich neben der Schmerzwelle das pulsierende Zucken von Lawrence' Schwanz in meiner Pussy, bis er laut stöhnend kommt. Ein letztes Mal rammt er seine Härte tief in meine Vagina. Ich kann nicht anders und beiße in die Lederfessel. Lawrence zieht sich zwischen meinen Beinen zurück und ich atme auf.

»Freu dich nicht zu früh. Da du die Fragen nicht beantwortest, werden wir deine Bestrafung länger hinauszögern, als ursprünglich geplant war.«

»Was ist mit ihr?« Ich nicke zu Jane. Wenn sie es nicht gewöhnt ist, einen Fünfer zu haben, tut sie mir wirklich in der Position leid.

»Du kannst es dir sicher denken. Sie ist keine Sekretärin, sondern …« Jane starrt zu mir und zieht die Augenbrauen hoch, wie um zu sagen: *Sorry, dass ich dich anlügen musste.* »Ebenfalls von einer Agentur«, erklärt Dorian mit einem süffisanten Grinsen, als er sich hinter ihr erhebt. Gott, das erleichtert mich. *Zumindest sind wir Verbündete* – denke ich und lese in ihren Augen das Gleiche.

Aber sie malträtieren sie nicht so wie mich. Kein einziges Mal sah ich Dorian auf ihren hübschen Hintern schlagen. *Warum immer ich?* – denke ich, aber versuche gleichmäßig zu atmen, als sich Dorian von ihr befreit und zu mir kommt.

»Ich kann wirklich nicht mehr. Hört auf.« Doch mein Ton klingt mehr genervt als erschöpft. Nur wegen der Drinks.

»Du weißt vermutlich gar nicht, wie viel du ertragen kannst, Liebes.«

Schon dringt ein Finger in meinen Anus. Oder ist es kein Finger. Ich spüre etwas Kühles – Gel.

»Oh nein, keiner fasst meinen Arsch an, ohne mich zu fragen!« In meiner Stimme schwingt eine Morddrohung mit – die einfach ignoriert wird.

Gideon grinst zu mir herab. »Du bist so süß, wenn du so gefährlich schaust wie eine Raubkatze und nichts gegen uns machen kannst. Aber …« Er hebt mein Kinn und küsst mich sanft. »Ich werde mich um deinen Arsch kümmern, während du Lawrence die Fragen beantwortest.«

Finster funkele ich ihm entgegen, schon beugt sich Lawrence zu mir herab und hebt meinen Kopf an den Haaren hoch. Morgen werde ich Verspannungen ohne Ende haben.

»Nun zu uns.« Mann, warum muss er so charmant lächeln, wenn ich gezwungen bin, in seine Augen zu blicken? Ein Finger dehnt meinen Anus, dann zwei und ich fahre zurück. »Ich tue dir nichts, Maron. Lass dich fallen, Kleines«, sagt Gideon, den ich nicht sehe, dann dringt etwas in meinen Hintern und es fühlt sich an wie ein Plug. Etwas Feuchtes kurbelt meinen empfindlichen Kitzler an, dann dringt Gideon in mich ein und nimmt mich zuerst quälend langsam.

»Also hast du dich von dem Typen – wie hieß der?«

»Luis«, beantwortet Gideon seine Frage und stößt intensiver zu, aber noch zu langsam.

»Ich bin hier.« Lawrence schnippt mit den Fingern vor meinem Gesicht. »Gideon wird dich erst hart nehmen, wenn du redest.« Bei dem Bild, wie Gideon mich hart nimmt, spielt mein Körper verrückt. Gott, ich will, dass er es endlich tut, mich erbarmungslos fickt und nicht seine Härte quälend langsam in mir bewegt.

»Ja, verflucht! Und?«

»Sehr schön.« Er streichelt meinen Kopf, als sei ich eine Miezekatze, dann wird Gideon schneller. Jane und Dorian habe ich fast vergessen, die unser Spiel weiter verfolgen.

»Wie oft?« Ich verziehe mein Gesicht. Das ist offensichtlich Gideons Revanche für das Telefonat seiner Mutter.

»Keine Ahnung. Zu oft.« Ich weiß es wirklich nicht.

Der Plug, der keiner ist, wird ein Stück herausgezogen. Es ist eine Analkette, die ich an den größer werdenden Kugeln spüren kann. Das Gefühl, nicht zu wissen, was sie tun, ist unglaublich aufregend und zugleich unerträglich, weil ich es nicht gewohnt bin.

»Böses Mädchen«, höre ich Gideon lachen. Er massiert meine Perle, die so sensibel reagiert, dass ich unter einem leichten Fingertippen zusammenzucke.

»Wie heißen deine Eltern?«

»Sophie und Tony Delacroix. Ich bin doch deine Freundin, du Arsch!« Ich höre Jane hinter dem Knebel kichern.

»Die ich gerade schön malträtieren darf.« Gideon bringt mich zum nächsten Orgasmus, dann nimmt er mich schneller, während ich mich nur noch von den Fesseln losreißen will und die Hände in den Manschetten zu Fäuste balle. »Die Vorstellung gefällt mir, deine Freundin mal richtig auszulasten.«

Lawrence' Gesichtszüge verfinstern sich, nicht wegen Gideons Worten, sondern wegen meiner Antwort. Anscheinend versteht er den Spaß nicht.

»Die Wahrheit bitte.«

»Gut, Donald Duck und Mickey Mouse. Ich werde es nicht sagen. Und du, komm endlich!«

»Du hast heute keine Befehle zu erteilen!« Lawrence umfasst so fest meinen Kiefer, dass ich zische. »Anscheinend sitzen die Klemmen nicht fest genug.«

Ich schüttele den Kopf, aber Gideon hört nicht auf mich zu ficken, bis er wirklich kommt, seine Hände sich in meine Hüfte krallen, sie fester gegen sein Becken drückt und er sich in mir ergießt. Seine Hände und sein Schwanz lösen sich von meiner Pussy und ich atme auf.

Fürs Erste haben sie genug, bis ich Lawrence' halb steifen Penis sehe. Nein! Nie im Leben lasse ich mich auf mehr als einen Dreier ein.

Sie lösen meine Fesseln und Gideon hilft mir langsam auf. Wenn mein Körper doch so stark wäre wie mein Wille. Unweigerlich zieht es mir den Boden unter den Füßen weg. Gideons Hände bekommen mich zu fassen und heben mich hoch.

»Für heute hast du dich tapfer geschlagen.« Er küsst mich und hebt mich auf die Arme. Hinter mir höre ich Jane fluchen, der der Knebel abgenommen wird. Dorian beruhigt sie. »Ist ja gut.«

Sie regt sich lautstark darüber auf, was sie mit mir gemacht haben, als Gideon mit mir das Zimmer verlässt. Im Vorbeigehen umfasst Lawrence mein Gesicht und küsst mich. »Du warst wirklich klasse. Schlaf gut.«

»Mit dem Arsch?« Ich könnte kein Auge zubekommen. Bisher fühlt sich mein Po heiß und wund an. Am liebsten würde ich sehen, was sie angerichtet haben.

»Du wusstest, dass du heute gehorsam sein solltest. Es ist nicht meine Schuld, dass du solch eine freche Zunge hast. Morgen darfst du gerne bei mir zuschlagen.« Er zwinkert mir entgegen, bevor ich seinen nackten, wirklich knackigen Arsch vor mir sehe und er das Zimmer verlässt.

»Am besten, du schläfst heute Nacht bei mir«, schlägt Gideon vor. Sofort schüttle ich vehement meinen Kopf, weil ich erholsamen Schlaf brauche und keine weiteren Übergriffe.

»Nein, ich brauche Ruhe ... Ich kann nicht mal mehr ... laufen.« Mit der Hand fahre ich durch mein Haar, das aussehen muss wie ein Besen. »Wo ist meine Peitsche?« Ich möchte wenigstens meine Waffen wiederhaben.

»Hier!« Dorian wirft sie Gideon zu, der sie gerade so auffängt, ohne mich fallen zu lassen. »Trotzdem schläfst du bei mir. Es ist eine Anweisung!«

Er trägt mich aus dem Zimmer, in dem ich jetzt ein kreisrundes Bett erkenne, auf den Gang, geht eine Etage tiefer und biegt rechts ab.

»Bitte. Ich brauche wirklich Schlaf. Außerdem meine Ruhe. Du hast mir versprochen, dass ich mein eigenes Zimmer habe und dort auch in Ruhe gelassen werde«, jammere ich fast. Und dieses Mal ist es ernst. Ich bin völlig erschöpft nach dem Tag und den Tränen nahe, weil das alles zu viel für mich ist. Er ignoriert mein Flehen und geht mit mir in sein Zimmer. Ganz vorsichtig lässt er mich auf sein Bett gleiten. Ich zische leise, weil mein Po wie glühende Kohlen brennt. Mein Hintern ist für die nächste Zeit erledigt, das spüre ich, ohne ihn sehen zu müssen.
Vor mir erkenne ich einen Spiegel.

»Hilf mir kurz auf«, sage ich und er betrachtet mich etwas skeptisch, so als könnte ich gleich umkippen oder die Flucht ergreifen. Aber er hilft mir auf. Zuerst nehme ich die lästige Kette ab, um mich nicht daran zu verheddern.

Mit einem leisen Schrei spüre ich das hässliche Ziepen in meinen Brustwarzen, die wieder durchblutet werden. Ich reibe vorsichtig darüber, dann drehe ich meinen Hintern zum Spiegel. Warum ich gerade an meinen Dozenten in Statik denken muss, wird mir wenige Sekunden später klar.

»Oh mein Gott, was habt ihr gemacht?!« Mein Hintern ist von roten Striemen übersät, die nicht gleichmäßig verteilt sind. »Ich werde zwei Tage nicht mehr sitzen können, du Arsch!« Tränen steigen in meinen Augen auf. »Wenn ihr davon keine Ahnung habt, dann ...« und schon knicken meine Knie ein. Gideon hilft mir vorsichtig auf.

»Wir wissen, was wir tun, Maron. Morgen wird es besser aussehen. Komm, leg dich auf den Bauch.« Vorsichtig legt er mich auf den Bauch, geht dann in sein Bad und kommt mit einer Salbe wieder.

»Ich lasse dich bestimmt kein zweites Mal an meinen Po. Gib her.« Ich wedle mit der Hand.

»Nein«, knurrt er gefährlich. »Und jetzt bleib ruhig liegen.« Ich will mich hochziehen, als ich einen leichten Druck auf dem Rücken spüre, der mich in die Kissen zwängt, ohne mir zu schaden. »Ich will dir nicht weh tun, also komm, Kleines, bleib liegen.« Er kniet sich neben das Bett, streicht mir Strähnen aus der Stirn und küsst mich zart, so lange, bis ich gleichmäßig atme und mich sein Kuss wirklich beruhigt. Wie macht er das jedes Mal?

»Du bist wirklich niedlich, Maron. Eine bessere Reisebegleitung kann ich mir nicht vorstellen.« Seine Worte klingen sanft und ehrlich, dann erhebt er sich.

Ganz vorsichtig verteilt er die Salbe auf meiner Haut. Mein Hintern glüht wie heißes Eisen, sodass ich meine Hände in das Kissen kralle und die Augen zusammenkneife. Dafür mildert die kühle Creme den beißenden Schmerz allmählich. Ist es eine schmerzlindernde Salbe?

Doch unter den liebevollen Berührungen, die auf meinem Rücken zu einer sanften Massage übergehen, schlafe ich ein.

GIDEON

Wie unschuldig dieser kleine Racheengel schlafen kann, fast wie eine Prinzessin. Gestern Nacht ist sie unter meiner leichten Massage eingeschlafen und selbst, als ich sie vorsichtig unter die Decke gezogen habe, ist sie nicht mehr aufgewacht. Ich weiß, dass wir ihr viel abverlangt haben, aber heute ist sie dran und wir werden sie schonen.

Für wenige Sekunden betrachte ich ihr Gesicht und gehe in die Knie. Ich weiß, dass sie mir gestern nicht die Wahrheit erzählt hat, und auch, dass ihr das Studium zusetzt ...

Gerade jetzt könnte ich ihr Stunden beim Schlafen zusehen. Aber ich muss mich beeilen.

Ich knöpfe mein Hemd zu und ziehe das Jackett vom Bügel, um es mir überzustreifen. Dann beuge ich mich zu ihr herab, küsse ihre Wange und schiebe einen Zettel neben ihr auf den Platz, wo ich gelegen habe.

Zu gern wäre ich länger geblieben, um zu beobachten, wie sie langsam wach wird, aber es ist gleich halb neun und heute findet der erste Tag des Kongresses statt. Mich werden langweilige Statistiken, Börsenbeiträge und Vorträge erwarten, die ich am liebsten absagen würde. Aber die Kleine braucht Ruhe – auch von mir.

In der Küche wartet Eram, eine kleine, etwas pummelige Angestellte, auf mich, die mir mein Frühstück zubereitet. Lawrence biegt in seinen Boxershorts um die Ecke und fährt durch sein geöffnetes Haar, das ungekämmt ist und an eine Löwenmähne erinnert.

»Hast du mal auf die Uhr gesehen?«, frage ich ihn. »Wir müssen in zehn Minuten los.«

»Mach mich nicht fertig. Ich schaffe das noch rechtzeitig.« Er nimmt sich die Milch aus dem Kühlschrank, öffnet sie und trinkt aus der Flasche. Wie ich es hasse! Dorian kommt mit einem hellen Anzug und Papieren in der Hand zu mir an den Tisch und setzt sich.

»Morgen«, murmelt er.

»Morgen.«

Lawrence grummelt nur etwas, dann verzieht er sich, während ich mein Rührei esse, das mir Eram hingestellt hat.

»Wie geht es Maron?«, interessiert es ihn, greift sich einen Apfel aus der Obstschale auf dem Tisch und beißt ab. Dann sieht er von seinen Zetteln mit einem gekräuselten Nasenrücken auf. Etwas scheint ihn zu beunruhigen.

»Schläft noch. Aber ich denke, so weit gut.«

»Das wird Jane freuen. Sie hat mir die halbe Nacht vorgehalten, was wir für Idioten sind. Obwohl das Wort Idiot nicht das ist, was sie benutzt hat.« Eram blickt in unsere Richtung, aber ich zucke bloß mit den Schultern, als würde ich nicht wissen, worum es geht.

»Weil sie es nicht gewohnt ist. Aber ich habe gesehen, wie es Maron gefallen hat.« Ich zwinkere ihm zu, sehe auf die Uhr und muss das halbe Frühstück zurücklassen. »Wir sollten gehen.«

»Was ist mit Law?«

»Sein Problem, wenn er verpennt. Das kann er Vater

selber erklären.« Ich grinse schief und gehe mit Dorian in die Eingangshalle des Anwesens. Einen letzten Blick werfe ich zur ersten Etage hoch. Hoffentlich schläft Maron sich aus und macht keinen Blödsinn.

Auch wenn sie Ruhe nötig hat, kann ich ihre Revanche heute Abend kaum erwarten. Sie ist wirklich ein kleiner Racheengel – dafür einfach bezaubernd.

11. KAPITEL

Weil die Vorhänge zugezogen sind, wache ich erst sehr spät auf. Ein Blick auf Gideons Wecker zeigt mir: Es ist halb zwölf. Verflucht! So lange schlafe ich für gewöhnlich nicht, aber es tut gut, nach den letzten kurzen Nächten ausgeschlafen zu sein. Oder besser *der* letzten Nacht.

Ich drehe mich von der Seite vorsichtig auf meinen Rücken, schon fauche ich wie eine Katze. Mein Po schmerzt nicht mehr wie gestern Abend, aber das leichte Rubbeln über das Laken hat den Schmerz wieder angeheizt.

Vielen Dank, Gentlemen – denke ich und richte mich etwas verdreht in dem Bett auf. Gideon ist nicht zu sehen und auch nicht unter der Dusche zu hören. Nach einigen Verrenkungen und diversen *Bloß-nicht-mit-dem-Po-die-Laken-Berühen*-Versuchen schaffe ich es auf meine Füße und sehe einen zusammengefalteten Zettel auf Gideons Seite liegen. Ich beuge mich vor und entfalte ihn.

Ich hoffe, du hast dich brav ausgeschlafen, mein kleiner Racheengel. Ich bin mit meinen Brüdern bis zum späten Nachmittag auf einem Kongress. Du hast also frei und kannst machen, was du möchtest. Geh am besten eine Runde im Pool schwimmen, damit dein hübscher Hintern sich abkühlen kann.
Wir brauchen ihn für die nächste Runde.

Bis heute Abend! Gideon

Für die nächste Runde?! *Ha!* – dass ich nicht lache. Die nächste Runde wird es nicht geben, nachdem ich mich bei ihnen revanchiert habe. Jammernd werden sie mir zu Füßen liegen und um Verzeihung betteln. Und ich habe schon einen zuckersüßen Plan, wie ich ihnen zeigen kann, was passiert, wenn sie meine dominante Seite hervorkitzeln.

Doch zuerst brauche ich eine Dusche und frische Kleidung. Außerdem muss ich Chlariss anrufen und endlich mit Lernen anfangen. Mit einem Laken um den Körper geschlungen, laufe ich über die Gänge zu meinem Zimmer, um dort ungestört duschen zu können. Vielleicht ist Jane noch da?

Egal. Ich brauche eine Abkühlung.

Nach der Dusche fühle ich mich gleich besser. In Hotpants, einem enganliegenden Tanktop, meiner Sonnenbrille und den Flipflops gehe ich mit meinem Ordner, Smartphone und einem Handtuch durch das Haus. Irgendwo muss der Hinterausgang zum Garten sein. Denn Gideon hat mich auf eine Idee gebracht. Eine Runde im Pool zu schwimmen, kann nicht schaden. Oder gehe ich lieber an den Strand?

Im Gehen schaue ich mich in der Villa um. Sie ist wie ein kleines Schloss aus warmen terrakottafarbenen Wänden, großen Fenstern und edlen Steinfliesen. Selbst die Terrasse ist ein Traum. Sie führt über einen breiten Steinweg zu einem wirklich großen sauberen Pool.

Doch kurz wird mir von der Hitze, die mir entgegenschlägt, schwummrig. Es ist weit nach Mittag und somit die unerträglichste Hitze in Dubai. Trotzdem ... Unter drei Palmen, die viel Schatten werfen, setze ich mich und breite meine Sachen aus. Schwimmen werde ich besser nicht gehen, um mir einen Sonnenbrand zu ersparen, weil ich schnell dazu neige, mir einen in der Hitze zu holen. Das war schon immer so bei mir.

Zuerst kontrolliere ich meine E-Mails. Eine Nachricht ist von Luis, eine von Leon und eine Mail von Julia.

Zuerst Luis. Er schickt mir die Dateien der letzten Vorlesungen. Und das ist nicht gerade wenig. *Du schaffst das. Du hast mehr als vier Stunden Zeit.* Am liebsten würde ich sie ausdrucken. Nur wo? Ob es ein Büro gibt?

Am besten, ich frage später Lawrence, als mein Freund wird er das gerne tun – oder mich damit quälen. Besser nicht.

Leon fragt nach, wie es mir geht und ob ich mich erhole. Klar, mit einem zerschundenen Hintern in der arabischen Wüste erholt es sich prima, es fehlt nur noch ein Sonnenstich und mein Urlaub wäre perfekt. Und Francine will wissen, wie es mir geht und sich mit mir auf einen Kaffee treffen. Warum meldet sie sich gerade jetzt?

Nach einem fiesen Streit ist sie aus dem Appartement ausgezogen und hat mich sitzen gelassen. Ich bin ihr nicht einmal mehr den Kaffee schuldig. Wenn, dann sehe ich von ihr noch die restliche Miete, die sie mir schuldet. Stimmt, bald müsste ich ohnehin ausziehen, die große Wohnung könnte ich mir nicht mehr leisten. Aber es ist schön, sein eigenes Reich zu haben. Bei dem Gedanken, wieder in eine WG ziehen zu müssen, wird mir übel.

Von dem Geld, das ich in den zwei Wochen verdiene, könnte ich mir eine kleine Eigentumswohnung kaufen. In Marseille? Das reicht nie im Leben. Außerdem brauche ich das Geld für Chlariss.

Als ich an sie denke, wähle ich die Nummer vom Krankenhaus in Marseille.

»Schwester Daphne. Bonjour.«

»Salut, hier ist Maron Noir.«

»Oh, Salut, Madame Noir. Sie wollen sicher wissen, wie es Ihrer Schwester geht? Wir haben guten Neuigkeiten.«

Das klingt sehr, sehr gut und ich muss augenblicklich lächeln.

»Wirklich?«

»Ja, sie durfte heute mit zwei Pflegern eine kleine Runde im Park gehen.« Wow, sie kann schon so weit gehen, ohne zusammenzubrechen.

»Das ist wunderbar. Könnte ich sie sprechen? Sie möchte es mir bestimmt selber erzählen.« Die Schwester seufzt kurz.

»Tut mir leid, sie schläft gerade. Von der Runde ist sie etwas erschöpft.«

»Oh, gut. Dann werde ich heute Nachmittag nochmal anrufen.« Was mich ein Vermögen kosten wird.

»Sicher. Ich gebe ihr Bescheid. Sie wird sich freuen. Bis später.«

»Au revoir!«

»À plus tard!«

Ich weiß zuerst nicht, ob ich traurig sein soll oder lachen kann vor Freude über Chlariss' Fortschritte. Sie konnte eine Runde im Park gehen – ich kann es kaum glauben. Also hat sich die teure Therapie gelohnt und es war nicht umsonst, sie den besten Ärzten von Marseille zu überlassen. Zum Glück, ansonsten hätte ich nicht gewusst, was wir noch für Alternativen haben.

Ich freue mich schon riesig auf heute Nachmittag, wenn sie mir davon selber erzählen wird. Ich darf die Zeitverschiebung nur nicht vergessen, einzukalkulieren. Etwas nervös tippe ich mit den Fingern über den Ordner, dann öffne ich ihn und beginne mit dem Lernen.

Herrje, wie ich Bauphysik hasse. Die Formeln schwirren in meinem Kopf, bis ich sie mir abschreibe, damit ich sie mir besser einprägen kann. Warum muss das Modul zuerst auf Luis' Liste stehen?

Ich schaue auf und sehe neben dem Pool versteckt hinter Oleanderbüschen und Palmen einen Pavillon. Dort lässt es sich besser lernen.

Als ich mich unter den bepflanzten Pavillon setze, versuche ich wieder die Rechnungswege in meinen Kopf zu kriegen. Sooft ich es auch versuche, die Statik geht nicht auf. Mein Gebäude würde rein theoretisch unter der Masse des Daches, wenn Schnee darauf fällt, zusammenstürzen. *Mann, das kann doch nicht sein.* Ich kaue auf meinem Stift, schaue zum Handy. Und wenn ich Luis anrufe?

Ich verstehe einfach nicht, wie man auf diese Zahl kommt. WIE? Als mein Haar zerrauft ist, ich fluche und den Ordner am liebsten im Pool versenken würde, erhebe ich mich und rufe Luis an. Dabei verlasse ich den Garten, der zum Strand führt.

Wie schön muss es sein, jeden Morgen nach dem Aufwachen den Strand zu sehen? Ich drehe mich um. Die Villa ist einfach Wahnsinn, genauso wie die Bewohner. Ich beiße auf die Lippe und laufe zum Meer.

Zum hundertsten Mal erkläre ich Luis mein Problem, aber er erzählt mir irgendwas von dem Material des Gebäudes, was nicht mein Problem ist. Verflucht! Bin ich zu dämlich, das selber zu lösen? Das Internet würde jetzt helfen.

»Ich werde es einfach googeln. So schwer kann das nicht sein.«

»Du bist total aufgekratzt, komm mal runter.« Wenn der wüsste, wie aufgekratzt ich bin. Mein Hintern glüht wie ein Atomreaktor.

»Ich versuche es, tut mir leid. Liegen die Schwerpunkte für die Prüfungen schon fest?«, will ich wissen. Vielleicht habe ich Glück und das Thema wird nicht drankommen.

»Ja, und genau Statik wird der Schwerpunkt sein.«

»Nicht Geometrie oder vielleicht Entwurfmethodik?«

»Auch. Aber Professor Dupont hat besonders betont, auf die Statik großen Wert zu legen. Ist auch kein Wunder, weil so viele deswegen durch die Prüfung rauschen.« Sein letzter Satz wird leiser. Er hat die Prüfung bereits geschafft, ich nicht.

»Willst du damit sagen, ich hätte keine Ahnung, wie man ein Haus baut?«

»Konstruiert vielleicht schon, aber ob es dank der Erdanziehungskraft nicht in sich zusammenfällt, weiß ich bei dir nicht ...«

»Tzz ... Ich werde es schon noch in mein Hirn bekommen.« Ein Lachen ist zu hören, was mich an früher erinnert, als wir eine Beziehung geführt haben und er immer genau so lachte, wenn ich etwas wirklich Wichtiges wie den Haustürschlüssel vergessen hatte, verschlafen habe und dadurch zu spät zur Klausur kam oder versucht habe, mich aus einer peinlichen Situation herauszureden.

»Mit deinen Begleitern im Gepäck? Ich weiß ja nicht.«

Ich mache eine Pause. »Es muss, ansonsten kann ich das Studium vergessen. Danke trotzdem, auch für deine E-Mails.«

»Mache ich doch gerne.«

»Könntest du vielleicht Chlariss in den nächsten Tagen ein Besuch abstatten? Sie weiß nichts von dem Urlaub.« Ich betone besonders das Wort *Urlaub*, weil er weiß, wie ich es meine. »Ich wollte nicht, dass die Schwestern ihr davon erzählen. Aber ich möchte auch nicht, dass sie auf meinen Besuch wartet.«

Das Wasser umspült herrlich meine nackten Füße. Die Flipflops habe ich ausgezogen und baumeln nun an meinen Fingern. Langsam gehe ich in die Knie und lasse meine Finger in das angenehm kühle Wasser gleiten. Ich sollte wirklich eine Runde im Meer schwimmen, wenn ich die Chance dazu geboten bekomme.

»Kann ich machen. Ich werde sie am Wochenende besuchen. Soll ich was mitnehmen?«

»Oh nein, es reicht mir, wenn du sie besuchst. Danke,

Luis. Dann melde ich mich bei dir, wenn sich wieder eine Krise anbahnt.«

»Tu das, ich ertrage sie gerne. Bye, Maron.«

Schon hat er aufgelegt und ich habe ein beruhigtes Gefühl.

»Wenn ich ihn nicht hätte«, murmele ich leise.

Erst jetzt fällt mir auf, wie weit ich am Strand entlanggelaufen bin. Ich erhebe mich, verstaue mein Handy in meiner Hotpantstasche und drehe mich um. Plötzlich steht Gideon direkt vor mir. *Was macht er hier?* Schnell mache ich einen Schritt zurück.

»Was?« Mein Gesicht verfinstert sich. »Hast du mich belauscht?«

»Etwas.« Sein Jackett hat er locker über die Schulter geschlungen, während sein Haar geordnet zurückgestrichen ist und seine grünen Augen mich lange im Blick behalten. Sie sind anders als gestern Nacht, nicht hart und berechnend, sondern weich und neugierig – was mir nicht gefällt.

»Mach dir keine Sorgen, Maron. Ich habe nichts verstanden. Dafür rauschen die Wellen zu laut.« Ich schaue in sein Gesicht, aber kann nicht erkennen, ob er mich anlügt oder nicht. »Was macht dein Prachtstück?« Er schaut zur Seite auf meinen Po.

»Besser, aber er tut noch weh.« Ich schaue flüchtig auf mein Smartphone. Es ist kurz nach vier. »Wolltest du nicht später zurück sein?«

»Eigentlich ja. Da Lawrence verpennt hat, durfte er meine restliche Zeit übernehmen. Und Dorian und ich haben beschlossen, zu euch Ladys zurückgefahren. Wieso?

Willst du, dass ich gehe?«

»Nein, ich wollte nur noch lernen ...«

»Die zerfressenen Stifte unter dem Pavillon nennst du Lernen?« Kurz zucken meine Fingerspitzen neben meinen Hotpants. »Du könntest stattdessen an etwas anderem knabbern als an den Bleistiften.« *Du Vogel!* – denke ich und gehe weiter.

»Ich bin heute dran, schon vergessen?« Ich werfe einen Blick über meine Schulter und grinse ihm frech entgegen.

»Nein, wie könnte ich das vergessen.« Er holt in schnellen Schritten zu mir auf und zieht mich an der Taille zu sich. Wieder kommt er mir so groß vor, weil ich keine Absatzschuhe trage. Aber wenn er mit diesen grünen Augen zu mir herabsieht, bemerke ich jedes Mal, wie mein Puls schneller rast.

»Den Abend wirst du bestimmt nicht vergessen«, flüstere ich leise mit einem berechnenden Lächeln.

»Mal was anderes«, wechselt er das Thema. »Eram hat mir gesagt, dass du bisher nichts gegessen hast. Lust mit mir einen Abstecher in ein Café oder Restaurant deiner Wahl zu machen?«

Ich bleibe stehen, denn ich habe wirklich Hunger. »Du weißt, dass ich mich hier nicht auskenne. Schlag du etwas vor.« Lange blicke ich ihm entgegen.

»Du überlässt mir eine Entscheidung? Heute wäre dein Tag.«

Meine Gesichtszüge verfinstern sich etwas. »Aber mir fällt ein schönes Lokal ein.« Er zwinkert mir zu und wir laufen den Strand weiter entlang. Unter dem Pavillon sammle ich meinen Ordner und meine Stifte zusammen und bringe sie auf mein Zimmer, um mich gleich danach umzuziehen. Gideon bleibt in der Tür stehen.

»Was?«, frage ich und schaue am Schrank vorbei.

»Nichts. Lass dich nicht stören.« Wieder sein überlegenes Grinsen. Er will mir beim Umziehen zusehen. Was, wenn ich ihm hier die Lektion von gestern Nacht erteile? Aber zu dritt würde es mehr Spaß machen. Für einen winzigen Moment überlege ich sogar, mir den Abend von ihnen frei zu nehmen, aber meine innere Stimme schreit förmlich: *Tu es nicht, zahle es ihnen heim.*

Da ich mich auch in Gideons Anwesenheit umziehen kann, ziehe ich mein Top aus, dann langsam meine Hotpants. Die Schmerzen sind halbwegs erträglich, trotzdem entgehen mir seine Blicke auf meinen Beinen und meinem Po nicht.

»Schau dir ruhig an, was du gemacht hast.«

»Wohl eher Lawrence und Dorian.«

»Ach, der eine Biss ist nicht von dir?« Unschuldig zuckt er mit den Schultern, bis er mich zu sich zieht, auf dem Bett Platz nimmt und mit seiner Zunge und zarten Küssen über die empfindlichen Stellen fährt. Es fühlt sich gut an. Ein Schauder läuft mir den Rücken runter. Trotzdem will ich ihn nicht weitermachen lassen und greife nach einem hellen cremefarbenen Gaultier-Kleid. Mit betont langsamen und verführerischen Bewegungen ziehe ich das Kleid an.

»Könntest du bitte.« Ich deute auf den Verschluss und schon ist er zur Stelle. Er streift mein Haar über die Schulter, ich spüre seinen heißen Atem auf meiner Haut, seine Küsse auf meinem Nacken, bis er den Verschluss hochzieht.

Nachdem mein Haar sitzt, das Make-up leicht und elegant wirkt, verlassen wir das Anwesen und fahren nicht wie erwartet mit einer Limousine zum Hafen, sondern in einem schwarzen Porsche. *Angeber!* – denke ich, als ich mich auf den Beifahrersitz setze und unauffällig zische. Meine Hände krallen sich in das Leder.

»Schon deine Mordpläne perfektioniert?«, erkundigt sich Gideon, lässt den Motor an und öffnet das Tor.

Ich schmunzle, setze meine Sonnenbrille auf und schaue zu ihm. »Allerdings«, raune ich ihm ins Ohr.

12. KAPITEL

In einem schicken Restaurant nehmen wir an einem Tisch Platz, der eine ebenso schöne Aussicht auf Dubai hat wie der gestrige Club. Allerdings werde ich diesen Abend keinen Alkohol trinken und hoffe, Gideon auch nicht. Als ich die Karte studiere, bemerke ich seine Blicke auf mir.

»Ich mag es nicht, wenn man mich anstarrt«, sage ich und schaue weiter in die Karte, ohne aufzusehen.

»Das denke ich nicht. Du magst es, wenn man dich anschaut.« Warum muss er mich immer durchschauen? Ich ignoriere seine Antwort, greife nach dem Wasserglas und nehme einen Schluck, bis ich die Karte zur Seite lege und der Kellner bereits meine Geste abgelesen hat und im nächsten Moment unsere Bestellung aufnimmt.

»Was ich mich nur die ganze Zeit frage«, beginnt er und blickt mir intensiv entgegen. »Warum machst du ein Geheimnis aus deinem Leben? Schließlich weißt du sehr viel über uns. Selbst über die Eigenheiten meiner Mutter, die du nicht einmal zu Gesicht bekommen hast.«

Ich lächle ihm entgegen, bis ich meinen Blick zu der Fensterfront richte und die Skyline der arabischen Stadt mustere.

»Weil es privat ist, oder fragst du jede gebuchte Frau nach ihrem Familienleben?« Mein Blick wird kühler, weil ich es nicht mag, wie er sich für mein Privatleben interessiert. Seine Hand greift nach meiner und für einen Moment wirkt es sehr vertraut, als würde er es ernst meinen.

»Nur, wenn sie mich interessiert.«

Ich ziehe unmerklich die Augenbrauen zusammen, während ich die Stockwerke des Towers mir gegenüber zähle, um nicht doch in die Versuchung zu gelangen, ihm von mir zu erzählen. *Warum nicht?* – frage ich mich zum ersten Mal. Vielleicht würde er anders über mich denken, wenn er einen Teil meiner Vergangenheit kennt ... *Aber er würde deine Schwächen erfahren.*

»Reicht es dir nicht, von meiner Agentur zu wissen, dass ich 1,73 groß bin, 53 Kilo wiege, blond bin, Körbchengröße ...«

»Nein«, bringt er schnell ein, da der Kellner naht und er nicht will, dass uns andere belauschen. Der Kellner öffnet neben uns eine Weinflasche und ich schaue etwas scharf in Gideons Richtung. Was soll das wieder?

Als der Kellner davonrauscht, bemerkt er meinen Blick. »Du musst nicht, es ist deine Entscheidung.« Er nimmt das Weißweinglas, riecht daran und trinkt dann. Hat er vergessen, dass er noch Auto fahren muss, oder wollen wir den Weg zu Fuß nehmen? »Zurück zum Thema. Ja, das weiß ich, aber ich möchte wissen, wer hinter dieser ansprechenden Fassade steckt.«

Innerlich lache ich, weil er nur Informationen will, um mich damit in der Hand zu haben. Oder bin ich einfach zu misstrauisch? Wieso auch nicht? Ich kenne ihn gerade mal dreieinhalb Tage, weiß über Google ein paar Interessen von ihm, kenne seine Liebschaften und wurde von Leon über bestimmte Vorlieben, was das Aussehen betrifft, in Kenntnis gesetzt. »Jetzt sag doch etwas.«

Ich wende meinen Blick von der Stadt ab und blicke ihm direkt in die Augen. Nichts lässt ahnen, dass er etwas Hinterhältiges plant. Stattdessen wirkt sein Blick ehrlich.

»Ich mag es, wenn du mich fast anflehst«, bringe ich mit einem amüsierten Lächeln, das ich mir nicht verkneifen kann, hervor. Augenblicklich verdüstert sich sein Blick, was vermutlich daran liegt, dass er sich erhofft hat, ich würde ihm seine Fragen beantworten.

»Gut, du willst etwas über mich wissen?« Ich lehne mich ihm etwas entgegen, während seine Hand warm um meine liegt. Er hebt bloß seine Augenbraue und nickt. »Die Geschichte, die ich zu erzählen habe, wird dir nicht gefallen«, beginne ich und spüre die Neugierde. Seine gesamte Aufmerksamkeit ist auf mich gerichtet.

»Ich werde dich deswegen nicht verurteilen, egal, was du mir auch erzählst.« *Ach nein?* – denke ich und behalte seine Augen fest im Blick, die selbst mitfühlend magisch anziehend wirken.

»Also gut. Ursprünglich komme ich aus einem Dorf in der Nähe von Grenoble. Meine Eltern besaßen ein kleines Haus und ich hätte nicht wohlbehüteter aufwachsen können. Ich hatte Freunde, eine gesunde Schwester und machte mein Abitur, bis ...« Ich ziehe meine Augenbrauen etwas zusammen und senke meinen Blick. »Bis zu dem Abend, als meine Eltern bei einem Autounfall starben. Zu dieser Zeit befand ich mich auf einer Party mit Luis, über den du so viel erfahren möchtest.«

Ich sehe auf und erkenne, wie seine Neugierde steigt und sein Gesicht weiche Züge annimmt. Seine Hand liegt weiterhin angenehm warm um meine, während ich mit meiner freien Hand mein Kinn aufstütze und in Gedanken bin, als ich weitererzähle.

»Wir haben wahrscheinlich die beste Party unseres Lebens gefeiert, ich war nie so betrunken wie an dem Abend.« Das Schmunzeln kann ich mir nicht verkneifen, als ich an Luis denke, dem es ähnlich ging. »Bis ich vom Krankenhaus angerufen wurde.« Mein Schmunzeln geht in ein bitteres Lächeln über, bis ich wieder aus dem Fenster blicke und die blinkenden Lichter beobachte, die von Flugzeugen stammen. »Mir riss es den Boden unter den Füßen weg. Als wir angetrunken im Krankenhaus mit dem Taxi ankamen, ich mit den Ärzten sprach, die mir nur erzählen konnten, nichts mehr für meine Eltern tun zu können, wusste ich nicht mehr, wie es weitergehen sollte. Ich habe keine Verwandte, zu denen ich mit meiner Schwester ziehen konnte. Ich hatte nur Luis, auf den ich mich verlassen konnte. Nach der Beerdigung beschloss ich, dem Dorf den Rücken zuzukehren und in Marseille zu studieren. Ich brauchte Abstand und wollte alles hinter mir lassen, weil ich tatsächlich glaubte, es würde mir gelingen.« Ich seufze leise. »Doch mit kaum Geld in der Tasche, Schulden, die ich wegen der Hypotheken auf das Haus und der Beerdigung nicht so schnell abbezahlen konnte und einem Studium, das ich mir als Teilzeitverkäuferin in einem Modegeschäft nicht leisten konnte, beschloss ich, mich in einer

Agentur als Escortdame zu bewerben. Und ich muss Leon auf den ersten Blick gefallen haben. Zumindest hatte er Mitleid und nahm mich auf, obwohl sich mehrere wirklich beeindruckende Frauen für den Job beworben hatten und ich zu der Zeit unerfahren war. Das war vor zwei Jahren ...«

Mit jedem Wort, das ich über meine Lippen bringe, spüre ich, wie Gideon anfängt, anders über mich zu denken. Ich lese es aus seinem Blick, seinen Fingern, die sacht über meinen Handrücken fahren, und seiner angespannten Haltung.

»Das tut mir leid«, spricht er leise. »Ehrlich, du hast viel durchmachen müssen. Was ist mit deiner Schwester? Ist das Chlariss, von der du vorhin am Strand gesprochen hast?«

Meine Muskeln spannen sich an, als ich seine Frage höre. Er hat mich doch belauscht. In dem Moment schlucke ich hart und würde am liebsten aufhören zu erzählen, weil ich ungern über sie spreche – außer mit Luis.

»Sie lebt mit mir in Marseille und ist schwerkrank«, antworte ich leise und starre auf die Tischdekoration.

»Was fehlt ihr?« *Interessiert es ihn wirklich?*

Ich presse kurz die Lippen aufeinander und hole tief Luft. »Sie hat den Tod unserer Eltern nicht verkraftet, ließ sich auf einen Dealer ein und nahm Drogen. Ich bemerkte es zu spät, und als ich sie dabei erwischte, wie sie Meth nahm, wusste ich, sie war bereits abhängig von dem Zeug. Ich sah sie tagelang nicht, weil sie sich von mir zurückzog, als sei ich daran schuld gewesen, dass unsere Eltern gestorben sind, nur weil mein Vater wissen wollte, was auf der

Party vor sich ging. Er hat uns immer heimlich hinterherspioniert, damit seinen Mädchen nichts passierte oder wir Opfer von Typen wurden, die uns nur ausnehmen wollten.« Dabei beiße ich auf die Unterlippe, weil ich seine Kontrollbesuche auf Partys von Freunden oder in Clubs immer gehasst habe. »Derzeit befindet sich Chlariss in einer Einrichtung, in der sie behandelt wird, um zu lernen, ihren Alltag ohne die Drogen zu meistern und den Tod unserer Eltern zu verarbeiten.«

Als ich zu Ende gesprochen habe, hebe ich meinen Blick von der Blumendekoration, nehme einen Schluck von dem Wasser und schaue ihm lange entgegen, um zu erkennen, was in ihm vorgeht. Kleine Fältchen zeichnen sich an seinen Augen ab und seine Augenbrauen sind leicht zusammengezogen, während sein Mund leicht offen steht. Niemals hätte ich ihn für mitfühlend eingeschätzt, was mich in dem Moment doch etwas verunsichert.

»Ehrlich?«, fragt er und ich blicke ihm mit einem ernsten Blick, der in ein amüsiertes Lächeln übergeht, entgegen.

»Nein«, antworte ich gelassen und schüttele den Kopf. Es war ein Test und er hat jedes Wort geglaubt. Schon kommt der Kellner und serviert unser Essen, während ich einen zweiten Schluck aus dem Wasserglas nehme und Gideon im Blick behalte, der gerade auf Hochtouren versucht, zu verstehen, ob ich ihn belogen habe oder nur nicht zu meiner Vergangenheit stehe.

Ein Knurren ist zu hören, als ich ihn dabei beobachte, wie er über meine Worte nachdenkt.

»Glaubst du wirklich, ich breite meine Vergangenheit während eines Restaurantbesuchs vor dir aus? Ich kenne dich erst drei Tage und weiß so gut wie gar nichts über dich, außer vielleicht deine Vorlieben im Schlafzimmer, deine heimlichen Versuche, mich auszuspionieren oder mich abends auf der Straße abzupassen, und den Drang, unbedingt mehr über mich wissen zu wollen. Du bist mein Kunde, vergiss das nicht. Ich bin dir gegenüber nicht verpflichtet, Dinge über mich zu erzählen. Und es gefällt mir nicht, dass du mich belauschst. Kommt das noch einmal vor, werde ich abreisen.«

Ich weiß, wie scharf meine Worte auf ihn wirken müssen, aber ich kann es mir nicht leisten, einen Fehler zu begehen. Unsere Beziehung basiert auf nichts weiter als bezahlten Verabredungen. Ich bin seine Begleiterin, wenn er es wünscht, habe Sex mit ihm, wenn er es will, und mehr nicht.

Ich sehe sofort die Kränkung, aber auch den Willen, es mir nicht zu einfach zu machen. Doch ich wende meinen Blick ab, weil ich nicht länger in seine grünen Augen blicken kann. Ich hasse es, Menschen zu belügen, aber er muss endlich aufhören, mir Fragen zu stellen.

Für eine kleine Ewigkeit spricht keiner von uns und mir ist es ganz recht, weil ich in dem Moment an Chlariss erinnert werde, die ich anrufen wollte. Es muss bereits später Nachmittag in Marseille sein. Als ich mit Essen fertig bin, schaue ich zu Gideon auf, der mir mit einer Mischung aus Ärger und Belustigung entgegenblickt. Vermutlich habe ich ihm einen Anlass gegeben, über eine Möglichkeit nachzudenken, wie er meine Antworten erneut aus mir herauszuvögeln versucht.

Hinter ihm fallen mir die Besucher des Restaurants auf, denen ich zuvor kaum Beachtung geschenkt hatte. Ein Mann mit einem dichten dunklen Bart blickt mir lange entgegen. Er scheint ein Araber zu sein, was ich an seiner Hautfarbe und seinem Gewand – Thwab heißt es, soweit ich mich erinnern kann – erkenne. Außerdem trägt er ein Tuch über den Kopf, das von einem schwarzen Seil gehalten wird. Im Gespräch mit zwei weiteren Männern in denselben Gewändern blickt er in meine Richtung. In seinem Blick ist etwas Warmes zu erkennen, was mich unweigerlich überlegen lässt, was ihn interessiert.

Um nicht weiter zu ihm zu sehen und mich nicht falsch zu verhalten, weil ich nicht weiß, was eine Geste oder Mimik in diesem Land bedeutet, frage ich Gideon höflich, ob ich die Toiletten aufsuchen kann. Er nickt bloß, bevor er aus dem Fenster blickt, weil er immer noch darüber nachdenkt, ob meine Geschichte ein Lügengerüst ist, auf das er hereingefallen ist, oder vielleicht doch ein Funken Wahrheit in meinen Worten versteckt war.

Verdammt! Warum musste er mich auch dazu bringen, zu lügen, ansonsten wäre der Abend anders verlaufen und hätte sicher sehr amüsant werden können mit anzüglichen Bemerkungen oder unauffälligen Berührungen.

Als ich mich auf dem Sofa in der Damentoilette fallen lasse, atme ich tief durch und streiche über meine Stirn. Ich rufe im Krankenhaus an und rede wenige Minuten mit meiner Schwester, die sich schwach und erschöpft anhört, was mich beunruhigt. Hoffentlich merkt sie nicht, dass ich nicht in Marseille bin, und fühlt sich nicht allein gelassen von mir.

Mit einem immer noch mulmigen Gefühl betrete ich das Restaurant und nehme Gideon gegenüber Platz. Seine Gesichtszüge sind etwas losgelöster.

»Du glaubst vielleicht, mich mit deinen kleinen Geschichten von dir hinhalten zu können, aber du unterschätzt das Internet.«

»Hast du etwa nach mir gegoogelt?«, will ich wissen und blicke auf sein Smartphone, das neben seiner Hand liegt. Wie viel würde er über mich herausfinden? Eigentlich bin ich äußerst vorsichtig, was Informationen betrifft, weil einer Freundin ihre Geschwätzigkeit und Offenherzigkeit dem Internet gegenüber zum Verhängnis wurde. Ähnlich wie bei Gideon wurde sie spätabends von zwei Männern abgepasst, die sie verfolgten und ohne sie gebucht zu haben, sie wie eine Prostituierte behandelten und in eine Gasse zerrten. Wäre ihr Freund nicht auf sie gestoßen, der verspätet zu ihrem Kinoabend kam, hätte es übel geendet.

»Möglicherweise.« Ich werfe ihm einen gespielt finsteren Blick zu.

»Was, wenn mein Name ebenfalls nicht stimmt?«

»Keine Angst, ich habe deine Pässe gesehen. Dein Name stimmt, Maron Noir. Denn ich gehe nicht davon aus, dass du dir gefälschte Dokumente zugelegt hast.« Er spricht meinen Namen mit einer verführerischen Betonung aus, sodass mein Puls für wenige Sekunden schneller rast.

»Was hast du gefunden?« Er hebt seine Augenbrauen,

dann nimmt er einen Schluck aus seinem Glas. Sein Blick verrät mir, dass das Spiel weitergeht. Er wird es mir nicht verraten. Am liebsten würde ich mein Handy zücken und mich selber googeln, aber ich tue es nicht vor seinen Augen. Wenn, dann mache ich es heimlich, um mir nicht anmerken zu lassen, wie er mich mit dieser bloßen Andeutung in der Hand hat. In meinem Kopf gehe ich Facebook-Einträge, Fotos, Kundenbewertungen von Shops und die Agenturseite durch. Mich juckt es in den Fingern, zu wissen, was er wissen könnte, von dem ich nichts weiß.

»Du entpuppst dich tatsächlich als Stalker, wie ich es vor zwei Tagen bereits festgestellt habe.«

»Dir gefällt es doch.« Er greift nach meiner Hand und streicht mit dem Daumen über meine Knöchel. In seinem Anzug und mit dem unglaublich eindringlichen Blick müsste er gerade nur: *Komm lass uns auf die Toilette gehen*, sagen und ich würde ihm folgen.

»Etwas«, gebe ich zu. »Aber das werde ich dir in wenigen Stunden zeigen.« Ein Glitzern ist in seinen Augen zu sehen. »Wenn du es dir verdient hast«, beende ich meinen Satz und lächle ihm entgegen.

Als wir das Lokal verlassen, entgehen mir die Blicke des Arabers nicht, die mich etwas beunruhigen, weil ich nicht zuordnen kann, ob es interessierte oder verärgerte Blicke sind. Ich weiß, dass Araber ihren Stolz und ihre besonderen Regeln haben, wie zum Beispiel ihre Frauen in tausenden von Tüchern zu umhüllen, aber als Touristin dürfte ich mit dem wirklich bedeckten knielangen Abendkleid durchgehen.

Am Wagen habe ich den Blick des Fremden vergessen – nicht allerdings, dass Gideon drei Gläser Wein getrunken hat. Vor der Fahrertür versperre ich ihm den Weg und lehne mit an der Autotür vor dem Griff an.

»Vergiss es. Wir nehmen ein Taxi.«

»Ich bin nicht betrunken«, antwortet er und will mich zur Seite schieben. Aus seinem Mund kann ich den Wein riechen und verschränke meine Arme.

»Ich lasse nicht mit mir diskutieren, Gideon Chevalier.«

»Denkst du wirklich, ich lasse den Wagen hier stehen?« Er blickt sich auf dem halbleeren Parkplatz um, der von hohen Palmen umgeben ist, während ich die Schultern zucke.

»Fein, dann beginne ich jetzt schon mit einer Kostprobe. Du setzt dich auf den Beifahrersitz und ich fahre.«

»Bestimmt nicht.« Er schüttelt den Kopf, als hätte ich ihm ein unanständiges Angebot unterbreitet. Ich greife nach seinen Handgelenken.

»Das war keine Bitte!«, bringe ich deutlich hervor. Entweder er fügt sich oder ich fahre allein mit einem Taxi. Denn ein Teil der Geschichte stimmte. Ich fahre mit keinem Angetrunkenen im Auto mit. Ich kann mir nicht erklären, ob er es ebenfalls bemerkt hat, zumindest beugt er sich zu mir herab.

»Du hast Angst«, raunt er neben meinem Ohr, sodass meine Unterarme im nächsten Augenblick von Gänsehaut überzogen werden und ich schlucke. Er greift nach meinen Oberarmen und schiebt mich ein Stück von sich, um in meinem Gesicht lesen zu können. »Die brauchst du nicht zu haben, Kleines.«

Trotzdem verlässt mich das ungute Gefühl nicht, bei der Vorstellung mit einem dreihundert PS starken Auto von einem angetrunkenen Mann durch Arabien zu brausen.

Eine Hand streichelt über meinen Hals, als ich die Augen zusammenkneife. Im nächsten Moment liegen seine Lippen auf meinen und er küsst mich, dass mir fast die Luft wegbleibt.

Sein Duft, der leicht säuerliche Geschmack vom Wein und sein Verlangen nach mir lassen mich aufkeuchen. Ich spüre an meinem Bein seine Erektion, seine Hände auf meinem Rücken knapp über meinem Po. Mit meinen Fingern streife ich durch sein Haar und würde gern ewig am Auto angelehnt von ihm stürmisch geküsst werden. Aber ich vertraue seiner Einschätzung nicht und greife in seine Hosentasche. Schnell schnappe ich mir den Autoschlüssel, bevor er eingreifen kann.

»Du Biest. Sei lieb und gib ihn mir zurück.«

»Vergiss es, Gideon. Entweder ich fahre oder ich laufe allein zurück, wenn du uns kein Taxi rufst. Die Abendluft ist wirklich angenehm.« Er senkt seinen Kopf und fährt sich durch sein Haar. Der Blick, den er mir zuwirft, lässt meine Knie weich werden. Gott, warum muss er so gut aussehen?

»Dann fahr du. Aber ich warne dich, Darling, fährst du den Wagen zu Schrott, gehörst du mir die restliche Woche und ich werde dir zeigen, wie gefährlich ich wirklich sein kann. Dein Hintern ist nichts im Vergleich zu dem, was ich dann mit dir mache.«

»Das macht mich unglaublich scharf, dass ich es mir kaum entgehenlassen kann.«

Seine Augen werden hart, bis er den Kopf schüttelt.

»Du bist einfach unbelehrbar. Statt Angst zu zeigen, forderst du mich auf.« Ein Schnauben ist zu hören, bevor er mir die Fahrertür öffnet und ich mich geschmeidig auf den Ledersitz fallen lasse. Hinter mir schließt er die Tür und steigt neben mir ein.

Wenn ich ehrlich bin, ist es das erste Mal, dass ich einen so teuren Wagen mit den vielen Pferdchen unter der Motorhaube fahre. Aber das muss er nicht wissen. Ich schaue aus den Augenwinkeln zu ihm, als ich den Motor starte. Eine Hand liegt plötzlich auf meinem Knie.

»Genieß die Fahrt. Es wird deine letzte sein.«

»Oder unsere, wenn du nicht die Hand von meinem Knie nimmst. Du machst mich nervös.« Habe ich das gerade laut gesagt?

»Bei mir musst du das auch sein.«

Mein Herz schlägt immer schneller. Irgendwie bemerkt er, wie er mir nervlich zusetzt, zumindest nimmt er die Hand von meinem Knie, schaltet für mich die Scheinwerfer an und weist mir die Richtung. »Tief durchatmen. Denk einfach, es ist dein Wagen.«

Ich nicke, dann schalte ich und gebe Gas. Gott, hört sich das toll an, als der Motor aufheult – schon biege ich vom Parkplatz und folge Gideons Anweisungen.

»Du machst dich ausgezeichnet als Chauffeur. Gibt es dafür einen femininen Begriff? Chauffeurin? Chauffieuse? Klingt irgendwie nicht sehr ...«

»Sei ruhig! Ich muss mich konzentrieren.« Er fängt neben mir an belustigt zu lachen, bis er verstummt und mir weiter die Richtung weist. Auf einer wenig belebten Straße, die am Strand entlangführt, deutet er plötzlich nach rechts.

»Halt kurz an.«

»Wieso?« Skeptisch blicke ich in seine Richtung, nicht dass ihm schlecht ist. Aber recht schnell sehe ich ihm an, dass es ihm gut geht.

»Ich möchte kurz aussteigen, um mit dir etwas zu bereden.« Mit der Zunge fahre ich mir über die Lippen, weil er mich neugierig macht, dann setze ich den Blinker und halte kurz darauf am Straßenrand. Neben mir schnallt er sich ab und steigt aus.

»Wenn du mir damit meinen Abend nehmen willst, indem du die Zeit hinaus...«

»Nein«, unterbricht er mich. »Den werde ich dir nicht nehmen. Steig aus und komm mit.« Er erhebt sich und ich steige aus, um zu erfahren, worüber er mit mir reden möchte. Wir müssen uns am Stadtrand von Dubai aufhalten, wo weniger Autos unterwegs sind, dafür ist die Abendstimmung mit den Laternen und dem Rauschen der Wellen wunderschön.

Kaum dass ich neben ihm stehe, greift er nach meinen Schultern und sieht zu mir herab. »Wahrscheinlich sage ich das, weil ich etwas getrunken habe oder weil wir gerade ungestört sind, aber ...« Ein mulmiges Gefühl breitet sich in meiner Magengegend aus, weil seine Worte erahnen lassen, in welche Richtung sie gehen werden. Trotzdem schaue ich zu ihm auf und lasse ihn das aussprechen, was er mir sagen möchte. »Aber ich möchte – auch wenn ich in deinen Augen ablesen kann, dass es dir schwerfallen wird –, dass du uns vertraust. Wir leben für zwei Wochen hier zusammen in einem Haus, und wenn wir dir zu viel abverlangen, möchte ich, dass du es uns erzählst. Wenn nicht mir, dann Law oder Dorian. Sieh die Zeit, die wir hier verbringen, nicht als Arbeit an. Du sollst sie genießen. Wenn du also etwas nicht möchtest ...«

»Ich habe mir unser Codewort gemerkt, falls du dir deswegen Sorgen machst«, versuche ich ihn zu unterbrechen, um nicht weiter darüber reden zu müssen, ob ich ihren Vorstellungen standhalten werde.

»Du verstehst es falsch, Maron.« Ich ziehe die Augenbrauen zusammen, als er seine Hände von mir löst und eine Brise durch sein braunes Haar weht. Mit einem leisen Stöhnen dreht er sich mit dem Rücken zu mir. »Ich glaube, dich genug einschätzen zu können, dass du dir in keinem Fall etwas mit uns entgehen lassen würdest oder du unter keinen Umständen ›*Boosté*‹ sagen wirst, weil du – wie soll ich sagen – zu viel Stolz besitzt. Und genau das ist das Problem, *dein* Problem.« Herrje, er hat wirklich zu viel getrunken, um nun irgendwelche Standardfloskeln von sich zu geben. »Trotzdem sehe ich, dass dich Dinge beschäftigen. Du sollst uns nicht nur als Kunden ansehen, sondern uns gegenüber Vertrauen aufbringen.« Nein, jetzt will er mir gleich sagen, dass ich wieder mehr von mir erzählen soll. »Bevor du gleich wieder anfängst, dass mich das nichts angeht ....« Er dreht sich zu mir um und blickt mir gefährlich entgegen, sodass ich einen unauffälligen Schritt zurücksetze. »Es geht mich sehr wohl etwas an, wenn du versuchst, mir etwas vorzumachen. Was es auch mit deiner Schwester auf sich hat oder wofür du auch immer das Geld brauchst, es mag deine Sache sein, aber wir sind keine Monster, die Dinge von dir fordern, und du sie nur machst, um unsere Wünsche zu erfüllen.«

Ich will gerade ansetzen, um ihm zu sagen, dass es genau das ist, weshalb ich hier bin, um ihnen die Zeit zu vertreiben, als er mir einen Blick zuwirft, der mich davon abhalten soll, ihn zu unterbrechen.

»Ich möchte, dass es dir hier gut geht, du uns vertraust und uns etwas von dir erzählst, dafür bin ich gerne bereit, deine Fragen zu beantworten.« Kurz holt er Luft und sein Blick wird eiskalt. »Aber ich will keine Frau, die sich uns nur körperlich öffnet.«

Der letzte Satz lässt mich kurz schlucken und meinen Blick von ihm abwenden, was ich gar nicht will. Seine Worte sagen ziemlich genau, dass er meine distanzierte, misstrauische Art nicht leiden kann. Es macht mich kurzzeitig sprachlos und verpasst mir einen Stich. Das seltsame Gefühl, als wäre ich ihnen nicht gut genug, schleicht sich in mir ein. Was wollen sie genau? Eine Freundin? Oder Geliebte?

Aber ich weiß nicht, ob ich kann, weil ich es nicht gewohnt bin, mich anderen anzuvertrauen, weil es viele Dinge gab, die mich verletzt haben oder die es mich oft bereuen ließen, mich Menschen anvertraut zu haben. Allerdings wäre es nur Vertrauen auf Zeit.

»Es muss nicht heute sein, Maron.« Das Rauschen der

Wellen und der leichte Wind machen die Stimmung für mich einzigartig, sodass ich wirklich sprachlos bin und nicht weiß, was ich antworten soll. Gerade in diesem Moment möchte ich nichts antworten, bloß nicken und endlich zur Villa fahren. Dieser Restaurantbesuch hat doch mehr verändert als der Abend zuvor.

»Wirst du es zumindest versuchen?«

Mit zwei Fingern hebt er mein Kinn an, um in meine Augen zu sehen, damit ich ihm nicht ausweichen kann. »Denn ich habe keine Lust, mich nur um deinen Hintern zu sorgen. Du sollst die Zeit mit uns verbringen – und zwar mit deinem Körper *und* deiner Seele.«

In dem Moment fallen mir die Augenblicke ein, wenn er mir angemerkt hat, wie ich in Gedanken war. Immer wieder fällt mir auf, welch ein aufmerksamer Beobachter er ist.

Für einen winzigen Bruchteil einer Sekunde schließe ich die Augen, bis ich zu ihm aufsehe.

»Ich werde es versuchen.« Wie noch nie zuvor komme ich mir nackt vor, was mich verwirrt, weil ich ansonsten das Gefühl nur von früher kenne.

»Das reicht mir vorerst.« Mit einem schiefen Lächeln gibt er mich nach einem Kuss frei. »Nur vergiss nicht: Ich behalte dich weiterhin im Auge.«

»Das glaube ich dir sogar«, antworte ich ihm, als sich das seltsame Gefühl in mir auflöst. Mit den Fingern fahre ich über meine Stirn, bevor ich zum Porsche gehe und wir kurz darauf weiterfahren.

Als wir die Villa erreichen und keiner etwas spricht,

atme ich erleichtert auf, nicht nur wegen des Gesprächs bin ich etwas verwirrt, sondern auch wegen des heißen Luxusschlittens und des Abends, den ich vorbereitet habe. Doch gerade jetzt kann ich nicht klar denken, weil zu viele Gedanken in meinem Kopf herumschwirren.

Bevor ich die Schlüssel abziehen kann, steht Gideon neben mir und hält mir die Tür auf.

»Ich könnte mich an deinen Fahrstil gewöhnen.« Ich lasse mir von ihm aufhelfen.

»Und ich mich an den Wagen.« Ich werfe einen flüchtigen Blick zum Lenkrad, dann verschließe ich die Tür. Gideons Hände liegen um meine Taille.

»Die Fahrt hat mir zumindest etwas über dich verraten«, raunt er dicht vor meinen Lippen und seine Augen ziehen sich unmerklich zusammen. »Du kannst Angst zeigen.«

Ich neige meinen Kopf, um seinem Blick auszuweichen. Wenn er wüsste, wie sehr ich Angst zeigen kann – dafür habe ich zu viel durchgemacht. Um nicht länger von seinen Worten an die Vergangenheit erinnert zu werden, greife ich nach seiner Hand, um die Uhrzeit abzulesen. Es ist kurz vor zehn.

»Wir treffen uns um elf im Spielzimmer«, sage ich und löse mit meinen Händen seine von meinem Kleid. Aber er lässt nicht locker. Hat er mich überhaupt verstanden? »Das war ein Befehl. Also halte dich …« Eine Hand wandert meinen Nacken hoch und zieht mich an sich. Für eine Sekunde bleibt mir der Atem weg, als er meine Mundwinkel küsst und seine Lippen kurz darauf auf meinen Lippen liegen.

»Vergiss die Befehle«, höre ich ihn dicht vor meinem Mund. Verdammt, ich muss aufhören, mich von ihm ständig küssen zu lassen. Ich versuche ihn von mir zu drängen, obwohl ich es eigentlich nicht will. Viel lieber würde ich mich weiter von ihm küssen lassen. *Zieh die Notbremse!* – schreit meine Vernunft.

Ich weiche ihm geschickt aus.

»Tut mir ehrlich leid, Gideon, aber der Abend gehört mir. Genauso wie dein ganzer Körper.« Ich hebe eine Augenbraue und schreite auf das Haus zu. Gut so. Natürlich muss ich warten, bis er mich einlässt, weil ich keine Schlüssel habe.

Kaum betreten wir das Anwesen, falle ich Lawrence vor die Füße, der die Treppe heruntergeht und ein mürrisches Gesicht macht, als hätte er auf etwas Bitteres gebissen. An den Blick könnte ich mich gewöhnen.

»Wo seid ihr gewesen?«

»Ich habe sie zum Essen eingeladen. Sie sah etwas hungrig nach dem Vorfall von gestern Nacht aus.« Ich beiße auf die Zähne, um mir nicht anmerken zu lassen, dass es in den wenigen Stunden um mehr als bloß ein Essen ging.

»Sie sieht immer noch hungrig aus«, bemerkt Lawrence mit einem hinterhältigen Grinsen.

»Um elf im Spielzimmer«, sage ich bloß und gehe an ihm vorbei. »Vergesst nicht, Dorian mitzubringen.« Auf den Lügner freue ich mich ganz besonders, weil er von den dreien bisher für mich am undurchschaubarsten ist.

»Er wird sich auf dich freuen. Jane hat ihm eine gehörige Szene gemacht«, höre ich Lawrence hinter mir.

Das glaube ich ihm zu gern, sie muss keine Erfahrung mit dieser Art Männer haben. Dafür habe ich einen ganz besonderen Plan, um mich ebenfalls für den heißen Sex von gestern Nacht zu bedanken.

13. KAPITEL

Zusammen mit Jane gehe ich den Plan durch, stelle die Gläser auf den Pokertisch und dimme das Licht. Obwohl ich Jane als etwas zurückhaltend eingeschätzt habe, ist sie von dem Plan begeistert. Vielleicht deswegen, weil ihr nichts passieren kann.

Sie hüpft fast vor Freude und ich bin etwas froh, sie bei mir zu haben. Denn drei Männer wären selbst für mich eine kleine Überforderung. Ich beuge mich zu ihr vor und richte ihre schwarze Korsage, die etwas hochgerutscht ist. Wir tragen fast die gleiche Unterwäsche und ich kann kaum ihre Blicke erwarten, wenn sie begreifen, dass sie zwei Frauen erwarten werden.

»Also gut. Möge das Spiel beginnen.« Ich schenke ihr ein zuversichtliches Lächeln. »Überlass alles mir und achte nur darauf, dass sie sich an meine Befehle halten.«

»Wie Ihr befielt«, antwortet sie und macht einen Knicks. Irgendwie gefällt mir ihre Art.

Schon klopft es, bevor ich an der Tür bin und mit einem Lächeln tief Luft hole. Ich öffne die Tür und vor mir stehen die drei Brüder mit neugierigen Blicken, die mich nicht beeindrucken. Mit einem Schritt zur Seite mache ich ihnen Platz, damit sie eintreten können, und sehe Lawrence, wie er auf mich zusteuert.

»Wehe, du fasst mich an, ohne dass ich es dir erlaubt

habe.« Finster funkele ich ihm entgegen, obwohl er das Gesicht beleidigt verzieht, sodass meine Gesichtszüge ins Wanken geraten.

»Du machst mit?«, höre ich Gideon zu Jane sprechen, die ihre Hände in ihre Hüfte stemmt und ihren Kopf neigt. Sie antwortet nicht, wie ich es ihr gesagt habe, sondern starrt ihn weiter an.

»Die Regeln«, beginne ich, als ich die Tür hinter mir geschlossen habe. »Erstens: Ihr stellt euch hinter die Stühle und entkleidet euch. Zweitens: Es werden keine Fragen gestellt.« Lange blicke ich zu Gideon, der sich mit einem kritischen Blick durch sein Haar fährt. »Wenn, dann werdet ihr aufgefordert, eure Fragen loszuwerden. Verstanden?« Meine Stimme klingt streng und äußerst gefährlich. Sie nicken zustimmend.

»Dann ausziehen!« Sie stellen sich jeweils hinter einen Stuhl am Pokertisch und ziehen ihre Jacketts aus. Gott, ich liebe es, wenn sich ein Mann vor mir auszieht, mit einem Blick, der misstrauisch ist, so als könnte ich wirklich bösartig werden.

»Ich könnte etwas Hilfe gebrauchen«, höre ich Lawrence, der zu mir aufsieht, als er sein Hemd aufknöpft. Ich gehe in geschmeidigen Schritten auf ihn zu. Er wirft mir ein Lächeln entgegen, bis ich mir ein Handgelenk von ihm schnappe und es hinter seinem Rücken festhalte. So fest, dass er sich nicht daraus befreien kann. »Jetzt wirst du es noch schwerer haben, dich auszuziehen. Wie schade.«

Ich höre Dorian und Gideon lachen, die sich bis auf ihre Shorts von der Kleidung befreit und ihre Sachen neben sich auf einen Haufen gelegt haben. Ich nicke Jane zu, die sofort ihre Kleidung wegräumt. Gideon zieht die Augenbrauen zusammen.

In seinen Augen kann ich seine Frage lesen, aber er fragt nicht, als sich unsere Blicke kreuzen.

Als Lawrence mit einer Hand auch so weit ist, gebe ich ihn frei, um das Hemd auszuziehen. »Da du dich nicht an die Befehle gehalten hast, darfst du vor uns zwanzig Liegestütze machen.« Er verzieht sein Gesicht lässig, als ob es kein Problem wäre. »Aber zuerst ...« Ich deute mit einer Handbewegung auf die Shorts. »Ausziehen!«

Jane räumt auch seine Kleidung weg und stellt sich zu mir, als Lawrence langsam in die Knie geht. Ich mustere seinen muskulösen Körper, seine dunklen Tattoos und das zusammengebundene Haar. Sein Hintern sieht wirklich zum Anbeißen aus, als er sich auf den Händen vornüber abstützt und mein Blick zu seinen sehnigen Unterarmen wandert, weiter zu seinen Händen. Auf einer Hand sehe ich ein Tattoo, das sich bis auf den Handrücken zieht. Anscheinend stört es seinen Vater nicht, dass sein Sohn sich als zukünftiger Geschäftsmann tätowieren ließ. Oder er war sein bevorzugter Sohn, dem er mehr durchgehen ließ, falls er konservative Ansichten vertritt. Aber gerade jetzt fasziniert mich der unglaubliche Anblick sehr.

Ich werfe einen Blick aus den Augenwinkeln zu den anderen beiden, die uns von hinten beobachten.

»Ihr setzt euch.« Sie nehmen auf ihren Stühlen Platz. »Und du darfst anfangen!«, befehle ich Lawrence mit einer zuckersüßen Stimme. »Ich will sehen, wie du deinen Hintern bewegst.« Er knurrt leise, aber macht es. Es sieht wirklich toll aus, wie er die ersten zehn Liegestütze macht und sich seine Muskeln unter der Haut wölben.

»Was sagst du, Jane? Gefällt es dir?« Ich verschränke die Arme. Sie setzt einen abwägenden Blick auf, dabei zieht sie ihren Zeigefinger zu den Lippen.

»Ich sehe ihn noch nicht schwitzen. Wir sollten ihn nach gestern Abend dreißig machen lassen.« Ich nicke zufrieden über ihren Vorschlag und gehe vor Lawrence' Gesicht in die Knie. »Du hast es gehört, Hübscher. Dreißig. Und etwas schneller bitte, denn wir befinden uns in keinem Seniorensportclub.« Mein spöttisches Lächeln gefällt ihm nicht, aber er macht es trotzdem, ohne mit einer schlagfertigen Antwort zu kontern.

Mit meinen Fingern streiche ich über seine Wange und zähle weiter mit, beobachte sein Muskelspiel auf den Schulterblättern und Oberarmen. Herrlich! Ich könnte ihm Stunden dabei zusehen, ohne müde zu werden. »Stopp! Du darfst aufhören.«

»Keine Schläge?«, fragt er. Auf den Moment habe ich nur gewartet.

»Wenn du schon jetzt darauf bestehst.« Schnell erhebe ich mich und lasse mir von Jane meine Peitsche geben, an der acht Kugelketten aus Metall daran befestigt sind. Sie ist nicht meine Lieblingspeitsche, dafür eignet sie sich für Lawrence' Regelverstöße. Die Kugeln werden einen hübschen Abdruck hinterlassen. Kurz drehe ich sie, halte sie fest im Griff, aber schlage nicht zu.

»Weitere zehn Liegestütze!«, fordere ich und er macht

sie, ohne zu murren, bis ich mich neben ihn knie, zu den beiden anderen blicke und mit einem Lächeln Lawrence' Arsch spanke. Ich schlage nur auf eine Poseite, die andere hebe ich mir für später auf. Ein Knurren ist zu hören, weil ich nicht zu sanft zugeschlagen habe, aber auch nicht zu fest. Dann folgen weitere zwei Schläge und seine zehn Liegestütze hat er brav in der Zwischenzeit erledigt.

»Du darfst aufstehen und dich zu den anderen an den Tisch setzen.«

Als sie am Tisch sitzen, nehme ich auf der Tischkante Platz und greife nach den Karten. »Die Regeln des Spiels sehen wie folgt aus.« Die drei behalten mich genau im Blick, mustern meine schwarze Korsage, meine halterlosen Strümpfe, meinen schwarzen Spitzentanga, der die Male auf meinem Po freigibt, und die Bänder an den Handgelenken, die in fingerlose Handschuhe übergehen. Ich streiche mir eine Haarsträhne schräg aus der Stirn, bis ich jeden einzeln ansehe.

»Ihr pokert, während wir eure Schwänze im Blick behalten. Solltet ihr unseren Anblick nicht ertragen und sie etwas zwischen eure Lenden regen ...« Ich neige meinen Kopf kurz unter den Tisch zu Gideons Schwanz, der leicht erigiert ist. Ich hebe eine Augenbraue und er zuckt bloß die Schultern. »Dann erwartet euch eine Bestrafung.«

Dorian meldet sich, sodass ich fast kichern muss. »Ja?«

»Darf ich etwas trinken?«

Jane lacht leise, aber bringt ihm ein Glas Wasser, aber keinen Alkohol, wie ich es verboten habe. »Sonst noch Fragen oder Bedürfnisse, die ausgesprochen werden müssen?«, werfe ich in die Runde und mustere die anderen beiden.

»Was erhält der Gewinner des Spiels?«, fragt Lawrence und stützt sein Kinn auf dem Handrücken auf.

»Ist das nicht offensichtlich, Schatz?« Ich blicke von Jane zu ihm, dabei drehe ich geschickt einen Pokerchip zwischen den Fingern.

»Beide?« Gideon hebt die Augenbrauen.

»Ganz richtig. Die anderen beiden werden aber auch nicht leer ausgehen. Versprochen.« Ich zwinkere Gideon zu, durchmische die Karten und verteile sie.

»Auf ein faires Spiel. Möge der Bessere gewinnen.«

Mal sehen, wer am besten pokern kann. Eigentlich würde ich auf Lawrence tippen, weil er ein Pokerface besitzt, aber Gideon liest öfter Gedanken von meinem Gesicht ab und ist nicht schlecht darin, Menschen zu analysieren.

Als sie das Spiel beginnen, ihre Karten heben und den Einsatz festlegen und setzen, erhebe ich mich zufrieden. Mit einem leichten Hüftschwung umrunde ich den Tisch, um die Karten der Spieler zu sehen, und beuge mich über ihre Schultern. Jane beobachtet alles aus der Ecke. Irgendwie scheint sie nicht ganz losgelöst zu sein.

»Wenn du mir weiter in die Karten schaust und ich deine Brüste auf mir spüre, ist das Manipulation«, bemerkt Lawrence, als ich mich weiter über seine Schulter beuge.

»Mache ich dich etwa nervös, Schatz?« Ich seufze theatralisch und streichele über seinen Rücken. Mit den Fingern male ich seine schönen Tattoos nach und merke, wie er tief Luft holt.

»Hör auf damit, ansonsten werde ich mich nicht mehr an deine Befehle halten und dich vor allen vögeln.«

Ich beginne zu lachen, weil seine Drohung wie Honig auf der Zunge zergeht und ich es nicht verhindern kann, es mir vorzustellen.

»Das werden wir sehen. Wenn du so weitermachst ...« Ich zische und nicke auf seine Karten. »... wirst du heute niemanden vögeln.«

Seine Muskeln spannen sich an und er steht kurz davor, seine Drohung wahr zu machen. Aber das würde er nicht riskieren – oder doch? Ich bemerke Dorians Blicke, bis ich mich erhebe und auf ihn zugehe. Oh, er hat die besseren Karten der drei – bisher. Doch als ich über seine Schulter blicke, ihn anfasse und seinen Nacken küsse, spüre ich, dass er nicht mehr lange meinen Berührungen standhält. Sein Prachtstück ist bereits auf dem besten Weg, ihn meine erste Bestrafung spüren zu lassen.

»Jane.« Ich winke sie zu mir und wende mich von Dorian ab, um ihr etwas ins Ohr zu flüstern. Sie nickt und lächelt.

»Dorian hat als Erster seine Bestrafung verdient. Legt die Karten verdeckt auf den Tisch.«

Von Gideon höre ich ein leises Lachen, während Lawrence unter den Tisch sieht.

»Mann, du hältst auch keine zehn Minuten durch«, beschwert er sich.

»Was kann ich dafür, wenn sie mich mit ihren Berührungen scharf macht«, protestiert er und blickt etwas finster zu mir.

»Steh auf, du hast die Aufgabe, Jane von deiner Zungenfertigkeit zu überzeugen.« Er kneift die Augenbrauen zusammen, aber er nickt, als wäre es keine wirkliche Bestrafung für ihn. Wenn er wüsste. Manchmal ist die eigentliche Bestrafung nicht ein Peitschenschlag, gefesselt oder geknebelt zu werden, sondern es gibt viel nervenaufreibendere, die einen nicht nur körperlich an die Grenzen bringen. Und genau diese werde ich heute Abend gegen sie verwenden.

Jane geht zu ihm, küsst ihn und legt sich langsam mit dem Rücken auf den Spieltisch. Dann fahren seine Hände über ihren schlanken Körper, weiter hinab zu ihrem Tanga und streifen ihn von ihren Oberschenkeln. Ich beobachte beide, während Lawrence und Gideon das Geschehen auf dem Tisch interessiert im Auge behalten.

Als Jane sich auf dem Tisch räkelt, ihre Hand in Dorians Haar vergräbt und lauter atmet, sehe ich, wie es die anderen anmacht. Erst Gideon, dann Lawrence. Jane wölbt ihren Rücken durch, als sie von Dorian geleckt wird, atmet lauter, bis es in ein Stöhnen übergeht. Anscheinend ist Dorian ebenfalls so begabt darin wie Gideon, Frauen schnell zum Orgasmus zu bringen. Jane verschränkt ihre Beine um seine Schultern, während Dorian vor dem Tisch kniet und sie leckt. Bei dem Anblick werde ich selber etwas unruhig und würde am liebsten mit ihr tauschen, aber ich hole tief Luft, verschränke die Arme vor der Brust und versuche das Zucken in meinem Unterleib zu ignorieren. Plötzlich kreuzen sich Lawrence' und mein Blick. Er starrt mich ungeniert an und hebt eine Augenbraue. Dann formt er seine

Lippen zu einem: »Du willst es doch auch.«

Ein heißer Schauder wandert über meinen Rücken, während ich die Peitsche fester umfasse, sodass es fast weh tut. Jane stöhnt immer lauter, ruft Dorians Namen und krallt ihre Hand fester in sein Haar, die andere um die Spieltischkante, bis ihr Körper anfängt zu zittern und sie ihren Kopf zurückwirft. Meine Brustwarzen werden steif und kribbeln, sodass ich am liebsten zu Dorian gehen und Jane durch mich austauschen würde.

»Sehr gut, das reicht!«, stoppe ich Dorian. Ich ziehe mit den Fingerspitzen einen Penisring aus dem Dekolletee und lasse ihn unbemerkt in meiner Hand ruhen. »Du darfst dich wieder setzen.« Dorian nimmt Platz, während ich Jane vom Tisch aufhelfe und spüre, wie ihre Beine leicht nachgeben und sie kurz braucht, um gegen das Schwindelgefühl anzukämpfen. »Gideon, du stehst auf«, fordere ich von ihm, ohne ihn anzusehen. Jane schicke ich auf einen Stuhl, bevor ich zu Gideon gehe.

Mal sehen, wie ihm mein kleines Geschenk gefällt. Ohne mir etwas anmerken zu lassen, gehe ich vor ihm auf die Knie und lächele unschuldig.

»Wenn das eine Bestrafung werden soll, finde ich sie großartig.« Er streicht über mein Haar, als ich mit meinen Fingern seinen erigierten Phallus streichele. Er sieht einfach perfekt aus, wunderschön prall, von feinen Adern durchzogen und in einem herrlichen Rot. Ohne meinen Blick von ihm abzuwenden, nehme ich ihn in den Mund und streife den Penisring über seine Eichel, die perfekt zwischen meine Lippen passt. Ich könnte ewig weitermachen. Das unglaubliche Kribbeln zwischen meinen Beinen ist kaum noch zurückzuhalten. Gideon bemerkt den Ring und weitet die Augen, als ich zu ihm aufsehe.

»Verflucht! Willst du, dass ich die gesamte Partie einen Steifen habe?« Ich löse die Lippen langsam von seiner Härte und schmunzle unschuldig.

»So sieht deine Bestrafung aus, bis ich dir erlaube, ihn abzunehmen.« Lawrence und Dorian wissen noch nicht, was los ist, bis sie den wunderschönen schwarzen Metallring um seine Eichel sehen. Wenn ich es will, könnte ich ihn ärgern und den Ring weiter über den Schaft ziehen, aber vorerst reicht mir der Anblick, um mir mit der Zunge zufrieden über die Lippen zu fahren.

»Herzlichen Glückwunsch, dann werde ich die Ladys wohl heute Nacht flachlegen können«, höre ich Lawrence. Ich erhebe mich, als der Ring perfekt hinter seiner Spitze sitzt und das Blut herrlich in seinem Geschlecht pulsiert und er dicker wird.

»Freu dich nicht zu früh, Schatz. Deine Karten sagen leider etwas anderes.« Sofort verdüstern sich Lawrence' Gesichtszüge, bevor er seine Hände zu Fäusten ballt. »Ihr dürft mit dem Spiel fortfahren.«

»Das ist wirklich nicht sehr freundlich von dir, Maron. Vergiss nicht, dass ich dich zum Essen ausgeführt habe«, sagt Gideon und nimmt auf seinem Stuhl Platz. Ich beuge mich zu ihm herab.

»Das ist die Rechnung für das sehr aufschlussreiche Essen, Gideon.« Ich hoffe, er weiß, was ich meine. Denn er ist einen Schritt zu weit gegangen, als er mein Telefonat mit Luis belauscht hat. Ich gebe ihm einen Kuss auf die Lippen, dann stelle ich mich zu Jane, während sie weiterspielen.

Weil es mir allmählich zu langweilig wird, zwinkere ich ihr zu und sie weiß, was als Nächstes folgt. Das wollte ich seit langer Zeit wieder ausprobieren. Sie umfasst meine Taille und zieht mich näher an sich, um mit ihren Fingerspitzen über meine enge Korsage zu fahren. Ich werfe den Kopf zurück, als ihre Hände meinen Körper streicheln und sie meine Schlüsselbeine küsst. Gott, fühlt sich das gut an und sofort sind die Blicke der Männer auf uns gerichtet.

»Seid ihr nicht mehr ganz dicht?«, beschwert sich Lawrence, aber ich ignoriere sein Machogetue. Stattdessen drehe ich mich zu Jane um und lasse mir von ihr meine Korsage langsam öffnen. »Du machst das so bezaubernd, wie es nur eine Frau kann.« Ich spüre ihren Atem auf meinem Rücken, als ich mich kurz herabbeuge, um mit meinem Po über ihre Beine zu streichen und wieder aufstehe. Dabei merke ich immer noch die ziependen Schläge, die mich etwas anmachen.

Mein Blick fällt auf die Jungs, die tatsächlich aufgehört haben zu spielen und zu uns starren. »Weiterspielen!«, befehle ich und schwinge meine Peitsche mit einem kalten Blick. Ausnahmslos haben alle drei versagt. Sie haben einen Ständer, als würden sie uns jeden Moment vernaschen dürfen. Gut, bei Gideon sieht es noch etwas appetitlicher aus. Trotzdem spielen sie mit einem Murren weiter und flüstern sich leise etwas zu, was mir nicht gefällt.

»Mach weiter, Jane, du bist großartig«, töne ich sie an,

als sie meine Korsage Schlaufe für Schlaufe öffnet. Ich drehe mich zu ihr um, streife mit meinen Lippen ihre Schultern und massiere ihren Po, bis ich sie zögerlich küsse und abwarte, wie sie reagiert. Sie macht perfekt bei dem Spiel mit und gibt sich meinen Berührungen hin, bevor ich ihre Korsage öffne und wir beide im nächsten Moment unsere Hüllen fallen lassen, während wir uns küssen. Mit meinen Händen streichle ich ihre festen Brüste, ihre steifen Nippel und beuge mich zu ihnen herab, als ich plötzlich zwei Hände um meine Hüfte spüre und Jane von mir Abstand nimmt.

»Dorian, setz dich hin«, sagt Jane, als ich mich umdrehe und Dorian hinter mir sehe.

»Nein, denn du gehörst mir.«

»Oh, da spricht die Eifersucht«, bemerke ich und lächele ihm nur noch in halterlosen Strümpfen, Stilettos und Tanga entgegen. »Stell dich an die Wand, Hände über dem Kopf verschränkt!«

Ich sehe ein Funkeln in seinen Augen, bevor er lässig durch sein dunkelbraunes Haar fährt, aber meiner Anweisung folgt. »Verdiene sie dir. Gestern hast du sie dir genommen, ohne zu fragen, aber heute ...« Ich drehe meine Peitsche zwischen den Fingern, hole aus und verpasse ihm einen bittersüßen Schlag auf seinen hübschen Hintern. Er bleibt weiterhin an der Wand stehen, aber blickt zu mir. Ein Stöhnen ist zu hören.

»Wolltest du etwas sagen?«, frage ich ihn und treffe mit dem nächsten Schlag seine andere Pobacke. Er zuckt zusammen und ich höre ein Knurren. Ich werde es nicht übertreiben, obwohl er sich gestern an meinem Arsch austoben konnte. »Setz dich an den Tisch. Wenn du uns ein weiteres Mal unterbrichst, wirst du aus der Runde ausscheiden!«

Dorian dreht sich um, während sein Hintern einen wunderschönen Rosaton annimmt und die Kugelabdrücke der Ketten zu sehen sind. Er kommt auf mich zu, umfasst mein Kinn und faucht mir entgegen.

»Du hast meine Karten gesehen. Ich werde nicht verlieren. Danach mach dich auf eine schlaflose Nacht bereit, Noir.« Dabei spricht er meinen Namen betont langsam aus. Nie hätte ich von ihm erwartet, dass er mir droht. Von Lawrence ja, aber nicht von ihm. Missbilligend hebe ich eine Braue und besehe seine Drohung mit einem Lächeln.

»Ich kann es kaum erwarten, mon chéri«, flüstere ich in sein Ohr, damit es die anderen nicht hören. Er küsst mich flüchtig, bevor er sich wieder an den Tisch setzt. Durch seine Drohung wird mir klar, ihn unterschätzt zu haben. Er hat mich zuvor belogen, mir als Erster gestern den Hintern versohlt und mich gevögelt. Von ihm hätte ich es nicht erwartet und es breitet sich ein ungutes Gefühl in mir aus. Es wird auf jeden Fall interessant.

Als ich zum Tisch gehe und sie bereits alle drei in der dritten Einsatzrunde mitgegangen sind, schaue ich zu den Karten. Bisher hat Dorian wirklich das höchste Blatt. Aber es könnte sich nach dem River ändern. Während Dorian etwas unruhig auf seinem Hintern sitzt und Gideon einen wundervollen prallen Schwanz hat, ist Lawrence völlig entspannt. Dem sollte ich auf die Sprünge helfen.

»Es soll Glück bringen, wenn die Freundin während eines Spiels bei seinem Partner ist, nicht wahr?«, frage ich Lawrence mit einem himmlischen Augenaufschlag. Ich gehe zu ihm und fahre mit meinen Fingern über seine Brust, dann über sein Haar, durch das ich am liebsten mit den Fingern fahren möchte.

»Nicht in diesem Fall. Du bist wirklich ein Teufel, den ich vor der Tür eines jeden Casinos stehen lassen würde.«

»Das ist aber nicht sehr freundlich, wo ich gestern Bekanntschaft mit deinem Vater machen durfte. War ich nicht brav?« Ich schaue ihm tief in die Augen und ziehe eine Braue hoch. »Ich habe mich benommen und gerne deine kleine Anwältin abgegeben. Dafür sollte ich mich bedanken.«

Ich steige auf seinen Schoß und nehme ihm die Sicht auf den Spieltisch. Es fühlt sich großartig an, wie er mich mit einem verkrampften Blick ansieht, der dabei von meinen Brüsten auf den Tisch wechselt. Zwischen meinen Beinen merke ich, wie sich etwas regt. Ich schmiege mich fest an seine Brust, lecke mit der Zunge über seinen Hals, weiter seine Wange hoch zu seinem Ohr.

»Du törnst mich von allen am meisten an diesem Tisch an«, raune ich ihm zu, sodass nur er es hört. Sein erigierter Schwanz presst sich an meine Pussy, die es kaum erwarten kann, bis er die Kontrolle verliert. »Spürst du, wie ich vor Verlangen fast vergehe?«

Meine festen Brustwarzen drücken gegen seine Haut, und ich keuche leise in sein Ohr. Sofort sind seine Hände auf meinen Pobacken, während ich langsam über seinen

Schwanz mit meinen Schamlippen reibe und stöhne. Nur der Stoff meines Spitzentangas stellt ein Hindernis dar.

»Mann, wie soll ich mich konzentrieren, während du mich um den Verstand bringst mit deinen Bewegungen! Geh von mir runter!«

»Das willst du wirklich? Vielleicht ändere ich für dich die Spielregeln, Schatz?«, raune ich ihm entgegen, während ich flüchtig zu Gideon blicke, dessen Mund offen steht. Ihm scheint es zu gefallen, was ich mit seinem Bruder anstelle. Aber leider kann ich mich nur einem zuwenden. »Du könntest mich sofort auf dem Tisch hart ficken. Gott, spürst du, wie feucht du mich machst?« Sofort springt Lawrence auf meine Worte an – wie ich selber auch.

Ich spüre, wie feucht mein Tanga ist. Ein Knurren ist zu hören, als er mich an der Taille packt, mich auf den Spieltisch setzt und mit der Hand auf meinen Bauch drückt. Etwas unsanft komme ich auf dem Tisch auf, als er meinen Tanga von mir zerrt und ich seine Finger in mir spüre, die feucht über meine Klit reiben. »Du bist so geil, dass ich aussteige und dich sofort nehme.« Er schiebt mich näher zu sich, als ich einen Fuß hebe und ihn gegen seine Brust stemme.

»Nicht weiter!«, rufe ich. »Setz dich!« Ich winke Jane zu mir, die Lawrence zurückhalten soll. Wütend rast eine Faust gegen den Tisch, aber Lawrence nimmt wieder Platz.

»Das wirst du büßen, Kleine. Ich werde dir kein einziges Mal mehr die Chance geben, Befehle zu erteilen!«, bringt er zähneknirschend hervor, streift sich eine Haarsträhne hinter sein Ohr und mahlt auf dem Kiefer. Mit einem zarten Lächeln erhebe ich mich.

»Das werden wir sehen. In Wahrheit liebst du es, wenn du nicht sofort das bekommst, was du willst.« Meine Stimme ist gefährlich, obwohl mich das heiße Gefühl immer noch im Griff hat. Allein ein Blick auf seine Härte macht mich verrückt.

Mit Jane gehe ich eine Runde um den Tisch und sehe mir ihre Karten erneut an. Plötzlich sehe ich, dass, wenn Gideon Glück hat, er ein Full House haben könnte. Aber ich lasse mir nichts anmerken.

»Hast du auch Appetit auf etwas Süßes?«, frage ich Jane und auf ihrem Gesicht ist ein Lächeln zu erkennen.

»Klar, wieso nicht? Ich langweile mich hier langsam zu Tode«, antwortet sie und gähnt aufgesetzt hinter vorgehaltener Hand. Sie hat es ziemlich schnell raus, die Jungs zu reizen. Das gefällt mir.

»Ich glaube«, ich gehe zu einem der Schränke und öffne die Fächer, »hier irgendwo Schokolade gesehen zu haben.«

»Wirklich?«, fragt sie interessiert.

»Ja.« Ich öffne die Tür und beuge mich mit leicht auseinandergeschobenen Beinen und einem Hohlkreuz auf das tiefer gelegene Regalbrett herab. Ich weiß, dass ihre Augen auf die tolle Aussicht, die ich ihnen biete, gerichtet sind, bevor ich eine Schüssel mit Schokoladensauce hervorhole und meine Augen vor Freude strahlen.

»Du hast sie versteckt?«

Ich zucke mit den Schultern, stelle die Schüssel ab und tauche einen Finger in die Sauce, an dem ich daraufhin genüsslich lecke. Die Schokolade zerschmilzt auf meiner

Zunge, während ich die Augen schließe.

»Göttlich. Willst du auch?«, frage ich Jane, die eifrig nickt. Ich rühre mit meinem Finger in der Schokolade, bis ich zwei hebe und sie ihr reiche. Doch auf dem Weg dorthin kleckere ich auf ihre Brüste.

»Oh, wie ungeschickt von mir.« Sie greift nach meinem Handgelenk und leckt mit ihrer Zunge genüsslich meine Finger ab, während ich mich zu ihr herabbeuge und die Schokolade von ihrer Haut lecke. Dabei stöhne ich und halte ihre Hüfte umfasst.

Aus den Augenwinkeln sehe ich, wie wir die ungeteilte Aufmerksamkeit der Gentlemen auf uns gezogen haben. Ich lasse sie uns weiter anstarren, bis ich Jane mit mehr Schokolade überziehe, sie ihre Hand ebenfalls in der Schüssel versenkt und mir Linien auf die Haut malt. Sie leckt mir die Schokolade vom Bauch, von meinen Brüsten und streicht sie über meine Arme, dann fängt sie an mich zu küssen. Auf ihrer Zunge schmecke ich die Schokolade, spüre ihr Piercing und schließe meine Augen.

»Hm«, bringe ich hervor, als ich meine Finger erneut ablecke, sie zu mir hochschiebe und merke, wie die drei Brüder plötzlich über irgendetwas diskutieren. Ist das Spiel schon vorbei, ohne dass ich es bemerkt habe?

»Solch ein verfluchter Mist!«, höre ich Gideon, der die Karten auf den Tisch wirft und aufsteht. Langsam löse ich mich von Jane und gehe zu ihnen an den Tisch, an dem Lawrence zufrieden grinst.

»Heute Nacht gehörst du mir, Kätzchen.«

»Was ist mit Dorian?« Ich stemme die Hände auf den

Tisch, um den River zu sehen und in meinem Kopf die Karten zu vergleichen. Lawrence hat ein …

»Vierling?«, spreche ich laut aus und kann es kaum glauben. Plötzlich spüre ich Lawrence hinter mir, wie sein Schwanz gegen meinen Po presst. Seine Hände umfassen meine Brüste und pressen mich an sich.

»Ganz genau. Wir werden viel Spaß haben.« Ungläubig blicke ich von Dorian zu Gideon, die finstere Gesichter ziehen. Schon hebt mich Lawrence hoch, leckt über meinen schokoladenüberzogenen Hals und will mit mir das Zimmer verlassen.

»Hey, lass mich runter!«, protestiere ich, weil ich meine Peitsche vergessen habe.

»Auf keinen Fall. Jetzt habe ich das Sagen.« Er trägt mich aus dem Raum, läuft über den Gang nicht zu seiner Etage hoch, sondern zum Hinterausgang in den Garten hinaus.

»Was ist mit Jane? Du vergisst, dass ich das Sagen habe.«

»Nicht mehr. Deine Spielchen sind ganz niedlich, aber jetzt will ich nicht mehr spielen, sondern dich die ganze Nacht ficken, bis du dir keine neuen Spielchen mehr ausdenken kannst.«

Seine Stimme ist rau und macht ihn bedrohlich, aber ich werfe ihm einen kurzen Blick zu, um ihn zum Stehenbleiben zu bewegen.

Als ich zum Sprechen ansetze, streckt er plötzlich seine Arme mit mir aus und lässt mich mit einem entsetzten Blick von mir in den Pool fallen, sodass ich Wasser schlucke. Dieser verdammte arrogante Mistkerl!

Zu schnell tauche ich ins angenehm kühle Wasser, bevor ich schreien kann. Mit schnellen Schwimmzügen tauche ich auf, um nach Luft zu schnappen. Nicht lange und ich sehe, wie er in einem leichten Hechtsprung bei mir im Wasser ist. Ich will an den Rand schwimmen, um mich herauszuziehen, als mich Hände um meine Hüfte daran hindern und zurückzerren.

»Zuerst sollten wir dich von dem süßen Zeug befreien.« Seine Hände sind überall, auf meiner Schulter, meinem Bauch, meiner Hüfte zwischen meinen Beinen. Ich drehe mich zu ihm um und blicke ihm scharf entgegen.

»Du hast die Regeln nicht begriffen, Lawrence.«

»Doch, das habe ich.« Seine Hände streicheln meinen Bauch und massieren meinen Kitzler, als ich nach seiner Schulter greife und ihn unter Wasser drücke. Mit schnellen Zügen erreiche ich den Rand und ziehe mich aus dem Wasser. Am Hinterausgang stehen die anderen und verfolgen unser Katz-und-Maus-Spiel.

Ich stehe auf und laufe über den Rasen auf sie zu, als Lawrence mich an der Hand erwischt, mich umdreht und mich stürmisch küsst. Dabei bleibt mir fast der Atem weg. Er ist so gierig, so besessen. Seine Hände sind überall und ich kann es kaum erwarten, bis er sich holt, was er verdient. Ich taste über seine durchtrainierte Brust seine Bauchmuskeln hinab, bis zu dem, nachdem ich giere. Zwischen meinen Fingern massiere ich sein halb erigiertes Glied und hebe mich auf die Zehenspitzen.

»Leg dich hin. Ich will dir deine Belohnung schenken.«

»Geht doch.« Sein höhnisches *geht doch* kann er sich sparen. Auf dem Rasen zieht er mich mit sich herab, während seine Küsse hungrig sind, seine Hände mich von meinem Slip befreien und sie sich ihren Weg zwischen meine Beine suchen. Ich knie über ihm, aber löse den Kuss, um zu sprechen, als er mich hochhebt und mich umdreht.

»Leck meinen Schwanz, Baby, und zwar richtig.« Irgendwie fehlt mir der Wille, es ihm auszuschlagen, weil ich vor Verlangen fast vergehe. Ich beuge mich seinem prallen Schwanz entgegen und lasse meine Zunge an ihm auf und ab gleiten, sauge an ihm, während das Pochen in meinem Becken kaum zu verdrängen ist. Ich will ihn in mir, und zwar schnell.

Mit seiner Zunge verwöhnt er meine Pussy, drückt meine Pobacken auseinander und lässt in schnellen intensiven Zungenbewegungen mich noch feuchter werden. Ich stöhne, während er keucht und ich nicht länger warten will. Mit seiner Zunge dringt er in mich ein, fährt an meinen Schamlippen auf und ab, sodass es mich in den Wahnsinn treibt.

»Gott, fick mich endlich!«, bringe ich hervor, als er stoppt.

»Mit Vergnügen. Aber erst will ich das hier zu Ende bringen.«

»Nein!« Ich drehe mich zu ihm um, aber er gibt mich nicht frei, sondern bewegt seine Zunge weiter in mir, reibt meinen Kitzler, während ich mich wehrlos an seinen Oberschenkeln festkralle. »Nein ... Lawrence ... Ich ... habe ... das ... SAGEN!«, schreie ich, als ich komme und es nicht aufhalten kann. Der Orgasmus ist so intensiv, so heftig, dass ich es zum Nachthimmel schreie und mein Körper unter seinen Berührungen bebt. Dann lässt er von mir ab und ich schnappe nach Luft.

»Jetzt zeige ich, was ich von deinen Regeln halte.« Er rollt mich auf den Rasen, hebt meine Beine hoch und verschränkt sie hinter seinem Rücken, bis er hart in mich eindringt und ich den Kopf zurückwerfe. Ich kann nicht anders als schreien, doch die Schreie verstummen, als eine Hand auf meinen Mund gepresst wird.

»Sch. Wir sind in Dubai. Vergiss das nicht.« Ich sehe Dorians blaue Augen über mir und nicke. »Atme gleichmäßig, damit ich dir nicht wehtue.«

Ich nicke erneut. Für so einfühlsam habe ich ihn nicht gehalten. Schon folgt der nächste Stoß und Lawrence dringt tiefer in mich ein, hebt meine Hüfte höher. Mit den Fingern kralle ich mich in den Rasen. Wie ein Tier stillt er seinen Hunger und ich kann nicht anders als in seine Augen zu blicken, die mich wahnsinnig anziehen, bis ein Schimmer in ihnen zu sehen ist, er seinen Blick von meinem löst und zum Himmel aufsieht, als er kommt und sein tiefes Stöhnen in ein Knurren übergeht.

Die Hitze droht mich zu zerreißen, mein Körper zittert unter jedem seiner Stöße, treffen den empfindlichen Punkt in mir, sodass ich laut schreien will, während ich meine Augen halb schließe. Dorian hält mich davon ab und schenkt mir einen Kuss auf die Stirn. Am liebsten hätte ich in seine Hand gebissen, bis ich die Augen schließe und das Zittern meines Körpers in Wellen durch meine Gliedmaßen wandert. *Das ist der absolute Wahnsinn* – denke ich und hole tief Luft. Meine Finger lockern sich im Gras und ich breite die Arme weit aus, als könnte ich schweben.

»Sieht aus, als hätte es ihr gefallen«, höre ich Lawrence' Stimme. Langsam nimmt Dorian seine Hand von meinem Mund. Es ist mir egal. Das Rauschen in meinem Körper ist unbeschreiblich. Lawrence' Schwanz zieht sich aus mir zurück, während er meine Oberschenkel streichelt und sich neben mir auf die Wiese legt.

»Alles in Ordnung?«, fragt er und ich drehe meinen Kopf in seine Richtung.

»Das war der absolute Wahnsinn. Ehrlich.« Er schenkt mir ein Lächeln und zieht mich näher an sich.

»Freut mich, wenn ich meine Freundin glücklich machen konnte.« Die Worte zerschmelzen wie Eis auf meiner Haut. Sie wirken ehrlich und sanft, wie ich es nicht von Lawrence gewohnt bin. Er hebt mein Kinn und küsst mich, streicht mir eine Haarsträhne aus dem Gesicht und ich schmiege mich eng an ihn. Der herbe Geruch von ihm ist das, was ich will, denn er beruhigt mich und schenkt mir Sicherheit.

Allerdings beginne ich allmählich, trotz seiner Wärme, zu frieren. Mein Haar ist noch nass und meine Arme von Gänsehaut überzogen.

»Wir sollten reingehen, Schatz«, sagt er und hilft mir auf. »Du frierst. Nicht dass du krank wirst und wir in den nächsten Tagen auf dich verzichten müssen«, scherzt er und zieht mich im Gehen an seine Seite. Niemand ist mehr im Garten zu sehen. Ist so viel Zeit vergangen?

»Am besten, ich nehme eine Dusche und gehe gleich schlafen.« Ich gähne hinter vorgehaltener Hand.

»Vergiss es. Du gehörst diese Nacht mir.« Skeptisch blicke ich zu ihm auf. »Gideon hatte dich den gesamten Abend und ...«

»Aber wir haben nicht ...«, unterbreche ich ihn.

»Das interessiert mich nicht, wie er die Zeit mit dir verbringt. Aber wenn ich dich für mich habe, verbringe ich die Stunden so, wie ich es will.« Das ist wieder eine Festlegung, so wie ich es von ihm kenne. »Aber auch so, dass es dir gefällt.«

Eng zieht er mich an seine Seite, als wir die Treppe hochsteigen. Neben mir wirkt er riesig, größer als Gideon, sodass es mir gefällt, wie er beschützend seine Hand um mich legt. Anscheinend steckt hinter der Fassade doch ein mitfühlender Mensch.

Nach einer Dusche in seinem Bad, in der er mir Zeit gibt, mich zu entspannen, wartet er geduldig, bis ich mein Haar geföhnt habe. Lawrence verfolgt mit seinen Blicken jede meiner Bewegungen, wie ich mein langes Haar kämme, mich im Spiegel anschaue und meinen Körper mit dem Handtuch trockne.

Als ich mich mit dem Handtuch um den Körper geschlungen zu ihm umdrehe, greift er nach meiner Hand und schaut mir tief in die Augen, sodass ich ein Kribbeln im Nacken spüre. Sein Blick ist anders als sonst – weicher.

»Komm mit.« Er zieht mich sanft mit sich in sein großes Schlafzimmer, an das sich ebenfalls ein Balkon anschließt und Palmen in Kübeln zu sehen sind. Sein Zimmer ist größer als meines, dabei sieht es etwas chaotisch aus. Zwei Anzüge und Hemden wurden nachlässig über einen Stuhl geworfen, seine Schranktür ist offen, aber sein Bett wurde frisch gemacht, bestimmt von einer Angestellten. Bei dem Gedanken muss ich schmunzeln.

Vor dem Bett löst er mein Handtuch und ich bin gespannt, was er heute Nacht von mir erwartet, weil ich ziemlich müde und ausgelaugt bin. Zumindest fühlt sich mein Körper so an, obwohl mein Geist hellwach ist.

Als das Handtuch neben mir auf den Boden fällt, dreht er mich und wandert mit seinen Blicken meinen Körper auf und ab.

»Wenn du die Haare offen trägst, gefällst du mir am besten.« Er greift nach einer Haarsträhne und riecht daran.

»Dem stimme ich bei dir auch zu.« Ich greife in seinen Nacken und öffne seinen Pferdeschwanz. Keine zwei Sekunden halte ich seinen Haargummi in der Hand und dunkelblonde Strähnen fallen über seine Schulter. Es geht ihm nicht viel länger als bis zum Ansatz der Schulterblätter, dafür gefällt es mir, wenn er sich durch sein Haar fährt. In der Kombination mit dem Dreitagebart und den heißen Tattoos könnte ich schwach werden, weil sein Gesicht umso mehr zur Geltung kommt. Ich verschränke meine Handgelenke um seinen Nacken und ziehe mich zu ihm hoch, um ihn hauchzart zu küssen. Er lässt es zu, ohne stürmisch zu werden oder mich gleich aufs Bett zu werfen. Wie ich ist er immer noch nackt. Ich spüre seine Haut auf meiner, als er mich mit sich dreht und langsam auf das Bett sinken lässt.

»Mach es dir gemütlich. Ich habe eine Überraschung für

dich«, flüstert er mir ins Ohr, bis er sich von mir löst und um die Ecke zu einem Tisch geht. Ich ziehe die Augenbrauen zusammen. Eine Überraschung von Lawrence bedeutet sicher nichts Gutes.

»Ich hoffe keine, die nur dir gefällt.«

»Warte es ab.« Ich höre, wie eine Schublade geöffnet wird, aber kann ihn nicht erkennen. Durch die halb zugezogenen Vorhänge ist kaum etwas in dem Raum zu sehen, bis auf das Bett, worauf ich liege.

Schon höre ich Schritte auf mich zukommen und sehe Lawrence, der etwas hinter seinem Rücken versteckt.

»Sextoys?«, frage ich und versuche von seinem Gesicht abzulesen, ob ich recht habe.

»Warte es ab, habe ich gesagt. Leg dich hin und schließe die Augen.« Ich schüttele den Kopf.

»Bestimmt nicht.« Ein genervtes Stöhnen ist zu hören.

»Muss ich dir wirklich die Augen verbinden, Schatz?« Er verzieht sein Gesicht, als hätte er es nicht wirklich vor, aber er würde es machen, falls ich nicht nachgebe.

»Fein. Aber wenn du an meinen ...«

»Ja, ich weiß, dein Arsch ist tabu, ohne zu fragen. Aber den will ich auch gar nicht.« Ich kneife die Augen zusammen und glaube ihm. Langsam lasse ich mich in die Kissen sinken, lege meine Hände auf den Bauch und schließe die Augen.

»Du siehst aus, als würdest du beten.«

»Klappe«, fahre ich ihn an. »Oder soll ich meine Augen wieder öffnen?«

»Willst du mir etwa drohen?«

»Wenn du dich nicht benimmst.«

Irgendwie mag ich die Auseinandersetzungen mit ihm, weil sie mich jedes Mal zum Schmunzeln bringen und mich noch mehr dazu verführen, ihn zu reizen – was wohl auf Gegenseitigkeit beruht.

Etwas streicht über meine Haut wie eine milde Sommerbrise, was sich unglaublich leicht anfühlt. Was ist das? Aber ich will nicht mogeln und die Augen öffnen. Ich vertraue ihm einfach, auch als er meine Beine etwas auseinanderschiebt und ich seinen Bart leicht über meine Waden weiter hoch zu meinen Oberschenkeln kratzen spüre. Es fühlt sich wahnsinnig gut an, sodass ich sofort mehr davon will. Ohne mich wirklich zu berühren, berührt er mich.

»Ich benehme mich, mal sehen, wie es bei dir ist.« Die Worte verwirren mich, als ich ein hauchzartes Pusten zwischen meinen Beinen spüre, das kitzelt und zugleich meinen Lippen ein Seufzen entlockt. Was es auch ist, sowas hat noch keiner mit mir gemacht. Etwas streicht sanft über meine empfindliche Perle, die sich immer noch hochsensibel anfühlt. Wieder spüre ich einen warmen Hauch, der kühler wird. Dann das Kitzeln zwischen meinen Beinen. Er streicht mit etwas darüber. *Ist es eine Feder?*

»Gefällt es dir?«, höre ich ihn fragen, als ich nicke.

»Es fühlt sich großartig an. Was ist das?«

»Sch. Das erfährst du später. Jetzt will ich, dass du aufhörst zu denken.«

Ich lache leise, weil ich das nicht kann. Egal in welcher Situation, ich muss immer über etwas nachdenken, aber gerade jetzt kommt es mir vor, als würde ich über den Wolken schweben. Das sanfte Kitzeln wird intensiver, reizt meine Nervenbahnen und ich kann das Zittern kaum verhindern. Ich atme tiefer ein, als ich zu spät bemerke, einen Abgrund hinabzustürzen. Der Orgasmus kommt so unerwartet, so intensiv, dass er mich überrollt und ich meinen Rücken durchbiege, bis das sanfte Streicheln in Küsse übergeht.

»Hm ... Ich sehe dir so gerne bei deinen Höhepunkten zu. Dabei öffnest du deine Seele und zeigst dich mir so, wie du bist.«

Die Worte irritieren mich, bevor ich blinzle und Lawrence direkt in die Augen blicke. Ohne ihn über mir gespürt zu haben, stützt er sich über mir ab. Verflucht, wie macht er das? In einem Moment ist er wie eine Raubkatze, unbändig und wild, im nächsten Augenblick verführerisch und einfühlsam.

»Und wie bin ich?«, frage ich leise und hebe eine Augenbraue.

»Verboten süß.« Er küsst meine Lippen und streicht mein Haar aus der Stirn. »Etwas dominant, aber tief in deinem Herzen ...« Mit seinen Lippen streift er samtig zart meine Mundwinkel. »Zerbrechlich.«

Ich hole tief Luft, da mir seine Worte nicht gefallen. Vielleicht weil sie das verraten, was ich wirklich bin. Ich greife reflexartig nach seinen Handgelenken, um mich unter ihm zu befreien, als er sich weiter zwischen meine Beine schiebt und mit einem quälend langsamen Stoß in mich eindringt. Mein Puls beginnt zu rasen. Sosehr ich unter ihm flüchten will, ich kann es nicht. Meine Weiblichkeit will so sehr mit ihm schlafen, während mein Verstand auf Hochtouren läuft, weil ich mich von seinen Worten nackt fühle.

»Lass das ... bitte.«

»Nein.«

Ich löse meine Hände von seinen Handgelenken und kralle mich an seinen Schultern fest, als seine Stöße intensiver werden, aber nicht stürmisch, nur leidenschaftlicher.

»Bitte Lawrence.«

Ich weiß nicht genau, weshalb ich keinen Vanillasex mit ihm will, aber es macht mich gerade verrückt, weil es mich mehr einengt als Dominanzspiele. Es macht mir Angst.

Er schüttelt den Kopf, stützt weiterhin seine Hände neben meinen Schultern ab und küsst mich. Gott, ich will, dass es aufhört, weil mein Herz wie ein Kolibri flattert und ich kaum klar denken kann.

Wieder presst sich seine Hüfte gegen mein Becken, schneller, aber gefühlvoll. Sein Atem streift mein Ohr, beschlägt meinen Hals, während ich unter ihm bebe. Mit langsamen tiefen Bewegungen sammelt sich die Hitze in meinem Becken an und ich könnte aufheulen, weil mich meine Pussy im Stich lässt und ich drohe, gleich zu kommen, während ich ihm ausgeliefert bin. Nein, verflucht! Aber ich kann es nicht verhindern, weil ich überreizt bin, Schlaf brauche und dieser sexy Typ mir gerade die Sinne vernebelt.

»Hör auf zu denken«, flüstert mir Lawrence ins Ohr, bevor ich wirklich aufhöre zu denken und unter ihm komme. Er küsst mich und seine Zunge spielt mit meiner, bis sich unser Atem vermischt, während er kommt, und ich den letzten impulsiven Stoß spüre, als er sich in mir ergießt. Wäre es nicht Nacht, würde er mir die Röte sicher ansehen. Ich schließe meine Augen und kann nicht anders, als mich seinen Küssen hinzugeben.

14. KAPITEL

»Verflucht, was sollte das!«, murmle ich leise, als ich über den Gang laufe und zur Küche will. Ich brauche etwas zu trinken. Meine Kehle fühlt sich trocken und rau an. In diesem einen Moment hätte ich nichts gegen einen alkoholischen Drink, der meine kreisenden Gedanken zur Ruhe kommen lässt. Denn meine Gefühle überschlagen sich von heiß in kalt.

Ich habe so lange gewartet, bis Lawrence neben mir eingeschlafen ist, denn unter keinen Umständen wollte ich länger in seinem Bett an seiner Seite schlafen. Der Gedanke ließ mich durchdrehen. *Hör auf, daran zu denken, schnapp dir etwas zu trinken und geh dich ausschlafen. Du bist völlig übermüdet. Denk an deine Prüfungen* – versuche ich mich abzulenken. Und bei dem Stichwort *Prüfungen* beruhigen sich meine Gedanken schlagartig, weil sich ein mulmiges Gefühl in meiner Magengegend ansammelt.

In der Küche öffne ich den Kühlschrank und sehe nach, was es für ein Angebot gibt. Wow, mehrere Säfte, Milch, Champagner, Weißwein, Joghurtdrinks und Smoothies. Kurz bleibt meine Hand über der grünen Champagnerflasche hängen, bevor ich nach dem Ananassaft greife.

Langsam lasse ich mich auf den kühlen Fliesenboden sinken, lege mich der Länge nach hin und trinke den Saft, bis meine Gedanken wieder zu Lawrence zurückkehren.

Ich muss es wie immer handhaben. Sie sind meine Kunden, ich werde dafür bezahlt. Nur meistens sind meine Kunden nicht so heiß und voller Überraschungen.

»Ist es nicht zu hart auf dem Boden, Kleines?«, fragt jemand und ich drehe meinen Kopf schnell in die Richtung, aus der die Stimme kommt. Gideon sitzt am Tisch mit einer Flasche Bier und schaut mit einem amüsierten Lächeln zu mir herab. Verflucht, ich bin noch nackt, während er Shorts trägt. Sofort verschränke ich meine Beine.

»Schon. Dafür hilft es, meinen Hintern zu kühlen, den ihr malträtiert habt.« Ich wende meinen Blick von ihm ab, nehme einen weiteren Schluck aus dem Tetrapack und ignoriere ihn.

»Du bist wie Law, ständig müsst ihr aus der Packung trinken.« Als ich die Worte höre, verschlucke ich mich fast.

»Dafür spionieren wir nicht anderen hinterher. Immer bist du da, wenn ich Ruhe suche.« Es klingt fast wie ein Vorwurf, das so nicht rüberkommen sollte.

Ich höre den Stuhl über die Steinfliesen schieben und sich mir Schritte nähern, bis Gideon über mir steht.

»Sieh es als Schicksal. Glaubst du wirklich, dass ich damit gerechnet habe, dich hier nachts um halb drei zu treffen? Ich habe Besseres zu tun.«

»Tatsächlich?« Ich bleibe liegen und schaue finster zu ihm auf. »Und warum stehst du kurz vor eins in der Straße, in der ich wohne? War das auch ein Zufall?«

Gideon schnaubt und schüttelt den Kopf, bis er zur Spüle geht und seine Bierflasche in ein Fach räumt.

»Du bist ganz schön frech, dafür dass du von meinem

Bruder durchgenommen wurdest. War der Sex mit ihm nicht befriedigend?« Ich hasse es, wenn er mich reizt.

»Im Gegenteil. Er war ...« Ich schlucke. »Stört es dich nicht, wenn ich vom Sex mit deinem Bruder rede?« Er zuckt teilnahmslos die Schultern, bis er sich neben mich kniet.

»Nicht wirklich. Das ist nicht das erste Mal, dass wir uns eine Frau teilen, Maron.«

Meine linke Augenbraue huscht sofort in die Höhe. Klingt äußerst interessant. Da treffen sich drei erfolgreiche Brüder und teilen sich eine Frau oder eben mehrere. An seinem Blick sehe ich, dass es ihm wirklich nichts ausmacht.

»Also, wie war er?«

»Mag sein, dass ihr eure Sexerlebnisse ausplaudern müsst wie Weiber nach ihrer Entjungferung. Ich tue es nicht.«

»Dann frage ich Law morgen selber. Er erzählt mir immer jedes noch so schmutzige Detail.« Mit einem fiesen Grinsen bietet er mir seine Hand an, um mir aufzuhelfen. Ich lasse mich von ihm hochziehen, aber nicht ohne leise zu fauchen.

»Lass dich nicht aufhalten«, entgegne ich ihm. »Also dann, wenn du nichts dagegen hast, würde ich jetzt schlafen gehen. À demain!«

Ich wende mich von ihm ab, bevor er mich weiter löchert – denn das kann er ziemlich gut – und verlasse die Küche.

Plötzlich steht er neben mir und flüstert bestimmt:

»Schlaf heute Nacht bei mir.«

»Was?«

»Komm schon.« Er versperrt mir mit seinem Arm den Weg. »Ansonsten komme ich heute Nacht zu dir.«

»Nein.« Ich funkele ihm finster entgegen. »Wir sind keine vierzehn mehr und befinden uns in keiner Jugendherberge, wo wir nachts zu den Zimmern der Mädchen rüberwandern, Monsieur Chevalier.«

Ein breites Lächeln ist zu sehen, während er sich mit der anderen Hand verschmitzt durch sein Haar fährt, was ihm etwas Unschuldiges verleiht, wenn ich nicht wüsste, zu was er Verdorbenes in der Lage ist.

»Ich war einer der Ersten, der in die Zimmer gefunden hat, ohne von den Lehrern erwischt worden zu sein.«

»Das glaube ich dir sogar.« Ich muss leise lachen, als ich mir vorstelle, wie Gideon über die Gänge einer Jugendherberge schleicht, um die Zimmer der Mädchen zu finden.

»Also hast du keine Chance. Dein Balkon ist mit meinem verbunden.«

»Und ich habe keinen Schlüssel, ich weiß.« Trotzdem fliegt er hochkant raus, wenn er in mein Zimmer kommen sollte, während ich schlafe.

Ich schiebe seinen Arm beiseite, gähne und steuere auf die Treppen zu. Gerade will ich nichts weiter als schlafen. Verwirrende Gedanken spuken mir bereits zu viele im Kopf herum.

»Dors bien!« Ich hebe eine Hand und lasse ihn zurück. Als ich die Treppen hochsteige, folgt er mir, aber biegt in sein Zimmer ab.

Irgendwie hat ein kleiner Teil von mir gehofft, er würde mir folgen. Aber der vernünftigere Teil schrie förmlich, endlich Ruhe zu brauchen und zu schlafen.

In meinem Zimmer schließe ich die Tür und atme tief durch. *Was für ein Abend.* In meinem Schrank wühle ich nach einem Top und Pantys, damit ich nicht splitternackt dem nächsten Mann zum Opfer falle, dann schiebe ich meine Füße unter die Bettdecke und schließe meine Augen.

15. KAPITEL

Am nächsten Morgen werde ich von einem Klingelton meines Smartphones geweckt. Eine SMS, dann verstummt es wieder. Ich drehe mich um, um weiterzuschlafen, als es wieder klingelt. Am liebsten würde ich es an die Wand werfen, bis mir einfällt, dass es etwas Dringendes sein könnte. Vielleicht eine Nachricht von Luis oder aus dem Krankenhaus? Solch ein Blödsinn, die schicken keine Nachrichten, sondern rufen an.

Mürrisch greife ich nach dem Handy und ziehe es zu meinem Gesicht. Halb neun. Zumindest keine unmenschliche Zeit. Ich wollte sowieso früher aufstehen, um zu lernen, und nicht bis zum Mittag schlafen.

Ich tippe auf die App und mir blinkt eine unbekannte Nummer entgegen, dann öffne ich die Nachricht.

Kätzchen, ich störe dich ungern, aber heute Mittag treffen wir uns zum Essen im Restaurant. Mein Vater will dich näher kennen lernen. Der Chauffeur wartet um zwölf Uhr in der Einfahrt auf dich.
Bis später!
Law

Ich muss die Nachricht zweimal lesen, um sie zu verstehen. Woher hat er meine Nummer? Etwa von Gideon, der sie ebenfalls hat? Oder hat er heimlich mein Handy durchforstet, während ich nicht in meinem Zimmer war? Oder im Flugzeug? Egal, das spielt keine Rolle mehr. Schnell tippe ich eine Antwort.

Ich weiß, dass du mich gerne störst, Tiger. Aber ich werde zum Treffpunkt da sein.
  Bis später!

Dann checke ich meine E-Mails. Nichts Neues. Langsam werde ich wach und stehe auf, als ich eine Antwort erhalte.

Tiger gefällt mir. Geh zu Dorian, er hat eine Überraschung für dich. Du wirst sie nicht ausschlagen! Er ist in seinem Büro in der Villa.
  Law

Ich verziehe mein Gesicht, weil ich die Überraschung bereits ahne: wilden hemmungslosen Sex auf dem Schreibtisch. Also muss er nicht arbeiten. Mein Blick fällt auf den Ordner und meine Laptop-Tasche, die mir erwartungsvoll entgegenstarren. Eigentlich wollte ich lernen. Aber so wie es aussieht, würde ich erst einmal ihre Wünsche abhaken müssen, bis ich mich dem Lernen widmen kann. Aber ich ziehe Sex dem Lernen definitiv vor.

Zu Befehl! Ich kann es kaum erwarten, Dorians Überraschung zu erhalten.

Gott, kann man das zweideutig auslegen. Ich schiebe mein Smartphone in meine Handtasche und verschwinde im Bad.

Nach einer Dusche ziehe ich mir ein lockeres gedecktes Kleid über, binde mein Haar zu einem Pferdeschwanz zusammen und laufe barfuß über die Gänge des Anwesens auf der Suche nach Dorians Büro. Obwohl ich zuvor gerne einen Abstecher in Richtung Küche gemacht hätte.

Eram, die rundliche Frau, schaut von der Küchentür zu mir auf und winkt mir mit einem breiten Lächeln entgegen. Zu gern wäre ich zu ihr gegangen, aber schüttele den Kopf.

»Später. Ich muss noch etwas erledigen.« Ob sie mich verstanden hat? Aber sie nickt eifrig mit einem freundlichen Strahlen im Gesicht. Wenn sie wüsste, was hinter ihrem Rücken abläuft, bis mir etwas einfällt: »Wo ist das Büro von Dorian Chevalier?«

Eram deutet eine Etage höher und nach rechts.

»Danke.« Es gibt nur so viele Räume in diesem Anwesen. Als ich mich in der zweiten Etage befinde, gehe ich den Gang entlang nach rechts und sehe drei Türen vor mir. Ich probiere es an der ersten und klopfe. Niemand öffnet mir die Tür. Langsam drücke ich die Klinke herunter und finde einen Raum vor, der mir die Sprache verschlägt. Himmel, der Raum besteht aus vielen Spiegeln und einer Liege und daneben hängt ...

»Hier bist du.« Langsam fahre ich herum, um mir nicht anmerken zu lassen, wie erschrocken ich bin, und sehe Dorian vor mir stehen. »Den Raum solltest du noch nicht sehen.« Er leckt sich über die Lippen, schaut in den Raum, bevor er mich an der Taille zurückschiebt und die Tür schließt.

»Ist das eure Art von Lustraum?« Er lacht leise, was göttlich klingt und zugleich gefährlich.

»Das wirst du früh genug herausfinden. Vorerst möchte ich dir etwas geben.«

Immer noch hält er mich mit seinen Händen fest, die über meinen Bauch streicheln. Er wirkt von den drei Brüdern am ausgeglichensten, obwohl er gestern kurz seine andere Seite gezeigt hat. Von ihm habe ich immer geglaubt, nichts Schlimmes befürchten zu müssen, weil sein Blick sanft war, er etwas kleiner ist und mir vertrauenswürdig erschien. Doch irgendetwas verrät mir weiterhin, dass ich ihm seine Fassade nicht abkaufen sollte.

Er schenkt mir einen flüchtigen Kuss, bevor er mich in einen anderen Raum führt.

»Ich kann mir schon denken, welche Überraschung mich erwarten wird«, antworte ich und warte, bis er die Tür hinter uns geschlossen hat.

»Ehrlich?«, fragt er in einem ruhigen Ton. Er steht nur in einem T-Shirt und in tiefsitzenden Jeans vor mir, während sein dunkelbraunes Haar aus dem Gesicht gestrichen ist. Er muss ebenfalls frisch geduscht haben, denn sein Haar ist noch nass. »Ich glaube kaum, dass du das Gleiche denkst wie ich.« Er lächelt und ein Grübchen ist auf seiner

Wange zu sehen. Vielleicht denkt er doch etwas Schlimmeres und heckt einen perfiden Plan aus, mich in Seilen aufzuhängen. Irgendwie würde es mir andersherum sogar gefallen.

Doch er greift in seine Hosentasche und hält mir einen Umschlag entgegen. »Hier.«

Ohne zu zögern, nehme ich den Umschlag entgegen, aber starre kurz darauf.

»Los, öffne ihn, es ist keine Bombe darin versteckt.«

»Euch traue ich mittlerweile alles zu.«

»Deswegen macht es auch solchen Spaß.«

Als ich den Umschlag öffne, liegt darin sehr viel Geld und eine Karte, die ich hervorziehe und auf der steht:

Um dir die Auszeit von mir angenehmer zu gestalten, kannst du den Vormittag in der Mall verbringen. Dorian wird dich begleiten. Kauf dir etwas Hübsches, aber denke dabei an mich!
Law

Spinner! Ich ziehe die Augenbrauen zusammen. Das ist seine Überraschung, ungefähr zehntausend Dirham, mit denen ich shoppen gehen soll? Das Geld ist mir dafür zu schade, denn ich würde es lieber für Chlariss sparen wollen. Kleider und Schuhe habe ich bereits genug, auch wenn es mir jedes Mal leidtat, das Geld dafür auszugeben.

»Was meinst du? Ich würde sagen ...« Dorian blickt auf seine Uhr. »In einer halben Stunde fahren wir los.«

»Ich muss um zwölf Uhr wieder zurück sein.«

»Ich weiß, brauchst du wirklich so lange? Drei Stunden

müssten doch reichen oder?« In seinem Blick kann ich förmlich ablesen, dass es vollkommen ausreichen muss.

»Was, wenn ich nicht shoppen gehen möchte?«

»In diesem Fall hat mich Lawrence gebeten, dich durchzuvögeln, bis du gehen willst.« Ein berechnendes Grinsen tritt auf seine Lippen, als er einen Schritt auf mich zu macht. So oder so wäre die Zeit vertan. »Wie du dich entscheidest, bleibt deine Sache. Obwohl ich gerne mehr Zeit mit dir verbringen würde, Maron.« Er hebt seine Hand und streichelt über meinen nackten Arm, dabei behält er mich fest im Blick.

»Wir werden shoppen gehen.«

»Klingt nicht gerade sehr überzeugt«, stellt er fest. »Für gewöhnlich freuen sich Frauen, wenn sie Geld von einem Mann zum Shoppen erhalten. Du wirkst, als wäre es eine Bestrafung.«

Ich senke meinen Blick, bis ich lächle.

»Ich bin nicht gewöhnlich. Aber ich freue mich wirklich.« Ich muss ja nicht alles ausgeben.

»Schön, dann bis gleich. Ich warte im Eingang auf dich.« Er küsst meine Wange, bevor er mir die Tür öffnet.

»Eine Frage: Wird uns Jane begleiten?«

»Nein, sie hat heute frei.« *Heute ist nicht mein Tag –* denke ich und nicke bloß.

»Dann bis gleich.«

In einer hübschen Boutique, wo es traumhaft schöne Kleider gibt, bleibe ich mit Dorian stehen. Es ist das siebte Geschäft, das wir aufsuchen, und bisher habe ich mir einen

Schal und ein Paar weiße Louboutin-Peeptoes gekauft, weil Dorian darauf bestand.

»Irgendetwas stimmt nicht mit dir, Maron.« Vor dem Schaufenster löst er meinen eingehakten Arm aus seinem und blickt etwas besorgt auf mich herab. »Was ist los?« Seine Stimme klingt weich und vertrauenswürdig, als würde er wirklich wissen wollen, was mich bedrückt. Sofort fallen mir Gideons Worte ein, dass ich mich ihnen anvertrauen kann, wenn mich etwas beschäftigt. Aber das wäre das Letzte, was ich tun würde.

»Mach dir keine Gedanken. Es ist alles bestens.« Ich werde mit Sicherheit nicht mein Herz ausschütten und ihm von Chlariss erzählen. »Lass uns in die Boutique gehen.« Mit der Hand streichelt er über meinen Rücken und nickt.

Nach endlosen Beratungen zweier Verkäuferinnen und Dorians Meinungen zu verschiedenen Kleidern nehme ich ein dunkelblaues Etuikleid, das ich auf Raten von Dorian zu der Verabredung mit ihrem Vater anziehen soll. Dazu passend wählen wir später eine Sonnenbrille und das Geld ist weg.

»Er wird sich freuen«, höre ich Dorian neben mir, als er mich zum Ausgang führt, vor der die Limousine auf uns wartet.

»Solange ich einen guten Eindruck hinterlasse, genügt es mir.« Als sich unsere Blicke kreuzen, stoppt er neben der Drehtür und zieht mich näher an sich.

»Sei nicht zu bescheiden. Ich habe gesehen, dass es dir schwerfiel, das Geld auszugeben, aber wofür du es auch brauchst, vergiss nicht, dass du die zwei Wochen genießen sollst. Dafür, denke ich, erhältst du weitaus mehr als bloß Geld.«

Seine Worte sind ziemlich deutlich und ich senke meinen Blick. Für ihn mag diese sorgenfreie Welt bestehen, für mich geht es dabei um so viel mehr. Aber er hat recht, wenn ich es nicht genieße, würde ich mich später darüber ärgern. Wann würde ich schon wieder nach Dubai fliegen mit drei gutaussehenden Männern, mit denen ich den besten Sex meines Lebens habe? Und an denen ich mich austoben kann. Ich schmunzele, bis ich zu ihm aufsehe.

In der Villa angekommen lässt Dorian die Einkaufstüten vom Chauffeur reintragen, als er nach meiner Hand greift und mich mitzieht. »Du bist so verkrampft. Das sollten wir ändern, bevor du Vater triffst.«

»Ich habe kaum Zeit.«

»Eine halbe Stunde reicht völlig.« Er führt mich zwei Etagen höher und öffnet einen Raum, der stilvoll mit Sofas einem großen Flachbildfernseher und Sesseln eingerichtet ist. Ich sehe Stufen, die zu einer modernen dunkelroten Küche führen. Die Vorhänge sind wegen der Hitze zugezogen und die Klimaanlage hält den Raum angenehm frisch.

»Zieh dich aus.« Ich schaue aus den Augenwinkeln zu ihm auf. »Wir haben nicht viel Zeit.«

»Also wenn du jetzt noch eine Nummer schieben willst, dann ...«

»Sei ruhig und zieh endlich das Kleid aus«, herrscht er mich an, woraufhin ich ihm finster entgegenblicke. Aber im selben Moment, als ich mein Kleid ausziehe, befreit er sich aus seinem Anzug. Nach den letzten zwei Tagen fühle ich mich gerade nicht bereit, einen Quickie zu überstehen, weil meine Pussy wirklich Ruhepausen braucht.

Als Dorian nackt zu mir kommt, greift er nach der Fernbedienung.

»Willst du dir dabei Pornos reinziehen?«, frage ich, denn eine Soap im Hintergrund würde es merkwürdig erscheinen lassen.

»Dafür, dass du unsere Fragen nicht beantwortest, hast du sehr viele«, bemerkt er und schaltet weiter die Kanäle durch. Dabei mustere ich seinen nackten Körper. Er ist von den drei Brüdern am schlanksten gebaut, dafür athletisch, als wäre er ein Läufer mit leichten Muskelansätzen.

Vor meinen Augen leuchtet das Wii-Symbol auf und er wirft mir eine Controller entgegen. Ich muss lachen, weil es doch etwas lächerlich ist.

»Du willst nackt mit mir zocken?«

»Sieht so aus. Also streng dich an, ansonsten bist du heute Abend fällig.«

»Und die anderen?«

»Vielleicht helfen sie mir. Jane ist heute nicht da, also wirst du uns ganz allein für dich haben.« Er lächelt berechnend, so als würde er sich bereits ausmalen, was sie heute Abend mit mir anstellen. »So lange will ich, dass du dich entspannst.«

Ich räuspere mich, bevor ich mich neben ihn stelle. »Ich gebe es äußerst ungern zu, aber ... ich bin wirklich nicht gerade die beste Konsolespielerin.« Er legt einen Arm um meine Taille und küsst mein Haar.

»Dann werden wir heute umso mehr Spaß haben.« Seine Worte klingen belustigt, aber ich weiß, dass er mich reizen will, damit ich mein Bestes gebe. Und das werde ich geben!

Als wir eine Partie gefochten haben und ich erbärmlich verloren habe, gibt er mir eine Controller, mit der wir mit dem Bogen schießen, dabei stelle ich mich gar nicht mal so dumm an, denn ich habe Schießerfahrungen, obwohl das Ding in meiner Hand nicht mal ansatzweise einem Recurvebogen ähnelt.

»YES! Gewonnen!«, rufe ich und springe nackt auf der Stelle, während Dorian sein Gesicht verzieht und die Nase niedlich rümpft.

»Zumindest weiß ich jetzt mehr über dich«, spricht er leise. Aber das wird meinen Triumph nicht dämpfen, soll er ruhig wissen, dass ich als Kind Bogenschießen von meinem Vater beigebracht bekommen hatte und deswegen Erfahrung darin habe.

Es fühlt sich viel zu gut an, gegen Dorian zu gewinnen, sodass ich wirklich für einen Moment vergesse, wo ich mich befinde.

»Das wirst du büßen«, höre ich neben mir und sehe seinen finsteren Blick, bevor ich auf das Sofa springe, weil er mich fangen will.

»Nein, hör auf!«, rufe ich und springe auf den Sessel, bevor er mich fängt und mich fest in den Armen hält. Es ist merkwürdig, völlig nackt von jemandem in den Arm genommen zu werden und zu wissen, dass er nicht gleich über einen herfällt. Mit der Hand streichelt er über meine Wange, bevor er sein Gesicht zu mir herabsenkt.

»Ich wusste, es würde dich etwas auflockern.« Schon küsst er mich zärtlich und fährt mit seiner Hand meinen Rücken auf und ab. »Aber bevor du zu Law gehst, solltest du etwas über deinen Beruf als Anwältin wissen.« Ich ziehe die Augenbrauen zusammen. »Ich habe eine Homepage erstellt, weil ich Vater kenne. Er recherchiert immer nach den Frauen, die wir als Freundinnen haben. Du hast in Oxford Jura studiert, ein Jahr in Amerika gearbeitet und die Kanzlei besteht seit 1973 und wurde ursprünglich von deinem Großvater gegründet. Deine Familie stammt aus Schweden, die nach den Fünfzigern nach Frankreich zog.« Ich trete einen Schritt zurück.

»Glaubst du wirklich, diese Lügengeschichte wird er mir abnehmen? Wozu das Ganze?« Dorian blickt angestrengt zur Seite.

»Weil im nächsten Jahr Law eine hohe Position einnehmen wird, in England, wo er die ausländischen Kunden betreuen soll. Dabei liegt es Vater sehr am Herzen, dass er eine passende Partnerin an seiner Seite hat«, erklärt er mir. Das klingt nach einem ziemlich durchdachten Plan, allerdings unterschätzen sie, dass ich nur zwei Wochen seine Freundin ausgeben kann.

»Und wie habt ihr es nach dem Urlaub geplant? Das wird unmöglich so funktionieren, wie ihr euch das vorstellt. Irgendwann fliegt der Schwindel auf, denn ich bezweifle, dass dein Vater sich lange an der Nase herumführen lässt.« Auf mich wirkte Monsieur Chevalier äußerst intelligent, der andere Menschen gut einschätzen kann, und sein Einfluss würde ihm auf jeden Fall helfen, mehr über mich herauszufinden als bloß eine Webseite im Internet.

»Du wirst immer an den entsprechenden Terminen gebucht. Was soll daran nicht funktionieren? Bis du irgendwann fremd gehst oder Law keine Lust mehr auf dich hat.«

Als ich seine Worte höre, muss ich schlucken, weil sie kränkend sind. Aber er hat recht, wenn sie keine Lust mehr auf mich haben, werden sie mich nicht mehr buchen.

»Gut, dann erzähle mir alles, was ich wissen muss.«

Dorian nickt mit einem zufriedenen Lächeln und folgt mir in mein Zimmer. Ich ziehe mich vor seinen Augen um, während er mir von der nicht existierenden Kanzlei erzählt. Nennt mir Namen meiner Professoren an der Uni, erklärt mir sogar, dass ich eine Katzenhaarallergie habe, eine Abneigung gegen portugiesischen Rotwein habe und meine Freizeit nicht in der Wohnung verbringe, sondern auf Golfplätzen, in Spas und einen Tanzkurs belege, nur um auf der Gala für Law einen guten Eindruck zu hinterlassen, weil ich ungern tanze. Diese Lügen sind wirklich clever aufgebaut und ich ahne bereits jetzt, seinem Vater zu gefallen. Außerdem habe ich Law auf einer Wohltätigkeitsveranstaltung letzten Frühling in Paris kennengelernt, an der ihr Vater nicht teilnehmen konnte.

Mit den ganzen Informationen zugestopft schwirrt mir etwas der Kopf, aber ich merke mir alles. Im Eingang verabschiedet er sich von mir und küsst mich.

»Du hast Vater ohnehin schon vor wenigen Tagen für dich gewinnen können, ansonsten würde er nicht darauf bestehen, dich ein weiteres Mal zu treffen«, verabschiedet er sich von mir. »Also viel Spaß, Maron! Und vergiss nicht, sei nicht zu bescheiden, das sind Menschen wie wir nie.«

Innerlich muss ich laut über seinen Satz lachen, weil er stimmt. Sie sind nicht bescheiden, sondern tun das, was sie wollen.

Vom Chauffeur wird mir – nach einer halben Stunde durch die Stadt – vor einem Hochhaus die Autotür der Limousine aufgehalten, aus der ich mit meiner Handtasche, in meinem neuen Etuikleid und der Sonnenbrille aussteige. Ich bin nicht nervös, aber mir alle Dinge merken zu müssen, macht mich etwas unruhig wie vor jeder Klausur. Am Eingang des riesigen Glastowers erwartet mich bereits Lawrence mit einem zufriedenen Strahlen im Gesicht und in einem weißen Anzug. Als ich ihn sehe, lösen sich meine Zweifel auf und ich freue mich wirklich, ihn bei mir zu haben.

»Hallo, Kätzchen.« Er gibt mir einen kurzen Kuss auf die Stirn, weil es öffentlich verboten ist, sich leidenschaftlich zu küssen. Die Portiers mit ihren dunklen langen Bärten und den tiefschwarzen Augen verziehen keine Miene. Dann greift Lawrence nach meiner Hand und führt mich durch die Eingangshalle zu einem Lift.

»Bist du eingeweiht?«, fragt er mich unauffällig, weil neben uns im Lift ein älteres Paar steht. Ich nicke.

»Ja, ich weiß Bescheid.« In seinen Augen sehe ich, dass er es kaum erwarten kann, mich wieder seinem Vater vorzuführen. Ich hole tief Luft und setze diesmal die Sonnenbrille zuvor ab, die ich in der hellen Handtasche verstaue.

Im obersten Stockwerk angekommen, befindet sich der Eingang eines Restaurants, das bereits zur Hälfte besucht ist. Etwas schmiege ich mich an Lawrence, damit es so wirkt, als könne ich die Finger nicht von meinem Freund lassen und es kaum erwarten, seinen Vater wiederzusehen.

»Ich hoffe, die Überraschung hat dir gefallen?«, fragt er und schaut im Gehen zu mir herab.

»Ja, hat sie. Das Kleid habe ich mir davon gekauft.«

»Es steht dir ausgezeichnet, Schatz. Obwohl ich dich ohne lieber sehe.« Unauffällig stoße ich meinen Ellenbogen zwischen seine Rippen, als wir kurz darauf an den Tisch zu seinem Vater geführt werden, an dem auch Nadine sitzt. Gott, ich hasse diesen überheblichen Augenaufschlag von ihr, als ob sie es nötig hätte. Wieder begrüßt mich Monsieur Chevalier freundlich und auch Nadine kann sich zu einem Lächeln durchringen, bevor sie sich kurz auf die Toilette verabschiedet.

»Und, Madame Delacroix, haben Sie sich in Dubai bereits eingelebt?«, will Lawrence' Vater wissen.

Ich lächle ihm entgegen, dann zu Lawrence, wie es meist Verliebte tun, wenn sie Fragen beantworten müssen und auf eine Reaktion ihres Partners warten. Er erwidert schmalzig mein Lächeln, sodass es mir schwerfällt, ernst zu bleiben.

»Ja, vielen Dank. Das Anwesen ist wirklich bezaubernd, obwohl ich mir zuerst etwas anderes in dieser Region vorgestellt habe. Aber das liegt vermutlich daran, dass ich bisher noch nicht in Dubai war.«

Die Augenbrauen von Monsieur Chevalier ziehen sich in die Stirn. Verflucht, ich habe etwas Falsches gesagt oder ihn neugierig gemacht.

»Wie hätten Sie sich denn das Anwesen vorgestellt?« Er will es wirklich wissen, also kann er meine ehrliche Meinung erfahren.

»Aus einem helleren Gestein, um die hohe Sonneneinstrahlung zu reflektieren und nicht zu absorbieren, damit die Klimaanlagen nicht durchweg laufen müssen. Außerdem könnte das Dach ...« Lawrence tritt mir gegen das Schienbein, aber ich verziehe mein Gesicht nicht.

»Außerdem?«, hakt er nach.

»Oh, ich wollte Sie nicht mit meinen Ideen zur Verbesserung Ihres Anwesens langweilen.« *Nadine, wo bleibst du!*

»Klingt sehr danach, eine Architektin am Tisch sitzen zu haben. Bisher habe ich keine Frau getroffen, die über die Substanz eines Hauses gesprochen hat. Wenn, dann kommen sie zu Wort, wenn es um die Innenarchitektur geht.« Sein Lächeln ist amüsiert, als er kurz zu Lawrence sieht, der eine Haarsträhne hinter sein Ohr streicht.

»Maron hat an einigen Architekturseminaren in Oxford teilgenommen, nicht wahr, Schatz? Deswegen hat sie besonderes Interesse an Gebäuden«, antwortet Lawrence und greift auf dem Tisch nach meiner Hand, was so viel bedeuten soll, nicht weiter über Architektur zu sprechen. Aber Monsieur Chevalier scheint es zu interessieren.

Als Nadine zu uns an den Tisch kommt und Lawrence über die Gala nächsten Samstag spricht, wirft sie mir einen Blick zu, der mich durchleuchtet, als wäre ich gerade mit ihrem Mann von der Toilette wiedergekommen.

»Saint Laurent, wenn ich raten dürfte?« Sie mustert mein Kleid, bevor sie ihr Rotweinglas erhebt und auf mich deutet.

»Ja, ich habe es von Lawrence geschenkt bekommen.« Was soll das werden?

»Ich habe es letzte Woche in der Mall gesehen, aber es passt nicht zu mir, man wirkt darin etwas – wie soll ich sagen – unvorteilhaft.« Will die mich gerade heruntermachen?

»Nun.« Ich lächele. »Es ist vermutlich nicht für jeden Typ geeignet.«

»Ich finde, dir steht es ausgezeichnet«, höre ich Lawrence, der mich wirklich vor der Schlange mit ihrem funkelnden Diamantring verteidigt. Sein Vater beobachtet, wie Lawrence über meinen Handrücken fährt, bis wir von dem Kellner gestört werden.

»Möchten Sie schon etwas trinken?«, fragt er mich und Lawrence.

»Welchen Rotwein können Sie mir empfehlen? Einen trockenen bitte.«

Als er mir einige aufzählt, ich aber Muscheln essen möchte, wo Weißwein einfach besser dazupasst, entscheide ich mich für einen Muscadet aus der Loire, um Eindruck zu schinden, weil er eine der seltenen Rotweine ist, der zu Muscheln passt.

»Sehr gute Wahl, Madame.«

»In der Tat, eine gute Wahl«, höre ich Lawrence' Vater, als der Kellner geht.

»Für gewöhnlich hätte jeder einen Weißen bestellt«, bemerkt Lawrence. Ich hätte überhaupt keinen bestellt, wenn es nicht Eindruck schinden soll.

»Von meinem Vater wurde ich vor wenigen Jahren von der Verbindung überzeugt, seitdem wähle ich keinen Rosé oder jungen Weißen mehr«, erkläre ich und sehe Lawrence' Blicke, der sich gerade fragen muss, weshalb ich plötzlich einen Rotwein bestellt habe, weil ich ja ansonsten auf Alkohol verzichte.

»Wie heißt Ihr Vater?«, interessiert es Monsieur Chevalier, der seine Hand zum Kinn zieht. Diese Geste zeigt, dass er es wirklich wissen will, um mehr über mich zu erfahren oder möglicherweise meinen nicht existierenden Vater zu kennen.

»Tony«, antwortet Lawrence auf seine Frage, bevor ich den Mund aufmachen kann.

»Nein, das ist eine Abkürzung. Er heißt Anthony Robert Delacroix. Vielleicht haben Sie von ihm gehört?«

Lawrence zieht gefährlich seine Augen zusammen, weil ich vermutlich gerade etwas völlig Falsches geantwortet habe. Aber wer bitte heißt schon Tony als angesehener Mann in Frankreich? Nur Eltern, die die Zukunft ihrer Söhne nicht bis ins Detail vorausgeplant haben, würden ihren Sohn Tony, Danny oder Tommy nennen. Ist doch nur logisch, dass es eine Abkürzung ist.

»Sicher, aber ich habe bisher angenommen, Tony wäre sein eigentlicher Vorname«, hakt Lawrence nach und ich zwinkere ihm bloß zu, damit er keine weiteren Fragen stellt.

»Das ist richtig, weil er es nicht mag, mit Anthony angesprochen zu werden, das erinnert ihn immer etwas an sein Alter, wie er mir verraten hat.« Ich hoffe, mit der Lüge nichts zum Einsturz gebracht zu haben. Doch Monsieur Chevalier lacht über meine Worte und hebt sein Glas an die Lippen, um einen Schluck von seinem Weißwein zu nehmen.

»Gefällt mir. Ich sollte ebenfalls eine jüngere Version meines Namens wählen, was denkst du, Nadine?«, wendet sich Monsieur Chevalier an die Frau neben sich, die belanglos mit den Schultern zuckt.

»Ich finde Florence vollkommen in Ordnung. Er passt zu dir und zeichnet dich zu dem aus, was du bist.« *Ein erfolgreicher Bänker, den ich für mich beanspruche* – denke ich ihren Gedanken zu Ende.

Nach weiteren kurzen und oberflächlichen Unterhaltungen werde ich befreit und atme am Tisch tief durch, als Monsieur Chevalier mit Nadine das Lokal verlässt.

»Das letzte Mal konntest du mich mehr überzeugen«, sagt Lawrence und ich blicke zu ihm.

»Was kann ich dafür, wenn ihr den Namen Tony genommen habt? Der Name ist mir rein zufällig eingefallen, als ihr mich ausfragen wolltet. Woher sollte ich wissen, dass ihr ihn wirklich verwendet?« Ich schaue ihm etwas verärgert entgegen.

»Wäre dir Donald Duck lieber gewesen?«, scherzt er, erhebt sich und zieht hinter mir den Stuhl zurück.

»Zumindest hätte es dann keine Missverständnisse gegeben«, antworte ich und muss lachen.

»Das nächste Mal finde ich den Namen heraus, das verspreche ich dir. Hätte ich nicht in zwanzig Minuten den nächsten Termin, würde ich ihn dir auf der Toilette entlocken, Kätzchen«, flüstert er ihm Gehen in mein Ohr, als uns niemand sehen kann.

Ich schnurre leise. »Das glaube ich eher nicht. Denn du solltest wissen, dass ich ungern Geheimnisse verrate.«

»Das tue ich ebenfalls nicht.«

Der Fahrstuhl öffnet sich hinter mir und Lawrence stößt mich rückwärts hinein. Es ist weder im Fahrstuhl noch hinter Lawrence jemand zu sehen, bis sich die Tür schließt und er mich mit dem Rücken gegen den Spiegel presst. Er beginnt mich stürmisch zu küssen, hebt mich hoch, sodass ich meine Beine um seine Hüfte verschränke. Sofort spüre ich das verlangende Prickeln, als ich zwischen meinen Beinen seine Erektion fühlen kann. Ich weiß nicht warum, aber gerade jetzt mit dem leichten Rausch vom Wein würde ich von ihm kurz die Oberhand lassen wollen.

»Da bin ich gerade dabei, es zu testen.«

»Wie?«, fragt er und küsst mich weiter.

»Denkst du, ich verrate meine Strategie?«

Ich will über Gideon herausfinden, ob Lawrence ihm wirklich von letzter Nacht erzählt hat. »Gott, ich hätte am liebsten, dass du mich hier nimmst, Tiger.« Ich greife in sein Haar, als er mein Becken höher schiebt und sich enger an mich presst.

»Ich habe eine Idee.« Er stoppt in seiner Bewegung und lässt mich runter auf den Boden.

»Was?« Auf der Anzeige sehe ich, dass wir gleich im Erdgeschoss sein werden. Und den Notknopf zu drücken, ist für dieses besuchte Gebäude auch keine gute Idee. Sicher schwirrt hier Sicherheitspersonal herum, das sofort die

Störung beheben kann.

»Lass dich überraschen und folge mir.« Mann, von dem stürmischen Überfall bin ich feucht und würde ihn am liebsten sofort an der Krawatte zu mir ziehen und hart genommen werden, egal wer uns dabei zusieht.

Über den Eingang lenkt Lawrence mich zu einer Tür, die zu den Treppenaufgängen führt. Als sie hinter uns laut zufällt, steigt er zwei Treppen hoch und öffnet die nächste Tür.

»Du kennst dich hier aus?«, frage ich ihn und er grinst mir bloß entgegen, bevor wir in einer Vorhalle sind, die zu Kongresssälen führt, wenn ich mich nicht täusche. Er zieht mich weiter über den Gang, so schnell, dass ich meine Mühe habe, ihm in den Schuhen zu folgen, dann blickt er sich um und öffnet eine Tür, durch die er mich schnell in den Raum schiebt.

Zuerst sehe ich kaum etwas, bis sich meine Augen an die Dunkelheit gewöhnen und ich einen großen ovalen Tisch und eine moderne Anzeigetafel erkenne.

»Erinnert mich an die Uni«, sage ich, als ich weiter in den Raum laufe, der von Teppichboden überzogen ist. Die Jalousien sind heruntergelassen, um die Hitze auszusperren, während keiner im Raum zu sehen ist. Hinter mir höre ich ein Klacken, als er die Tür abschließt. Soweit ich erkennen kann, gibt es keine Türen mehr. Aber ich kann mich nicht länger umsehen, als Lawrence mich an die Wand drängt und mein Bein hebt.

»Hier haben wir unsere Ruhe und man hört deine Schreie nicht.«

Gierig küsst er meinen Hals und saugt sich daran fest, während ich stöhne und die Augen schließe, weil mein Kitzler vor Verlangen pocht. Er schiebt mein Bein höher und ich spüre seinen harten Schwanz direkt zwischen meine Beine drücken.

»Denkst du, bei einem Quickie werde ich schreien?«, frage ich zynisch, öffne meine Augen und hebe eine Augenbraue. »Überschätzt du dich nicht etwas?« In meiner Stimme schwingt der pure Spott mit.

»Bei einem Quickie mit zwei Männern ganz bestimmt«, höre ich. Dann sehe ich Gideon ein Stück von mir entfernt lässig an die Wand angelehnt mit gesenktem Blick stehen.

»Ihr seid solche ...«, will ich Einspruch erheben, doch schon legen sich Lawrence' Lippen auf meine und er küsst mich stürmisch. Seine Hände tasten sich unter meinem Kleid vor, ziehen mein Bein höher, sodass sein Glied an meiner Pussy reibt.

»Nach deiner unehrlichen Antwort von gestern Abend über dein Leben können wir dich nicht unbestraft gehen lassen, Kleines. Außerdem hast du dich heimlich aus Lawrence' Bett geschlichen, obwohl er es dir nicht erlaubt hat und ...« Er holt zischend Luft. »Dorian meinte, du hättest heute beim Shoppen irgendwie einen Stock im Arsch gehabt, nicht wahr, Dorian?«

Dieser Verräter! Wieso habe ich sie nicht gesehen?

»Allerdings. Sie hat sich nicht wirklich über das Geld gefreut, Law«, antwortet Dorian und ich sehe ihn hinter Gideon die Arme verschränken.

Das darf nicht wahr sein, ich bin den dreien blind in

eine Falle getappt. Hastig löse ich mich von Lawrence' Lippen und will ihn beiseiteschieben, um in sein Gesicht zu blicken. Aber er hält mich immer noch fest gegen die Wand gepresst.

»Du!«

»Ach komm, Kätzchen, du wolltest flachgelegt werden. Ich wusste, dass du die zwanzig Minuten nicht ungenutzt verstreichen lassen würdest, ohne mich heißzumachen. Das liegt einfach in deinem Blut«, entgegnet er mir mit einem Lachen. »Nur ist es so, dass ich erst in anderthalb Stunden zum nächsten Meeting muss.«

Nervös schaue ich von Lawrence zu Gideon und weiter zu Dorian, dem ich verärgert entgegenblicke.

»Du hast gesagt heute Abend.«

Dorian zuckt mit einem unschuldigen Gesichtsausdruck die Schultern. »Und? Ein paar Stunden früher schaden nicht. Ich habe keine Lust länger zu warten, während Jane frei hat und du nackt neben mir vor dem Flachbildfernseher hüpfst. Glaub mir, ich konnte es kaum ertragen, dich nicht dort zu vögeln. Aber dein Gesichtsausdruck, den du gerade machst, war es mir wert.« Ein süffisantes Lächeln huscht über seine Lippen.

»Genieße es einfach, Maron.« Lawrence leckt über meinen Hals, als die anderen zwei auf mich zukommen, dann werde ich schnell umgedreht und schon liegen meine Hände in Handschellen auf dem Rücken.

»Ich werde euch bestimmt nicht den Gefallen tun und schreien, weil ihr zu dritt seid«, fauche ich ihnen entgegen.

»Tja, das wollen wir auch nicht.« Dorian streichelt über

mein Haar und streicht eine Haarsträhne hinter mein Ohr. Dann bemerke ich zu spät, wie mir ein Tuch über den Mund gebunden wird.

»Ehrlich? Ihr wollt mich ...« Schon presst das Tuch meine Stimme ab, während ich knurre.

»So ist es brav. Irgendwie gefällt es mir, wenn sie sich nicht mehr aufregt. Nicht wahr, Maron?«, höre ich Gideon neben mir, als er sich zu mir herabbeugt und meine nackte Schulter küsst.

Am liebsten würde ich ihm zeigen, wie sehr ich mich über ihn aufrege, aber jedes Wort wird von dem Tuch erstickt. »Was hast du gesagt? Du nuschelst etwas, Darling.« Vor Wut über seinen Satz würde ich ihm am liebsten mit den Krallen durch sein hübsches Gesicht fahren, wenn es möglich wäre. Stattdessen hole ich tief Luft, um im nächsten Moment mit dem Fuß auszuholen und Lawrence hinter mir einen Tritt ins Schienbein verpasse, der aufschreit und sich sein Bein reibt.

Neben mir lacht Gideon. »Zum Glück bin ich heute nicht dran.« Ich werfe ihm einen mörderischen Blick zu, der verraten soll, dass ich ihn als Nächstes attackieren werde.

Plötzlich werde ich hochgehoben und zum Tisch vor dem Whiteboard getragen. Mit den Ellenbogen versuche ich mich irgendwie freizukämpfen, aber mit den Handschellen ist der Versuch so gut wie zwecklos, also finde ich mich mit dem Gedanken ab, wie die drei – ohne etwas ausrichten zu können – gleich über mich herfallen werden, um mich zu bestrafen.

Auf der Tischplatte werde ich vornüber gelegt und meine Beine auseinandergeschoben. Jemand hebt mein Kleid hoch und streift meinen Slip herunter. Der Gedanke, nicht zu wissen, wer von ihnen es ist, macht mich ziemlich heiß. Die Berührungen, die folgen, umso mehr, sodass ich das Kribbeln in meinem Becken kaum aushalte und ruhig stehen bleibe.

Vor mir steht plötzlich Dorian und streift sein Jackett aus.

»Ich lasse heute Gideon den Vortritt. Nach deiner Bestrafung gestern Abend kam er etwas zu kurz.« Also ist Gideon hinter mir. »Du weißt, wie liebevoll er sein kann.« Ein spöttisches Lachen ist von Lawrence zu hören, der nicht mehr aufhören kann. Schon spüre ich eine Zunge über meine Schamlippen lecken.

»Was hast du mit ihr gemacht, Law? Sie braucht überhaupt kein Vorspiel mehr und läuft bereits aus.« Die Zunge entfernt sich und ich will am liebsten schreien, dass er weitermachen soll, und schiebe ihm meinen Po entgegen.

»Maron sieht aus, als wäre sie ziemlich böse auf dich, Gideon, weil du nicht weitermachst.« *Du Esel, du bist der Nächste, den ich das nächste Mal schmerzvoller auspeitsche. Ich war viel zu rücksichtsvoll zu dir, und das ist dein Dank.*

»Oh, nicht böse sein, Maron«, antwortet Gideon. »Es wird dir trotzdem gefallen.« Schon spüre ich zwei Hände um meine Hüfte und ein Schwanz dringt tief in mich ein. Jemand greift nach meinem Pferdeschwanz und biegt meinen Kopf zurück. Verflucht, ich kann nicht einmal »*Boosté*« rufen!

Dorian zieht sich weiter vor mir aus, bis er nackt ist und belustigt auf meinen Arsch starrt. Dabei sehe ich, wie sein Schwanz anschwillt und hart wird. Mit den Händen massiert er ihn und schaut mir entgegen. Gideon wird immer schneller und ich höre ihn laut atmen. Er stößt tiefer zu, kraftvoller, sodass meine Oberschenkel gegen die Tischplatte gepresst werden. Sein Glied füllt mich komplett aus, sodass ich keuche und in den Knebel beiße.

Dorian mustert mich, während Gideon mich weiter hemmungslos fickt, ohne mich zu verwöhnen, dann spüre ich, wie etwas Feuchtes über meinen Anus reibt. Es fühlt sich fast noch besser an als über meinem Kitzler. Finger umkreisen ihn, während er mich weiter ohne Pausen nimmt und ich ihm mein Becken mehr entgegenstrecke. *Tu es endlich!* – würde ich ihm befehlen, wenn ich könnte.

»Sieht aus, als dürftest du«, höre ich Lawrence sprechen, den ich entspannt auf einem Stuhl neben mir sitzen sehe. Aus den Augenwinkeln werfe ich ihm finstere Blicke zu.

»Lieb sein, Kätzchen, ansonsten wird dein Freund böse.« Er hebt eine Augenbraue und schiebt den Fußknöchel auf sein Knie. Er ist komplett angezogen und wirkt wie der Regisseur eines Pornos, wenn er die Finger zum Kinn zieht und mir dabei zusieht, wie ich von Gideon gevögelt werde.

Zwei Finger dringen in meinen Anus ein und ich drücke meinen Rücken durch. »Atmen.«

Halt die Klappe! – würde ich Dorian am liebsten ins Gesicht brüllen, stattdessen knurre ich nur. Gideon bewegt seine Finger in mir auf und ab, während er seinen Schwanz weiter in mich treibt, hungriger, fast wie besessen und eine Hand fest meine Hüfte umfasst, um sie bei jedem Stoß an seine zu pressen.

»Ihr gebt ein süßes Paar ab. Ich könnte fast eifersüchtig werden«, sagt Lawrence, bevor er sich erhebt und Gideon mit einem tiefen Stöhnen in mir kommt. Dann streichelt er über meinen Po und zieht seinen Schwanz aus mir, der kurz darauf von Lawrence' ersetzt wird. Vermutlich hat er sich nicht ausgezogen, während ich Dorians Härte zwischen seinen Fingern sehen kann. Seine Eichel glänzt, weil ein Lusttropfen darauf zu sehen ist, den er mit dem Daumen verreibt. Der Anblick bringt mich um den Verstand, während Lawrence mich hart vögelt und er nicht mehr einfühlsam wie gestern Abend ist.

Dabei sind immer noch zwei Finger in meinem Anus, die mich dehnen, was sich unglaublich gut anfühlt. Mit Lawrence' Schwanz durchfährt mich eine heiße Welle. Wieder trifft er mit seinen Stößen eine Stelle in mir, die mich stöhnen lässt, obwohl ich es verhindern will.

Ein weiterer Finger schiebt sich in meinen Anus und ich ziehe die Augen zusammen, weil ich nicht darauf vorbereitet bin. Dorian blickt jemandem scharf entgegen, bevor die Finger sanfter in mich gleiten und sich rhythmisch auf und ab bewegen.

Lawrence wird immer schneller, bis ich seinen Schwanz in mir zucken fühle und er ein letztes Mal tief in mich eindringt und sich in mir ergießt. Dann spüre ich die Leere in mir. Dorian küsst meine Stirn und geht an mir vorbei, bis Lawrence vor mir in seinem weißen Anzug in die Hocke geht und ich die Augen schließe.

»Du machst das gut, Kätzchen«, lobt er mich, als Dorian etwas einfühlsamer in mich eindringt und mich vögelt. Er streichelt über meinen Hintern und schlägt zweimal darauf. Ich zucke zusammen, weil ich damit nicht gerechnet habe, und stöhne auf, weil der Schmerz mich loslöst. In dem Moment ist es befreiend, ihn zu spüren. Die Finger bewegen sich weiter in meinem Anus und werden schneller, als ich nicht mehr verspannt bin.

»Noch mal«, höre ich, bevor Dorian mir jeweils zwei Schläge verpasst, die mich schreien lassen, während er mich nimmt. Lawrence behält mich im Blick, was nicht einmal unangenehm ist, sondern mir das Gefühl gibt, nicht allein zu sein. Es klingt seltsam, aber immer passt einer auf mich auf, damit der andere nicht zu weit geht.

Die Schläge und das heftige Gefühl wie Analsex lassen meinen Körper zittern, Tränen steigen in meinen Augen auf, die ich wegblinzle. Gott, ich kann nicht anders, als Dorian schneller wird und seinen Phallus gieriger in mich rammt. Mein Herz rast wie verrückt, vor mir vernebelt sich alles und ich gebe mich weiteren Schlägen und seinem Schwanz hin, bis er meinen G-Punkt trifft und ich nicht anders kann, als zu schreien. Ich schließe die Augen und spüre jede Faser meines Körpers im vollkommenen Nichts.

Ich kralle meine Hände um die weichen Handschellen und schreie, bis ich Dorians Stöhnen höre, er dreimal tief in mich eindringt und kommt. Meine Schamlippen fühlen sich heiß und geschwollen an, mein Kitzler pocht, obwohl er zu kurz gekommen ist, dafür verbrenne ich von innen.

Vorsichtig werden die Finger und Dorians Glied aus mir gezogen. Ich kann nichts weiter, als auf dem Tisch mit geschlossenen Augen liegen zu bleiben.

Irgendwo hinter mir höre ich Wasser fließen. Gibt es in dem Raum ein Waschbecken? Es ist mir egal. Hände streicheln über meine Wange, ein Kuss auf meine Wange, bevor mir das Tuch und die Handschellen abgenommen werden.

Einer will mir aufhelfen, aber ich schüttle nur den Kopf, weil ich mich einfach zu schwach fühle, um auf den Füßen zu stehen.

»Hier, trink das, Kleines.« Es muss Gideon sein, der das sagt, aber ich bekomme die Augen nicht auf. Irgendetwas in mir befindet sich immer noch wie im Rauschzustand. Ein Finger trocknet meine Tränen und streift seine Lippen über meine.

»Hey.« Ich kann nicht reden, mein Mund fühlt sich viel zu taub und trocken an. »Hebt sie hoch und legt sie vorsichtig auf den Teppich.« Mein Körper zittert unter den Berührungen, als ich schwebe und mit dem Rücken auf den Boden gelegt werde.

»Ich glaube, das war zu viel für sie«, höre ich Lawrence.

»Nein, sie braucht nur einen Moment. Ihr Körper steht grad völlig unter Strom und muss die Einflüsse verarbeiten.«

Woher weiß Dorian so viel über SM? Denn er hat recht. Aber ich will ihm nicht recht geben. Etwas Feuchtes wird zwischen meine Lippen geschüttet und ich trinke es. Das Wasser tut unendlich gut. Als ich vier Schlucke getrunken habe, schließe ich die Lippen und breite meine Arme aus. Jemand streichelt mir über die Schulter, ein anderer küsst mich sanft. Gott, die drei attraktiven Männer bringen mich um mein letztes bisschen Verstand. Sie sind völlig anders als die, die ich zuvor in meinem Leben kennen gelernt habe. Sie können liebevoll und zärtlich sein und holen sich – ohne es zu ahnen – hinter meinem Rücken hemmungslosen Sex, den ich ihnen willenlos gebe. Sosehr ich mich zu Beginn dagegen wehren wollte, obwohl mir das Spiel gefiel, sind ihre Spielregeln manchmal um einiges spannender.

16. KAPITEL

*W*eitere Minuten vergehen, bis ich die Augen öffne und mich das leichte Schwindelgefühl völlig verlassen hat. Es ist viel schlimmer als eine Droge.

»Kann mir vielleicht jemand eine Zigarette bringen?«, frage ich und wandere von einem skeptischen Gesicht zum nächsten. Die drei Brüder beugen sich über mich und tauschen kurz Blicke aus.

»Warte.« Gideon dreht sich um und sucht nach meiner verloren gegangenen Tasche, die sich beim Eingang befinden muss, wo Lawrence über mich hergefallen ist.

Im nächsten Augenblick steht er wieder über mir.

»Mund öffnen.« Ich tue es und er schiebt die Zigarette zwischen meine Zähne, dann ist das Klacken eines Feuerzeuges zu hören und ich nehme den ersten Zug, als die Zigarette angezündet wird. Himmel, ist das befreiend! Ich schließe meine Augen und nehme noch einen Zug.

»Seit wann raucht sie?«, fragt Lawrence.

»Sie hat schon vor dem Flug eine geraucht.«

»*Sie* heißt Maron und liegt unter euch«, fauche ich mit einem Lächeln. »Ich rauche nur in Notfällen. Und das …« Ich öffne die Augen, stoße zarten Rauch zwischen den Lippen aus und schaue von einem hübschen Gesicht ins nächste. »… ist ein Notfall, für den ihr büßen werdet!«

Ich bringe ein leises Lachen hervor, als ich mich langsam hochziehe.

»Vergiss es, du hast heute nur deine Bestrafung erhalten, weil du dich nicht an die Regeln gehalten hast. Du hast keine Revanche einzufordern«, gibt mir Lawrence zu verstehen.

»Ach nein?« Ich blicke zu Dorian und nehme noch einen Zug. »Du bist das nächste Mal als Erstes fällig, weil du mich angelogen hast.«

Er fährt durch sein dunkles Haar und zieht sich sein schwarzes Jackett an.

»Ich habe dich vorgewarnt, außerdem dich auf das Treffen mit Vater vorbereitet. Also war es nur fair, den Sex mit dir dafür einzufordern. Und da meine beiden Brüder ebenfalls eine Rechnung mit dir offen hatten, habe ich mich ihnen bloß angeschlossen.« In seinem Gesicht ist die pure Selbstgefälligkeit zu sehen, sich gerne angeschlossen zu haben.

»Außerdem haben dir die Schläge gutgetan.« Er erhebt sich. »Ich müsste dann auch wieder los. Übernehmt ihr?« Er nickt mit seinem Kopf zu mir herab.

»Klar, ich fahre mit ihr zurück und behalte sie im Auge«, antwortet Gideon und Lawrence stöhnt genervt. Es sieht aus, als müsste er gleich zu dem Meeting, als er auf seine Rolex blickt.

»Du warst großartig«, sagt Lawrence, beugt sich zu mir herab und küsst mich, bevor er den Raum mit Dorian verlässt.

Lange blicke ich Gideon entgegen und rauche genüsslich meine Zigarette zu Ende. Mein Herz schlägt wieder gleichmäßig und mein Körper fühlt sich entspannt. Nur ein Wunder, dass kein Rauchmelder in dem verschlossenen Raum angeht. Oder brauchen die Araber diese Installation nicht, weil sie ständig an ihrer Wasserpfeife nuckeln?

»Warum schaust du so komisch?«, fragt Gideon mich, als er sich von dem Stuhl erhebt. »Ich bin heute lieb zu dir, versprochen.«

Das Lachen kann ich mir nicht verkneifen. »Bist du sicher? Denn eigentlich hättest du noch eine Rechnung mit mir offen.«

»Die wäre?«

»Ich wollte gestern auch nicht in deinem Bett schlafen.« Er hebt beide Augenbrauen und reibt sich mit den Fingern über sein Kinn.

»Das habe ich nicht vergessen. Die Revanche dafür wartet im Anwesen auf dich. Und glaub mir, sie ist alles andere als schön. Nichts im Vergleich zu dem Vierer.«

Ich verdrehe genervt die Augen und stehe wackelig auf, streife mir meinen Slip über und verlasse mit Gideon den Raum.

Mehrmals kontrolliere ich meine Frisur, zupfe an meinem Kleid und wasche mein Gesicht auf der Toilette, nachdem ich einen Stapel Toilettenpapier aufgebraucht habe. Dann verlassen wir das Gebäude und fahren mit der Limousine zum Anwesen zurück.

Während der Fahrt checke ich meine E-Mails und Gideon behält mich mit einem Wasser in der Hand im Blick. Ab und zu schaut er aus dem Fenster und beobachtet die hohen Wolkenkratzer, die Palmen und das Meer, das dahinter zu sehen ist und unter der Sonne golden schimmert. Ich verfolge es nur flüchtig, weil ich eine neue Nachricht von Luis erhalten habe, der mir weitere Dateien geschickt hat. Dann soll ich Leon dringend zurückrufen, aber habe nicht gerade das Bedürfnis ihn anzurufen – nicht nach der heißen Nummer.

Vor mir hebt Gideon lässig seinen Fußknöchel auf das Knie und lässt seinen Fuß leicht wippen.

»Du scheinst beschäftigter als ich zu sein.«

Ich presse die Lippen aufeinander. »Ja, manchmal ist es nervig.« Weiter scrolle ich die Nachrichten durch. »Wäre es ein Problem, wenn ich mir die Dateien der Vorlesungen bei euch ausdrucken könnte? Ansonsten müsste ich sie über meinen Mac lesen, was mit der Zeit anstrengend für die Augen wird.«

Er verzieht seine hübschen Lippen zu einem Lächeln und schiebt seine Sonnenbrille auf die Nase, während er weiter aus dem Fenster schaut.

Jetzt sehe ich erst eine Nachricht von meiner Mum. Oh nein, was will sie? Ich tippe auf die Nachricht, aber schaue, solange sie lädt, zu Gideon auf.

»Das war eine Frage.«

»Sei lieb zu mir und ich lasse dich ausdrucken, was du willst.«

Ich sänftige meinen Ton und spreche ruhiger: »Würdest du es mich ausdrucken lassen? Es wäre sehr wichtig für mich.«

Oder ich suche nach einem Copyshop. Ich muss nicht betteln, bloß weil ich etwas brauche, das wichtig ist.

Er senkt seinen Fuß und stützt seine Ellenbogen auf die Knie, bevor er sich mir entgegenbeugt. »So gefällst du mir gleich viel besser, Kleines. Musst du jeden Tag etwas ausdrucken?«

Sofort erkenne ich seinen Hintergedanken, aber ich bin ehrlich und seufze. »Ja. Jetzt hast du ein Druckmittel.«

»Manchmal kommt es mir vor«, er hebt mein Kinn an, »als würdest du mich als deinen Feind betrachten.«

»Teilweise kommt es mir selber so vor.«

»Dann sollten wir das ändern. Würdest du deine Bestrafung heute nicht absitzen müssen, dann wäre ich mit dir an den Strand ins Zentrum gefahren.« Ich senke meinen Blick und ziehe die Augenbrauen zusammen.

»Klingt fantastisch. Um was für eine Bestrafung handelt es sich denn?«

»Du wirst heute lernen, ansonsten wird es nie was mit deinen Prüfungen.«

»Das weiß ich selber. Ich würde ja gerne lernen, wenn man mich ließe. Aber ihr gebt mir keinen Moment durchzuatmen und fallt ständig über mich her.« Oje, klang das wie ein Vorwurf? Denn es gefällt mir, was sie mit mir machen, wenn ich nicht ständig die Prüfungen im Hinterkopf hätte. Seine Hand löst sich von meinem Kinn.

»Sieh es als Kompliment. Welche Frau kann schon von sich sagen, drei Männer für sich zu beanspruchen?« Das Lachen kann ich kaum verbergen.

»Ziemlich aufdringliche Männer, die nicht meinen Befehlen folgen.« Er hebt eine Augenbraue.

»So stimmt das nicht, wir geben uns wirklich Mühe.

Denn …« Mit einem Grinsen senkt er seinen Blick. »Ansonsten hättest du den schönen Ring wieder von mir zurückerhalten.«

Mir stockt kurz der Atem. Trägt er tatsächlich noch den Penisring? Ich versuche an den Sex von gerade eben zurückzudenken, ob mir etwas aufgefallen ist. Aber ich habe ihn nicht nackt gesehen, weil er ständig hinter mir stand.

»Und den erträgst du? Die ganze Zeit?« Ich kann mir vorstellen, wie schlimm es sein muss, dauernd geil zu sein. Für mich wäre es unerträglich. Er zuckt die Schultern, während ich flüchtig auf seine schwarze Hose blicke, aber kaum etwas erkennen kann. Mit einem selbstzufriedenen Schmunzeln lehne ich mich zurück und verschränke die Arme.

»Du möchtest zu gern, dass ich dich von deinem Leiden erlöse, nicht wahr?« Mit einem intensiven Augenaufschlag schaue ich zu ihm, aber ich kann auf seinem Gesicht ablesen, das zum Fenster gerichtet ist, wie gerne er will.

»Nicht heute. Du solltest dich schonen.«

»Etwa indem ich lerne?«

»Ich habe bereits mein Studium beendet. Dafür sitze ich nun in Kongresssälen, Büros und nervigen Veranstaltungen fest.«

Es klingt sehr danach, als hätte er es satt.

»Wenn es dich beruhigt«, ich greife nach seiner Hand, »ich möchte das Studium so schnell es geht beenden, auch wenn ich vielleicht nicht sofort jede Prüfung schaffe.«

»Klingt nicht gerade optimistisch.«

Ich seufze. »Momentan macht es mir keinen Spaß mehr, wegen der ständigen Nachtschichten und Luis' Generve, dass ich mich mehr anstrengen soll. Aber wenn ich es beendet habe, werfe ich alles hin und werde aus Marseille wegziehen ...« *Mit Chlariss.*

»Und danach?«, fragt er und umfasst meine andere Hand. Sein Blick ist auf mich gerichtet, während ich den Kopf senke und weiterspreche.

»Danach werde ich irgendwo als Architektin windschiefe Häuser konstruieren und ... keine Ahnung, wieder von vorn anfangen. Zumindest nicht länger in Marseille bleiben. Es erinnert mich zu viel an ...«

Eigentlich erinnert mich Marseille an meine ältere Schwester, Odett, die mich wie meine Eltern im Stich gelassen hat. Nur weil Chlariss meine Zwillingsschwester ist und ich mich immer mit ihr verbunden fühle, heißt es nicht, alle Pflichten zu übernehmen. Aber sie weiterhin bei meinen Eltern zuhause pflegen zu lassen, die von ihrem Pflegegeld leben, ertrage ich auch nicht. Ich will, dass sie wieder gesund wird, und ich weiß, dass sie es wird, während meine Eltern sie aufgegeben haben und Odett in Grenoble eine Party nach der nächsten besucht.

Mit meiner älteren Schwester will ich nichts mehr zu tun haben, weil wir zuerst eine Wohnung teilten, als wir in Marseille mit studieren anfingen und sie sich ein halbes Jahr später in Florence verlieben musste, auszog und mich mit den Kosten im Stich gelassen hatte. Meine Eltern konnten mir wie immer nicht helfen. Und Francine, die für ein Jahr einzog, war nicht besser. Alle Menschen, egal ob

Verwandte oder Freunde, lassen mich irgendwann im Stich, zumindest kommt es mir so vor.

Aber Chlariss werde ich nicht wieder bei meinen Eltern einziehen lassen, die sich nicht um sie kümmern. Schließlich macht sie Fortschritte. Große sogar, was bedeutet, dass die Behandlung gut anschlägt.

Ich schlucke, als mich die Erinnerungen einholen. »... das, was passiert ist. Also was ich sagen möchte ...« Ich schaue zu ihm auf, um mich zu sammeln. »Jeder ist selber für sein Schicksal verantwortlich – immer. Mir kann niemand erzählen, von anderen Menschen beeinflusst worden zu sein, das zu tun, was er nicht will. Selbst wenn ... es einem so vorkommt, keine Entscheidungen mehr treffen zu können. Man hat immer eine Wahl ...«

Erst in dem Moment begreife ich, meine Worte laut ausgesprochen zu haben, und beiße die Zähne zusammen. Am liebsten wäre mir, wenn er nicht antwortet. Entweder war es ein fieser Trick von ihm oder ich bin selber einfach zu aufgelöst, weil ich mein Herz einfach so ausgeschüttet habe.

»Also können wir zuvor die Dateien ausdrucken, bevor ich mit lernen anfange?«, hake ich nach, um das Thema zu wechseln. Seine Hand liegt immer noch vertrauensvoll und warm um meine, als er meine Frage mit einem Lächeln beantwortet. »Das können wir in meinem Büro machen, Maron.«

Im Anwesen hole ich den Laptop aus meinem Zimmer, denn ich habe keine Lust, mich über Gideons PC in meinen E-Mail-Account einzuloggen. Dafür bin ich einfach zu misstrauisch.

Zusammen laufen wir über den Gang an seinem Schlafzimmer vorbei, bis er mir eine Tür gleich daneben aufhält, um mich in sein Büro zu lassen. Ich blicke mich um, aber kann nichts Außergewöhnliches erkennen. Es ist modern und einfach eingerichtet. Anscheinend halten sie sich nicht oft in Dubai auf. Ob ihnen das Anwesen überhaupt gehört? Oder haben sie es nur gemietet?

Nachdem er seinen PC eingeschaltet hat, stelle ich mein Notebook ab und rufe die E-Mails auf, um die Dateien zu öffnen. Neben mir nimmt Gideon Platz und gleichzeitig merke ich, wie er mir auf den Po starrt.

»Noch nicht genug?«, frage ich ihn und er räuspert sich verlegen, was mir gefällt. Ohne zu fragen, nehme ich auf seinem Schoß Platz und lese die Vorlesungen durch.

»Können wir?« Ich werfe einen Blick über meine Schulter, als er nickt, an mir vorbeigreift und ich seinen Drucker via Bluetooth gefunden habe.

»Nimm es mir nicht übel, Maron, aber es wäre besser, wenn du aufstehst.« Und sofort fällt mir der Ring um seinen Schwanz wieder ein, sodass ich lachen muss.

»Klar, ich wollte dich nicht nervös machen. Aber dein Büro ist nicht gerade sehr gastfreundlich eingerichtet.« Denn ich sehe nirgends einen Stuhl. Also beschließe ich, mich auf den Tisch zu setzen und abzuwarten, bis der Drucker fertig ist. »Du bist so auffällig ruhig. Stimmt etwas nicht?«, will ich wissen, weil er weder einen unangebrachten Kommentar noch eine anzügliche Bemerkung fallen lässt, was ich kaum von ihm kenne.

»Alles bestens, bis auf die Tatsache, dass dein Schmuckstück mir wirklich zu schaffen macht.«

»Dann nimm ihn ab. Es war nicht von mir geplant, dass du ihn ständig tragen sollst. Eigentlich dachte ich gestern für einen Augenblick, du würdest die Pokerrunde gewinnen und nicht Lawrence.« Seine Augenbrauen ziehen sich zusammen und ich hole scharf Luft, weil ich vermutlich etwas Falsches gesagt habe. Schon ist der Drucker neben mir fertig und ich greife mir die Zettel.

»Merci«, bedanke ich mich, klappe den Laptop zusammen und rutsche vom Tisch. Ich weiß nicht, was nicht stimmt oder ob ich es mir einbilde, aber ich möchte nur noch den Raum verlassen. Am besten, ich lerne in meinem Zimmer, wo mich niemand stören wird, auch wenn ich keinen Schlüssel besitze. Als ich aus der Tür gehe, hält mich Gideon zurück.

»Wo willst du hin?«

»Lernen?« Ich hebe meinen Mac hoch, auf dem die Zettel liegen.

»Aber das wirst du nicht allein, sondern mit mir.«

»Wie soll das aussehen? Willst du mir zuschauen, wie ich an den Aufgaben verzweifle und die Decke hochgehe, damit du dich das nächste Mal darüber lustig machen kannst? Ich schaffe es allein, wirklich.«

»Es wäre sicher interessant, dir dabei zuzusehen, aber vielleicht kann ich dir helfen?« Bietet er mir gerade Nachhilfestunden in meinem Studium an, um die Prüfungen zu schaffen?

»Also ... Ich glaube, du weißt nicht, worauf du dich da wirklich einlässt. Außerdem«, mein Blick huscht zu seiner Hose, »trägst du noch das hübsche Andenken von mir. Deswegen denke ich nicht, dass du dich konzentrieren kannst. Ich könnte es nicht«, antworte ich mit einem leisen Kichern, während er genervt stöhnt.

»Kannst du nicht einfach meine Hilfe annehmen?«

»Ja, kann ich. Also dann?« Ich nicke zu dem Gang und er scheint mit meiner Antwort zufrieden zu sein. Wieso soll ich seine Hilfe auch ausschlagen, wenn er sich mir so bereitwillig anbietet? Könnte auf jeden Fall interessant werden.

17. KAPITEL

Als wir drei Stunden unter dem Pavillon sitzen und es bereits dämmert, lege ich den Stift beiseite. Mein Rücken ist verspannt und ich kann kaum noch auf meinem Hintern sitzen, auf dem ich mit jeder Stunde ein Brennen fühle und deswegen nervös hin und her rutsche.

»Lass uns für heute aufhören. Ich müsste es so weit verstanden haben.« Gideon dreht geschickt einen Stift zwischen seine Finger und schaut auf meinen Rechenweg, so als wäre er auf der Suche nach einem Fehler. Aber ich habe es mehrmals ausgerechnet und komme immer auf das gleiche Ergebnis.

Obwohl ich es nicht gedacht hätte, aber er konnte mir tatsächlich helfen. Als Sohn eines Unternehmers ist das bestimmt ein Kinderspiel für ihn, weil er ständig von Zahlen und Formeln umgeben ist. Irgendwie beeindruckt es mich etwas, wie er versucht, mir zu helfen. Während der drei Stunden konnte er sich sogar bis auf zwei, drei anzügliche Bemerkungen zurückhalten.

»›So weit‹ klingt nach: Du hast es immer noch nicht kapiert.«

»Doch, habe ich«, versichere ich ihm. Obwohl ich es möglicherweise bis morgen wieder vergessen haben könnte. Aber das muss er nicht wissen.

Er hebt seinen Blick und stützt seinen Kopf auf, so als

würde er über etwas nachdenken, was nichts mit der Aufgabe zu tun hat.

»Warum studierst du Architektur, wenn es dir schwerfällt?« Warum fragt er mich danach?

»Weil ich schon immer Gebäude entwerfen wollte. In den anderen Modulen bin ich gar nicht mal so schlecht, nur Bauphysik fällt mir schwer. Warum arbeitest du bei deinem Vater, wenn dich der Job nicht glücklich macht?«, kontere ich. Er legt den Stift auf den Tisch und lehnt sich zurück, um mich im Blick zu behalten.

»Stellst du immer Gegenfragen?« Wieder versucht er in meinen Augen zu forschen, was mir nicht gefällt. Er durchschaut von allen am schnellsten meine Taktiken, um nicht viel von mir preiszugeben.

»Wenn ich ehrlich bin, ja, weil ich ungern Fragen beantworte. Also?«, hake ich nach und hoffe, er gibt mir eine Antwort.

»So einfach mache ich es dir nicht, Kleines. Entweder du beantwortest meine Fragen ausführlich und ehrlich oder ich werde dir deine nicht beantworten.«

»Also ein Frage-Antwort-Spiel?« Ich klappe meinen Laptop zu und sammle die Papiere zusammen.

»In etwa. Denn vorhin habe ich gesehen, wie sehr dich Dinge beschäftigen, über die du nicht reden willst. Sobald ich dich etwas frage, verschließt du dich oder lügst mich an. Und ...« Er beugt sich zu mir vor und greift nach meiner Hand, in der ich die Stifte halte. »Ich habe keine Lust, dich deswegen zu bestrafen. Ich würde viel lieber wollen, dass du mit mir darüber sprichst.«

Was für ein Blödsinn soll das werden? Ich ziehe an meinem Handgelenk, aber er gibt es nicht frei. Wenn ich in seine Augen sehe, weiß ich, dass ich ihm irgendwann die Wahrheit erzählen würde. Aber wozu?

»Es ehrt mich sehr, Gideon, dass du mehr über mich wissen willst, aber in wenigen Tagen gehen wir getrennte Wege. Dich braucht meine Vergangenheit nicht zu interessieren.«

»Aber das tut es. Rede mit mir.«

Tief hole ich Luft, bevor ich in seine Augen sehen kann, die leicht zusammengezogen sind. Warum ist er so neugierig und will so viel von mir wissen? Es geht nur um Sex und dass ich ihn und seine Brüder während dieses Urlaubs begleiten soll.

»Komm schon.«

Ich schlucke, bis ich nachgebe.

»Drei Fragen werde ich dir beantworten, aber keine mehr. Danach möchte ich, dass du mir keine weiteren Fragen stellst. Ich versuche euch oder dir wirklich zu vertrauen, aber verlange nicht ständig Antworten. Nur die drei Fragen.«

Mit seinem Daumen streichelt er über meine Knöchel und nickt mit einem leichten Lächeln. »Versprich es mir.« In seinen Augen ist weder etwas Arrogantes noch Berechnendes zu lesen, als er »Ich verspreche es dir« sagt.

»Was ist deine erste Frage?«

Weiterhin hält er den Blick zu mir, ohne einmal zu blinzeln.

»Wer ist Chlariss, die Luis besuchen soll, während du in

Dubai bist?«

Scharf ziehe ich die Luft ein, als ich begreife, dass er mehr von dem Telefonat mitgehört hat, als ich dachte. Aber ich muss ihm die Frage beantworten, schließlich habe ich es ihm zugesagt. Aber es fällt mir schwer über sie zu reden, selbst mit Luis spreche ich selten über meine Schwester.

»Hey, du wolltest mir die Fragen beantworten, auch wenn es dir schwerfällt. Du sollst nicht denken, dass ich sie gegen dich verwende. Aber ich möchte wissen, wer du wirklich bist. Du kannst mir vertrauen.«

Wie viele Menschen haben das bereits zu mir gesagt und mich immer wieder stehen gelassen. Ein eiskalter Schauer jagt mir den Rücken runter, als ich Luft hole, um ihm seine Frage zu beantworten, dabei senke ich meinen Blick, weil ich ihm nicht in die Augen sehen kann, wenn ich darüber spreche.

»Chlariss ist meine Zwillingsschwester, die sich«, ich fahre mir über die Stirn, »momentan in stationärer Behandlung befindet. Aber nicht wegen Drogen.« Ich lächele bitter. »Sondern, weil mit sechs Jahren bei ihr eine Stoffwechselerkrankung diagnostiziert wurde in Kombination mit schweren epileptischen Anfällen, die bisher zwar medikamentös behandelt werden, aber ...« Am liebsten würde ich aufhören zu reden und aufspringen, um den Ort zu verlassen. Mein Blick wandert zu seiner Hand, die auf meiner liegt, bis ich mich durchringen kann, weiterzusprechen. »... aber bisher ohne Erfolg blieben, weil sie therapieresistent ist, egal welches Medikament sie erhält ...«

Tränen bilden sich in meinen Augen, als sich in meinen Gedanken abspielt, wie sie wieder unter einem Anfall leidet, und ich nichts weiter machen kann, als ihr dabei hilflos zuzusehen, wie sie Schmerzen hat.

»Deswegen soll sie Luis besuchen, weil sie außer mir niemanden hat, der sie besucht. Ich versuche jeden zweiten oder dritten Tag, wie es mir die Zeit erlaubt, sie zu sehen, aber gerade jetzt ... ist es schwer möglich. Ich möchte nicht, dass sie sich allein fühlt, denn sie weiß nicht, dass ich in Dubai bin, weil sie Fragen stellen würde, die ich ihr ... nicht beantworten will, um sie ... nicht zu belasten.« Für einen winzigen Moment schließe ich meine Augen, um die Fassung zu wahren und es nicht in der nächsten Sekunde zu bereuen. »Deine nächste Frage.«

Ich will so schnell es geht seine Fragen beantworten, um endlich gehen zu können. So gern würde ich sie ihm freiwillig beantworten wollen, aber ich kann es nicht, weil es mich innerlich zerstört. Vielleicht brauche ich eine Therapie und verschließe mich deshalb vor anderen Menschen, weil ich nicht darüber reden kann. Aber warum über etwas reden, das sich nicht ändern lässt? Ich bin keine Frau, die ständig jammert, sich Vorwürfe macht und kampflos aufgibt.

»Das mag jetzt etwas klischeehaft klingen, aber es tut mir wirklich leid für sie. Warum kümmern sich deine Eltern nicht um sie? Oder sind sie wirklich tot?« Ohne ihn anzusehen, schüttele ich den Kopf.

»Deine zweite Frage?« Ich sehe kurz zu ihm auf und er nickt. »Die habe ich bereits erwartet. Ja, warum ...« Ich kaue auf meiner Unterlippe, als ich seine Neugierde, die in seinen Augen ist, sehen kann. »Weil sie Chlariss längst aufgegeben haben und weder das Geld noch die Zeit haben, sich um sie zu kümmern. Das trifft es in etwa.«

In seinen Augen verändert sich etwas, so als würde er prüfen wollen, ob ich die Wahrheit sage. »Es ist die Wahrheit, Gideon. Ich habe sie, seit ich mit Odett, meiner älteren Schwester, nach Marseille gezogen bin, nicht mehr gesehen. Und ich will es auch jetzt nicht. Es ist mehr als vier Jahre her.«

Mit der freien Hand fahre ich über meine Augen, damit er nicht sieht, wie ich im nächsten Moment wieder drohe zu weinen. Ich hasse diese wehrlosen Momente, aber ich kann einfach nichts dagegen tun. »Deine letzte Frage?«, bringe ich leise hervor und gehe davon aus, dass sie etwas mit Luis zu tun hat.

Seine Hand wandert weiter über meinen Handrücken meinen Arm hinauf, bis er mich an der Schulter zu sich zieht und ich zu ihm aufsehe. »Ich brauche dein Mitleid nicht, Gideon. Deswegen erzähle ich niemandem davon«, erkläre ich ihm mit einem Gesichtsausdruck, der verrät, im nächsten Moment in Tränen auszubrechen – wie ich es hasse.

»Sehe ich aus, als hätte ich Mitleid mit dir?« Ich ziehe die Augenbrauen zusammen, weil ich seine Worte nicht verstehe. »Wenn, dann ist es Mitgefühl, Kleines.« Er beugt sich mir weiter entgegen und küsst mich, was es noch schlimmer macht und ich wirklich weine. »Ich will wirklich nicht weinen ... Verflucht, ich hasse es zu weinen«, spreche ich vor seinen Lippen und schmecke meine salzigen Tränen. Gott, wie sollte ich ihm je wieder unter die Augen treten?

»Sch. Ich werde mit niemandem darüber reden. Du darfst gerne weinen. Das ist das erste Mal, dass ich dich so sehe, wie du bist.« Er rutscht ein Stück näher an mich und nimmt mich in den Arm, als ich an seiner Schulter schluchze und mich dem stillen Kummer hingebe. Ich kann nicht anders. Er streicht beruhigend über meinen Kopf und ich atme seinen warmen Duft ein, der mich spüren lässt, nicht allein zu sein. »Ist schon gut, Kleines.«

Plötzlich höre ich hinter uns ein gekünsteltes Räuspern und Gideon fährt zornig herum.

»Ich störe ja nur ungern bei dem, was auch immer ihr da macht, aber ...« Lawrence steht hinter Gideon und blickt auf mich herab, als wäre ich leprakrank.

»Nicht jetzt, Law! Verzieh dich!«

Ich löse mich aus Gideons Umarmung. »Nein, ist schon in Ordnung. Ich wollte sowieso meine Sachen zusammenpacken und mich hinlegen.«

Schnell greife ich meinen Laptop, sammle die Stifte und Zettel zusammen, bevor ich den Pavillon verlasse und Gideon mir hinterherruft. Aber ich will mich nicht umdrehen und erst recht nicht, dass mich Lawrence weinen sieht.

»Was ist hier los? Sind wir zu weit gegangen?«, höre ich Lawrence fragen, als ich über die Stufen zur Terrasse hochsteige und im Anwesen verschwinde.

GIDEON

Nachdem es Lawrence gelungen ist, Maron und mich zu stören, als sie sich mir das erste Mal anvertraut, erhebe ich mich und schaue zur ersten Etage auf. In Marons Fenster brennt Licht, also wird sie sich vorerst nicht mehr blicken lassen. Diese Frau werde ich wohl nie verstehen.

»Nein, sind wir nicht. Sie hat nur Probleme mit der Uni. Mehr nicht«, antworte ich Lawrence und will an ihm vorbeigehen.

»Dann ist es ja kein Hindernis, sie heute Abend in mein Zimmer zu holen.«

»Lass sie heut in Ruhe. Wir sollten ihr wie Jane eine Pause gönnen.« Die hat sie verdient, um sich zu beruhigen. Ich habe gesehen, wie schwer es ihr fiel, von ihrer Schwester zu sprechen. Vermutlich vertraut sie sich niemandem an, redet mit keinem über ihre Probleme und überschattet ihre Sorgen und Ängste mit ihrem selbstbewussten Auftreten, um nichts an sich herankommen zu lassen. Eine clevere Strategie, doch irgendwann holt einen immer die Vergangenheit ein oder man wird von den Sorgen erdrückt.

»Die wollten wir ihr erst in zwei Tagen geben, damit sie den Abend nach der Gala übersteht.«

»Ob nun schon heute oder erst in zwei Tagen spielt doch keine Rolle. Sie ist wirklich fertig. Also denk ein Mal in deinem Leben nicht an Sex und reiß dich zusammen. Du bist nicht derjenige, der mit einem Ring um den Schwanz rumrennen muss.«

Er verzieht sein Gesicht, bevor er lachen muss und ich ihm am liebsten eine verpassen würde. »Wenn du mich jetzt entschuldigst.« Ich habe keine Lust mehr, über Lawrence' Vorstellungen nach der Gala zu reden, die haben später Zeit, außerdem ist für den Abend alles geplant.

»Ganz ehrlich, darum beneide ich dich nicht. Nimm das verdammte Ding einfach ab, ansonsten wirst du ihr nicht die Ruhe geben können, das verspreche ich dir.« Dabei grinst er schadenfroh, weil er keinen Ring trägt.

Mit der Hand fahre ich durch mein Haar und ignoriere Laws dumme Bemerkungen. Ich weiß selber, wie unerträglich dieser verdammte Ring ist. Vielleicht sollte ich ihn abnehmen, obwohl er mich jedes Mal daran erinnert, wie sie ihn mir übergezogen hat und ich mich dafür bei ihr revanchieren wollte.

Im Wohnzimmer der ersten Etage finde ich Dorian mit Jane auf dem Sofa vor, die irgendeinen schnulzigen Film schauen. Spöttisch ziehe ich eine Augenbraue hoch, als sich mein Blick mit Dorians kreuzt.

»Habt ihr nichts Besseres zu tun, als euch diesen Frauenfilm reinzuziehen?«, frage ich und öffne den Kühlschrank, um mir einen Scotch zu gönnen, der mich hoffentlich auf andere Gedanken bringt.

»Du kannst dich gerne zu uns setzen und dich davon überzeugen, dass es kein Frauenfilm ist«, antwortet mir Jane, sicher, weil Dorian, der alte Charmeur, nicht vor ihr sagen will, wie sehr er diese kitschigen Filme hasst. Ausnahmsweise tut er mir nicht leid. Er hat eine Frau für sich, also muss er auch ihre Macken ertragen.

Ich lache leise, während ich die Flasche öffne, mir ein Glas aus der Vitrine hole und den Scotch eingieße.

»Danke für das Angebot, aber ich habe Besseres zu tun.« Mit dem Rücken an die Theke angelehnt, leere ich das Glas in einem Zug.

»Ja, über Maron herfallen.« Sie dreht ihren Kopf und starrt giftig in meine Richtung, als ich das Glas abstelle und die Schulter belanglos zucke.

»Hast du ihr davon erzählt?«, will ich von Dorian wissen und schütte mir nach. Das warme berauschende Gefühl durchströmt meinen Körper, doch zugleich spüre ich noch meinen erigierten Schwanz, der sich bei der Erinnerung an den Kongressraum wieder meldet.

Dorian schenkt mir ein verbissenes Lächeln, was so viel wie ja heißt. Jane soll sich nicht so aufspielen, sie hatte den Tag frei und darf ihn kuschelnd mit meinem Bruder auf der Couch verbringen.

Mit dem Glas in der Hand will ich die gemütliche Zweisamkeit der beiden nicht stören und den Raum verlassen.

»Du könntest Maron holen. Vielleicht gefällt ihr der Film«, sagt Dorian und sieht zu mir auf. Ich ziehe die Augenbrauen zusammen. »Oder ist sie bei Law?«

»Ich denke nicht, dass ihr der Film gefallen wird.« Gerade sind drei Frauen in einem Café zu sehen, die irgendeinen perfiden Racheplan gegen die Männer schmieden. Sowas von albern. »Außerdem will sie ihre Ruhe.« Ich schaue ihm länger in die Augen als nötig, um ihm zu verstehen zu geben, sie heute nicht mehr aufzusuchen, falls er es planen sollte.

»Klar. War nur eine Idee.« Ich schaue kurz zu Jane, die mit glänzenden Augen den Film verfolgt, dann zwinkert er mir zu, was verrät, dass er bereits andere Pläne hat.

Verdammt, bei dieser Vorstellung muss ich tief durchatmen. Bald sollte ich den verfluchten Ring abnehmen oder mir einen Porno anschauen, damit ich nicht die Wände hochgehe.

In meinem Zimmer angekommen, nehme ich zuerst eine Dusche, um abzuschalten. Aber egal was ich tue, es hilft nichts. Selbst in der Konferenz mit Vater konnte ich mich kaum konzentrieren oder ihm zuhören. Ich würde zu gern wissen, wie es andere Männer ertragen, pausenlos diese Dinger zu tragen – es sei denn, sie sind darin geübt. Falls Law irgendwann eine Wette verlieren würde, würde ich ihn als Bestrafung solch einen verdammten Ring tragen lassen. Die Vorstellung gefällt mir, als ich meine Shorts anziehe und mich auf das Bett werfe. Er würde keine Stunde überstehen, ohne auf der Toilette zu verschwinden, um sich einen runterzuholen.

Ich nehme einen Schluck aus dem Glas und verteile den Scotch in meinem Mund, bevor ich ihn herunterschlucke. Da der Abend anders verlief als geplant, könnte ich ebenso gut die Unterlagen für morgen durchgehen, damit ich nicht wie heute abwesend bin.

Aus meiner Aktentasche ziehe ich die Papiere heraus und gehe sie durch. Manchmal hasse ich diesen Job. Am liebsten hätte ich etwas anderes gelernt, als Vaters Vorstellungen zu entsprechen. Aber mein Studium hat auch etwas

Gutes, wenn ich Maron helfen kann. Aber mal ehrlich, sie hat es heute nicht begriffen, was ich ihr vorgerechnet habe. Immer wenn sie ihre Nase krausgezogen hat und auf dem Stift kaute, verzog ihr niedliches Gesicht angestrengt, das zu gut aussagte, dass sie es nicht verstanden hat. In dieser Beziehung ist sie wirklich grottenschlecht.

Auch wenn sie in allem anderen wirklich beeindruckend ist, clever und stolz, um sich keine Schwächen anmerken zu lassen, wird sie vermutlich erneut durch die Prüfung fallen. Was, wenn sie es nicht schafft? Sie muss es schaffen, ansonsten werde ich es ihr jeden Tag erklären. Ich will nicht, dass sie unseretwegen ihr Studium nicht schafft. Das habe ich ihr versprochen. Sie wird es schaffen, weil sie nicht dumm ist. Obwohl ich zu gern wissen will, was es mit diesem Luis auf sich hat. Wenn sie einmal zusammen waren, aber er ihr jetzt weiterhin hilft, muss mehr dahinterstecken. Zumindest scheint die Beziehung keine gewöhnliche gewesen zu sein, wenn sie sich auf ihn verlässt und ihm aufträgt, ihre Schwester zu besuchen. Vielleicht ist etwas Wahres an ihrer Lügengeschichte dran gewesen, als sie erzählt hat, er sei der Einzige, dem sie vertraut.

Wieder nehme ich einen Schluck. Aus einem merkwürdigen Grund gefällt mir der Gedanke nicht. Ich habe diesen Typen bisher nicht gesehen, bloß sein Haus, als ich Maron nachts abgepasst habe. Was, wenn er wieder mit ihr zusammenkommen will und sich deswegen ins Zeug legt? Kann mir das nicht egal sein? Es ist ihr Leben, ihre Entscheidung, von dem ich mehr wissen will, aber sicher nicht reinreden werde. Es ist ihre Sache, genauso wie ich mich weiter auf diese langweiligen Berichte konzentrieren sollte.

Nach mehr als einer Stunde lege ich die Mappe beiseite und will mir etwas zu trinken holen, als es hinter mir an der Balkontür klopft. Ich drehe mich um und sehe Maron in Pantys und einem Top vor der Tür stehen. Ihr hellblondes Haar fällt über ihre Brüste und sofort spielt mein Schwanz verrückt. Dieser vermaledeite Ring!

Ich öffne ihr die Tür, aber lasse mir nicht anmerken, dass ich sie am liebsten gegen die nächste Wand drängen würde, um sie zu vögeln.

»Was machst du hier? Kannst du nicht schlafen?«, frage ich und sehe wieder ihren stolzen Augenaufschlag.

»Ich gehe nie vor Mitternacht schlafen. Aber du siehst aus, als würdest du gleich ins Bett gehen mit ...« Sie hebt eine Augenbraue und starrt auf meine Shorts. »Gefällt mir. Wenn es nicht Abend wäre, würde ich es nicht einmal seltsam finden.« Ich knurre, weil es mich nicht mehr klar denken lässt. Den Ring nehme ich, wenn sie gegangen ist, ab – unbedingt.

»Also, weswegen ich eigentlich mit dir sprechen wollte, ist ...« Sie schaut kurz über die große Terrasse, so als wolle sie sichergehen, dass uns niemand belauschen kann. »Könnte ich kurz reinkommen? Ich möchte nicht, dass es die anderen hören.«

»Nur zu, auch wenn es keine gute Idee ist, weil ich dir den Abend freigeben wollte.«

»So?« Sie hebt ihre Augenbrauen. »Das ist wirklich freundlich, aber deine Situation sagt etwas anderes.« Leise lacht sie und geht an mir vorbei, während ich die Tür hinter ihr schließe. Ihr scheint es besser zu gehen oder sie beherrscht es außergewöhnlich gut, die Fassung zu wahren.

»Also ...« Sie verschränkt die Arme und blickt sich kurz um, dabei schiebt sie unbeabsichtigt ihre Brüste höher, sodass ich einen wahnsinnig tollen Einblick habe und nur mit Mühe wegsehe. »Ich will nur klarstellen, dass das heute Abend eine Ausnahme war. Am besten, du vergisst, was ich dir erzählt habe, um den Aufenthalt in Dubai weiter zu genießen. Ich möchte nicht, dass das, was ich dir erzählt habe, dich anders über mich denken lässt.« *Wenn du wüsstest, wie anders ich über dich denke, obwohl ich dich im selben Moment nackt auf mein Bett werfen würde, um dich wie ein Tier von hinten zu nehmen.*

Mit einem leisen Stöhnen wende ich den Blick von ihr ab.

»Ich werde nicht anders von dir denken, weil ich, bereits bevor du mir von deiner Schwester erzählt hast, geahnt habe, dass du Schattenseiten in deiner Vergangenheit hast. Nimm es mir nicht übel, aber ansonsten würdest nicht bei einer Agentur arbeiten.« Verflucht, ich bin zu weit gegangen, weil sie jetzt einen ernsten Blick aufsetzt und einen Schritt auf mich zu macht.

»Ob du es glaubst oder nicht, Gideon.« Gott, wie sie meinen Namen ausspricht, klingt nach purem Verlangen. »Mir macht der Job Spaß, auch wenn ich ihn nicht für immer ausüben möchte. Aber glaub bloß nicht, ich werde dazu gezwungen oder mache es nur des Geldes wegen.«

Das glaube ich ihr sogar. »Ich weiß. Ich wollte dir auf keinen Fall unterstellen, daran keinen Gefallen zu haben.«

Langsam beuge ich mich zu ihr herab. Sie ist ohne ihre mörderisch hohen Schuhe einen Kopf kleiner als ich, was sie etwas hilflos wirken lässt, wenn ich nicht wüsste, wozu sie fähig ist. »Denn ich lese immer wieder in deinen Augen, wie gern du deine Bestrafungen an uns auslebst.«

Mit einem flüchtigen Blick zu meinen Shorts wandert sie mit ihren Augen über meinen Oberkörper und ich kann ihre Blicke wie Berührungen auf meiner Haut spüren.

»Ganz genau.« Sie blinzelt kurz. »Das war alles, was ich wollte«, sagt sie und bleibt weiterhin stehen, sodass ich ihre Blicke auf meinem Körper mit einem Lächeln besehe.

»Fein. Du hast im Übrigen heute Abend frei, falls es dir nicht aufgefallen ist. Morgen auch, damit du lernen kannst. Danach allerdings wird es Law kaum abwarten können, dich zu sehen.«

»Oh, das ist wirklich sehr freundlich. Obwohl ...« Sie leckt sich über die Lippen und schaut zu mir mit ihrem bezaubernden Lächeln auf, sodass ihre eisblauen Augen funkeln. »... ich mir kaum vorstellen kann, wie du es bis übermorgen ertragen willst. Du bist es nicht gewohnt, einen Ring zu tragen, nicht wahr?«

Sie kommt einen weiteren Schritt auf mich zu und ich hole tief Luft, als ein Prickeln meinen Rücken herunterjagt und ich zur Decke aufsehe, weil ich ihren süßen Duft einatme.

»Geh, Maron, ansonsten überlege ich es mir anders und du wirst die restliche Nacht in meinem Bett verbringen.« Langsam senke ich mein Gesicht mit einer berechnenden Miene und hebe eine Augenbraue. »Gefesselt am Bett.«

Sie lächelt wieder, als würde ihr die Vorstellung gefallen. »Also geh endlich.«

»Klingt fast nach einem Flehen. Ich weiß deine Geste, mir freigeben zu wollen, wirklich zu schätzen, auch wenn es dich quält.« Plötzlich geht sie vor mir in die Knie und ich kann auf ihre Brüste blicken, als sie zu mir mit diesen großen Augen aufsieht. »Aber ich bin dir auch dankbar dafür.«

Mit ihren Fingerspitzen gleitet sie über meinen Bauch, meine Lenden entlang und ich kann, sosehr ich es will, keinen Schritt zurücksetzen. Mein Schwanz droht jede Sekunde zu explodieren.

Geschickt zieht sie meine Shorts runter, während sie lächelt und mein Glied betrachtet, bevor sie den Schaft in die Hand nimmt und darüber streichelt, als sei es etwas Kostbares.

»Er sieht wunderschön aus mit dem schwarzen Ring und viel praller.« Mit ihrer feuchten Zunge leckt sie über den glänzenden Ring nah an meiner Eichel. »Und du hast ihn wirklich nicht abgelegt?«

»Zweimal zum Reinigen«, antworte ich, als sie zu mir mit einem verführerischen Augenaufschlag aufsieht und ich am liebsten ihren Kopf umfassen würde, um meinen Schwanz in ihrem Mund zu versenken. Wieder leckt sie darüber, so zart, dass ich jeden Moment drohe, zu kommen. Lange werde ich es nicht aushalten. Dann leckt sie sich über die Lippen und steht auf. Das kann sie jetzt unmöglich machen. »Du schmeckst köstlich, so männlich, aber ich werde jetzt besser gehen. Wir haben ja alles besprochen.«

Rasch geht sie an mir vorbei und ich atme tief durch. Sie liebt Spiele, vermutlich um zu testen, wie weit ich gehe. Aber, bei Gott, sie kann jetzt nicht gehen. Ich drehe mich zu ihr um und schaue auf ihren süßen Hintern, ihre schmale Taille und das lange blonde Haar. Fast gleicht sie einem unschuldigen Engel, der sich unbeabsichtigt in mein Schlafzimmer verirrt hat und nun den Ausweg sucht.

An der Schulter bekomme ich sie zu fassen und ohne sie vorzuwarnen drehe ich sie zu mir und küsse sie im nächsten Moment stürmisch. Ich kann nicht anders, als über diesen Racheengel herzufallen, der mir wieder einmal einen Strich durch die Rechnung gemacht hat. Selbst wenn es ihr schlecht geht, bewahrt sie im nächsten Moment die Fassung und bringt mich um den Verstand.

Ich streife meinen Mund über ihre vollen Lippen, die den Kuss erwidern. Mit ihrer Zunge fordert sie mich heraus, fährt mit einem Lächeln mit ihrer Zungenspitze über meine Lippen.

»Du bist schwach, Gideon, dafür unwiderstehlich.« Sie löst sich von meinen Lippen und schiebt mit ihren Fingern langsam ihr Top hoch, unter dem ich ihren flachen Bauch sehe, dann einen schwarzen BH, der ihre schönen Brüste verdeckt. Achtlos wirft sie das Shirt zur Seite und stößt mich zurück auf das Bett. Ich umfasse ihre Hüften und streife im Gehen mit den Fingern unter ihren Spitzenpanty ihren Po entlang, dabei spüre ich ihre Haut unter meiner Hand beben. Sie ist unglaublich scharf. Mit ihr, könnte ich mir vorstellen, würde es niemals langweilig werden.

Als ich rücklings auf dem Bett liege, schiebt sie sich auf mich, während eine Hand meinen Schwanz massiert und die andere sich mit meiner verschränkt. Ihr Haar fällt wie ein Vorhang über uns, als sie zu meiner zweiten Hand greift, mich aber weiter verboten gut küsst wie eine Göttin, die nur mich will.

Erst zu spät höre ich den Klettverschluss von Fesseln, weil sie ihren Körper an meinen schmiegt und ihr Oberschenkel weiter meine Härte reibt, so dass es nicht schmerzhaft ist.

»Du hast mich vorhin auf eine schöne Idee gebracht. Danke. So gefällst du mir gleich viel besser. So wehrlos.« Ihre Augen funkeln im Dunkeln.

»Somit kann ich behaupten, dich nicht verführt zu haben, obwohl du frei bekommen hast.«

»Denkst du, ich kann deinen Schwanz so zurücklassen?« Sie erhebt sich auf der Matratze, kreist langsam ihre Hüfte, bevor sie mit gespreizten Beinen über mir steht und ihren Slip abstreift, sodass ich alles sehen kann.

Verdammt, sie soll es nicht zu lange herauszögern. Wäre ich nicht gefesselt, würde ich sie mir schnappen und sofort auf mir ficken. Mit ihren Fingern umfährt sie ihre Rundungen, streichelt über ihren Bauch und öffnet ihren BH, bevor sie über mir auf die Knie geht und über mein Kinn leckt.

»Könntest du dich etwas ins Zeug legen? Ich weiß nicht, wie lange ich das noch durchhalte. Oder du löst meine Handgelenke, dann ...« Schon liegt ein Finger auf meinen Lippen, während ich ihre steifen Nippel sehe, an denen ich zu gerne saugen würde.

»Sch. Nicht reden. Überlass das mir«, antwortet sie, dann küsst sie mich und reibt mit ihrer feuchten Pussy über meinen Schwanz, was unerträglich ist und mich nach Luft schnappen lässt, während sie mich hungriger küsst und an meiner Unterlippe knabbert.

»Du solltest erst einmal das gut machen, was du im Saal vernachlässigt hast.« Im nächsten Moment erhebt sie sich, dreht sich um und ihr prachtvoller Arsch schwebt vor meinem Gesicht.

»Ohne Hände gestaltet sich das etwas schwierig«, will ich sie reizen.

»Ich weiß, wie gut du lecken kannst, dafür brauchst du deine Hände nicht. Fang an.«

Ich beiße auf die Zähne, weil ich ihre angeschwollenen Schamlippen sehe, die leicht glänzen, und ich weiß, dass sie nur danach lechzen, meinen Schwanz in ihr zu versenken. Aber nach dem Tag hat sie sich das mehr als verdient.

Ich hebe mein Kinn etwas an und lecke mit der Zungenspitze ihre Schamlippen entlang, spüre ihren heißen Kitzler und schmecke und rieche sie, was meine Sinne umso mehr überfordert, weil sie fantastisch schmeckt. Mit meiner Zunge massiere ich ihren Kitzler, umkreise ihn erst sanft, dann nachdrücklicher und spüre ihr Zittern. Sie hält mir ihren Po weiter entgegen, sodass ich sie fester und schneller lecke und meine Zunge zwischen ihren Schamlippen versenke. Ein leises Keuchen ist zu hören, was sie immer macht, wenn ich es perfekt mache.

Ihr Geschmack liegt schwer auf meiner Zunge, als ich

mit der Zunge fester über ihren Kitzler reibe und sie sehr empfindlich darauf reagiert. Vermutlich weil sie ebenfalls überreizt ist wie ich. Doch dann spüre ich, wie ihre Lippen meinen Schwanz umfassen und sie den Ring weiter zum Schaft zieht. *Ist sie wahnsinnig?!*

»Lass das, Maron! Ansonsten ...« ... *komme ich gleich.* Ich spüre, wie sich meine Hoden zusammenziehen und mein Schwanz zuckt, während sie nicht aufhört. *Warum hört diese Frau nicht auf mich?!* Ich schließe meine Augen, um sie weiter zu verwöhnen und nicht daran zu denken, was sie macht – obwohl das unmöglich ist. Zarte Fingerspitzen streicheln meine Hoden, etwas Feuchtes leckt darüber, während der Ring fest um meinen Schaft sitzt und mein Penis unter dem hohen Druck sich geil und zugleich empfindlich anfühlt.

Ich beiße vorsichtig in ihre Schenkelinnenseite, damit sie auf mich hört. »Verflucht! Ich will, dass du mich leckst! Los, und ohne Unterbrechungen«, fordert sie, während ich sie am liebsten erneut beißen würde.

Ich dränge mit meiner Zunge ihre Schamlippen auseinander und lecke sie hart, wie sie es will, somit bleibt ihr kaum Zeit, sich auf meinen Schwanz zu konzentrieren. Etwas umschließt meine Eichel und ich ziehe die Augen zusammen, reibe fest über ihren Kitzler in einem schnellen Rhythmus, bis ihr Keuchen in ein Stöhnen übergeht, sie ihre herrliche Pussy weiter zu mir schiebt und ich schneller über ihren Kitzler reibe, bis sie ein Zittern durchfährt, ihre Scheidenmuskeln sich zusammenziehen und sie sich über mir erhebt, ohne dass ich aufhöre. Auch wenn ich ihr Gesicht nicht sehen kann, stelle ich mir vor, wie sie ihre Augen geschlossen hält, sie den Orgasmus nicht länger zurückhalten kann. *Schachmatt, Kleines* – denke ich und höre nicht auf, sie zu erlösen, weil sie von meinem Schwanz abgelassen hat. In leichten Stoßbewegungen hebt und senkt sie ihr Becken und kommt ein zweites Mal.

»Hör auf, Gideon. Bitte.«

»Nein«, knurre ich, weil sie sich kaum unter der Lust und den heißen Wellen von mir lösen wird.

Auch wenn ich keine Hände habe, mache ich weiter, reibe über ihren Kitzler, bis sie sich nach vorn beugt und sich auf den Händen abstützt. Wenn sie wüsste, wie schön sie dabei aussieht, wie ich es liebe, wenn sie meinen Namen stöhnt, als sei ich der Einzige, der sie zu diesen beflügelten Höhepunkten bringt. Ein drittes intensives Mal kommt sie über mir, bevor ich meine Zunge langsam über ihre heiße Perle gleiten lasse, die zuckt und ihren Körper bei der kleinsten Berührung zittern lässt.

»Jetzt habe ich hoffentlich das Versäumte aufgeholt, Kleines.«

Sie holt tief Luft, bevor sie sich langsam erhebt und das Lächeln auf ihren vollen Lippen ein wahrer Genuss ist, sie befriedigt zu haben.

»Voll und ganz.« Sie dreht sich über mich, streicht ihr Haar aus der Stirn, bevor sie sich vorbeugt und mich küsst. Dabei schmecke ich immer noch ihre Vagina. Mit einer schnellen Bewegung geht sie auf die Knie und schiebt meinen Schwanz in ihre Pussy, sodass ich keuche und die Augen schließe, um dem Druck standzuhalten.

»Jetzt werde ich dir zeigen, wie sehr ich heute Nacht dir gehöre – obwohl ich frei habe.« Ihre Hüfte bewegt sich immer intensiver, leidenschaftlicher auf und ab und ich spüre ihre empfindlichen Scheideninnenwände, die mit jeder Bewegung gedehnt werden und sich meinem Schwanz anpassen. Sie beugt sich vor und küsst meine Brust, leckt über meinen Hals und saugt meine Haut zwischen ihre Lippen.

»Keine Knutschflecke«, warne ich sie.

»Zu spät, Gideon.« Sie lacht an meinem Hals, während sie schneller auf mir reitet, ich mein Becken anspanne, damit ich tiefer in sie eindringen kann. Der Ring presst meinen Schwanz enger zusammen, den ich bei jeder ihrer Bewegungen spüre.

Gott, lange halte ich es nicht mehr aus. Ihre wunderschönen Brüste bewegen sich im Takt, als sie wieder ihr Becken auf meines stößt, sie stöhnt und sich ihr heller Körper weiter auf mir auf und ab bewegt wie eine Amazone. Ich spüre viel zu schnell meinen Schwanz zucken, meine Hoden zusammenziehen, als ich mit einem lauten Stöhnen in ihr komme und meine Härte ein letztes Mal tief in sie ramme. Mein Puls rast, als ob ich, statt sie, die ganze Arbeit übernommen hätte, sodass ich meine Augen schließe und meinen Kopf in das Kissen fallen lasse, um gleichmäßig Luft zu holen.

Behutsam steht sie nach kurzer Zeit auf und löst meine Fesseln, damit ich meine Arme zu mir ziehen kann, die sich eingeschlafen anfühlen. Als sie sich umdreht und aus dem Bett springt, sehe ich, wie sie sich zu ihren Kleidern herabbeugt.

»Anscheinend hast du mir vorhin nicht zugehört. Wenn, dann bleibst du die ganze Nacht.«

»Nein, ich werde wieder rübergehen.« Sie erhebt sich mit ihren Kleidungsstücken, die sie fest umklammert hält. »Schlaf gut. Und ...« Sie deutet auf den Ring. »Der bleibt dran. Er steht dir hervorragend – wie keinem Mann zuvor.«

Ich grinse spöttisch, bevor ich mich erhebe.

»Sollte das gerade ein Kompliment werden?«

Sie öffnet die Balkontür. »Nein, es war eine bloße Feststellung, du Idiot!« Als sie die Tür zurückschiebt, weht kühle Nachtluft zu uns herein, die sie tief einatmet. In der schwachen Beleuchtung des Balkons erkenne ich ihre Silhouette, ihren perfekten Hintern und ihre gerade Haltung, auch wenn sie zu mir über ihre Schulter zurückblickt.

»Du bleibst trotzdem bei mir. Es ist ein Befehl.«

»Du hast mir keine Befehle zu erteilen«, entgegnet sie mir mit einem kühlen Ton und einem verführerischen Lächeln.

»Ach nein? Law wird sich sicher freuen zu hören, dass es dir besser geht.« Auf den Fußballen dreht sie sich mit zusammengezogenen Augenbrauen zu mir um, wie sie es immer tut, wenn ich sie reize und sie wütend wird, weil sie sich bedroht fühlt.

»Das wagst du nicht!«

»Probiere es aus.« Ich werde es nur machen, wenn sie sich weiterhin meinen Wünschen widersetzt. Zwingen kann ich sie nicht, aber ohne angemessene Folgen werde ich sie nicht gehen lassen. Ich sehe an ihrem Blick, wie sie in Gedanken abwägt, was ihr lieber ist. Dann senkt sie ihren Blick und lässt ihre Kleidung mit einer raschen Bewegung auf den Boden fallen.

»Dann gehe ich duschen, bevor ich mit dir kuscheln darf, Liebling.«

»Lass dir nicht zu viel Zeit, ma pièce d'or«, antworte ich ihr und stütze meine Unterarme gelassen auf die Knie, als ich mich aufsetze.

Als sie an mir vorbeigeht, lächelt sie mir verboten entgegen, bevor sie das Badezimmer aufsucht und ich einen letzten Blick von ihrem Rücken, den langen Beinen und ihrem Po erhaschen kann. Sie ist wirklich frech – aber genau diese Art liebe ich an ihr.

18. KAPITEL

Nachdem Gideon neben mir eingeschlafen ist, schaue ich zur leicht geöffneten Balkontür. Die hellen Vorhänge segeln im Wind und ich kann die zarte Mondsichel erkennen, die von zwei Schleicherwolken umarmt wird.

Ohne Gideon zu wecken, löse ich seinen besitzergreifenden Arm über meiner Mitte und stehe langsam, ohne der Matratze einen Laut abzuluchsen, vom Bett auf. Langsam öffne ich die Balkontür und trete auf die kühlen ausgelegten Steinplatten, um mich danach auf der Brüstung abzustützen und zum Mond aufzusehen, der über dem Meer schwebt wie eine silberne Erscheinung.

Immer noch kann ich nicht glauben, mit drei Männern, die ich kaum kenne, in Arabien zu sein, in Dubai. Über den Gedanken muss ich lächeln und atme tief die kühle Nachtluft ein.

Auch wenn ich es nicht zugeben will und es sich nur um Sex und Verabredungen, die bezahlt werden, handelt, genieße ich die Tage mit den Brüdern. Sie bringen mich zum Lachen und helfen mir, nicht ständig über Probleme grübeln zu müssen.

Sie lassen mich – auch wenn nur es kurze Momente sind – meine Vergangenheit vergessen. Aber schon morgen, weiß ich, werde ich mich an ihnen für den Überfall im Konferenzraum rächen. Und dieses Mal werde ich nicht so sanft mit ihnen umgehen wie den letzten Abend. Nein, das nächste Mal werden sie sich länger überlegen, was sie mit mir planen – weil Rache doch immer noch süß wie Zucker auf der Zunge zergeht.

Mit einem zufriedenen Lächeln betrete ich wieder Gideons Schlafzimmer und lege mich zu ihm. Mit der vertrauten Nähe muss ich erst wieder lernen umzugehen. Doch irgendwann schlafe ich über den Gedanken, nicht allein schlafen zu wollen, ein …

Und zum Schluss ...

Vielen Dank, für den Kauf von »*Sehnsüchtig – verfallen*«.
Ich hoffe, ihr hattet schöne Lesestunden.

Die Geschichte von Maron Noir und den Chevalier
Brüdern wird bald weitergehen.
Der Folgeband wird voraussichtlich Anfang
September 2014 erscheinen.

Alles Liebe,
Eure D.C. Odesza

Printed in Poland
by Amazon Fulfillment
Poland Sp. z o.o., Wrocław